구비설화를 활용한
고부갈등 상담 프로그램 개발

서은아

지식과교양

이 저서는 2013년 정부(교육부)의 재원으로 한국연구재단의 지원을 받아 수행된 연구임
(NRF-2013S1A5B5A07047391)

This work was supported by the National Research Foundation of Korea Grant funded
by the Korean Government(NRF-2013S1A5B5A07047391)

저자의 말

 언젠가부터 고1인 아들 구윤이를 보고 있으면 아깝다는 느낌이 들 때가 있다. 내가 이렇게 사랑하고 정성들여 키우는데, 저 녀석도 시간이 되면 내 품을 떠나겠지 생각하면 우울한 생각도 든다. 우스갯소리지만 수업시간에 고부갈등 설화들을 학생들과 다루면서, 학생들이 설화 속 며느리의 입장에서 시어머니의 잘못된 점을 낱낱이 지적할 때, 난 속으로 "저런 당찬 며느리를 얻으면 안 되는데..." 하는 생각을 한 적도 있다. 나이가 들수록 며느리보다는 시어머니의 입장에 서게 되는 것이, 아들 가진 엄마의 현실인 모양이다.

 한때 '시월드'라는 말이 화제가 된 적이 있다. '시월드'란 시어머니, 시아버지, 시누이처럼 '시(媤)' 자가 들어간 사람들의 세상, 즉 '시댁'을 말하는 신조어이다. 그리고 '시월드'의 중심에는 시(媤)어머니가 있다.

 고부갈등이 사회문제로 지적된 것은 비단 현대에 이르러서만은 아니다. 며느리와 시어머니 사이의 고부갈등은 한국가정의 고질적인 문제로, 예로부터 한국가정에 뿌리 깊게 내려온 심각한 가족문제 중 하나였다. 이 고부갈등이 현대에 들어서면서 급속한 시대 변화와 함께 더욱 다양하고 복잡한 양상으로 나타나고 있으며, 이로 인한 부모 자식 간의 충돌 역시 늘어나고 있다. 이렇듯 시대와 공간이 달라졌지만, 고부갈등은 여전히 우리 사회에 존재하며 여전히 해결되지 않는 가족 문제이다.

그런데 고부갈등이란 모든 여성에게 해당될 수 있는 단어이다. 대부분의 여성은 결혼과 동시에 시어머니라는 또 한분의 어머니가 생기고, 아들을 낳을 경우 장래 시어머니가 되며, 딸을 낳을 경우 장래 딸의 시어머니에 대해 생각해보게 된다. 결혼하지 않은 여성의 경우도 엄마와 친할머니의 관계를 통해 고부관계를 간접적으로 경험하게 되며, 우리가 즐겨보는 드라마나 영화에서 고부갈등은 빼놓을 수 없는 단골소재가 된다. 여성과 밀접한 관계에 있는 것, 기혼남성을 미치게 만드는 것, 그것이 고부갈등이다.

이 책에서는 이러한 고부갈등에 관하여 다루고 있다. 여기서는 『한국구비문학대계』 전 82권과 『임석재전집』 전 12권을 대상으로 고부갈등 설화들을 추출하고, 설화에 나타나는 고부갈등의 양상과 해결방안을 분석하였다. 그리고 그 결과를 현대 고부갈등으로 고민하고 있는 내담자들을 대상으로 한 상담에 적용하여, 구비설화에서의 해결방안이 현대 고부갈등 해결에는 어떠한 도움을 줄 수 있을지 제시하여 보았다. 이러한 과정을 통해 현대 고부갈등 문제 해결에 도움을 줄 수 있는 〈고부갈등 상담 프로그램〉을 개발해 내고자 하였다.

위와 같은 제시가 가능한 이유는, 내담자 자신의 '문제의 경험을 중심으로 만들어진 이야기(problem saturated story)'를 '문제 이야기에 대항하여 새롭게 만들어지는 이야기(alternative story)'로 바꾸어 나갈 수 있다는 이야기치료의 원리 때문이다. 즉 내담자는 자신과 동일한 고부갈등 양상을 구비설화를 통해 경험하면서, 문제의 소유자가 아니라 문제를 바라보는 관찰자의 입장에서 자신의 문제를 객관적인 시각으로 통찰하게 될 것이다. 그리고 설화에서 제시되는 문제해결 방안을 통해, 자신의 이야기를 수정해 나아가게 될 것이다. 이것은 동일한 고부갈등을 경험하고 있는 독자에게도 마찬가지로 적용될 것이라 생각된다.

이 책에서는 고부갈등 양상에 따라 1) 시집살이 하는 며느리들 2) 며느리의 문제적 성격·습관 3) 올가미 시어머니 4) 효자 남편 5) 시어머니의 며느리 차별 6) 시어머니의 문제적 성격·습관 7) 시어머니와 며느리 간의 설전(舌戰) 8) 효부 만들기 등 8가지 항목으로 분류하였다. 이처럼 분류한 이유는 현대 고부관계에서 주로 나타나는 고부갈등의 양상이 이와 같은 형태를 보여, 고부갈등으로 고민하고 있는 독자가 이 책을 읽었을 때 자신의 고부갈등과 동일한 양상을 쉽게 찾아보고 문제해결 방안을 얻을 수 있도록 하기 위해서이다. 또한 이 책에서는 구비설화의 줄거리를 요약하고 설화군의 제목을 정하는데 『문학치료서사사전』[1]의 도움을 크게 받았으며, 〈나무꾼과 선녀〉 설화의 경우 이미 한권의 단행본[2]으로 출간된 바 있기에 분석대상에서 제외하였다.

현대 고부갈등 양상을 찾아내기 위해 필자는 다음(www.daum.net) 미즈넷 게시판에서 고부갈등과 관련된 모든 내담자들의 글을 추출해 정리하고, 각 항목에 해당되는 고부갈등 양상에 적합하다고 판

---

1) 정운채 외, 『문학치료서사사전』Ⅰ Ⅱ Ⅲ, 문학과치료, 2009.
2) 서은아, 『나무꾼과 선녀의 부부갈등과 문학치료』, 지식과교양, 2011.

단되는 글을 골라 본 책에서 고부갈등 사례로 제시하였다. 사례 인용은 독자의 이해를 돕기 위해 전문을 제시하고자 하였으나, 전문이 너무 길 경우 필요한 부분을 중심으로 인용하였다. 또 내담자의 글쓰기 특성을 살리기 위해 띄어쓰기·맞춤법·비문 또한 원상태를 보존하기 위해 노력하였다.

이 책을 구상하면서 필자가 소망했던 것은 책을 읽는 즐거움이었다. 권위적이고 딱딱한 학술서보다는 누구나 쉽게 읽고 공감할 수 있는 교양서를 만들고 싶었다. 이 책에는 아주 다양하고 재미있는 고부갈등 설화들이 제시된다. 이런 다양한 이야기들을 통해 독자들은 다양한 고부갈등을 간접적으로 체험해볼 수 있을 것이며, 자신의 고부관계를 되돌아보고 비교해볼 수 있을 것이다. 또한 구비설화 각 편이 모두 온전한 하나의 이야기라는 점에서 이를 바탕으로 한 각색스토리텔링이 가능할 것이며, 책에서 제시되고 있는 다양한 고부갈등 설화들은 영화나 드라마의 소재로도 활용될 수 있을 것이다.

이 책의 강점은 단순히 흥미로운 이야기의 나열에만 그치지 않는다는 점이다. 이 책에서는 고부갈등 문제를 구비설화를 매개로 하여 쉽고도 재미있는 방법으로 접근하고 있다. 이것은 누구나 이해하기 쉬운 짤막한 설화를 사용한다는 점에서 독자들의 지적 호기심을 불러일으킬 수 있으며, 흥미로운 하나의 담론으로 자리 잡을 수 있을 것이다. 또한 고부갈등의 양상과 해결방안이 일목요연하게 정리되어 있기에, 그 내용만으로도 독자들은 단시간 내에 본인에게 문제가 되는 요인을 체크해내고 해결방안을 확인해볼 수 있을 것이다. 이러한 과정을 통해 필자는 독자들에게 구비설화의 문학적 효용을 증명해 보이고 싶었다. 즉 독자들은 이 책을 통해 구비설화가 구태의연한 옛 이야기가 아니라, 현대에도 얼마든지 변용되고 재해석되어 우리들에게 활용될 수 있는 귀중한 유산임을 깨달을 수 있을 것이다.

이 책을 출간하면서 너무나 고마운 분들이 많이 계시다. 내가 하는 일이라면 늘 믿어주고 지원해주는 우리 아빠, 나에게 힘이 되어주는 정아언니와 남동생 상균이, 언제나 온전한 내편인 남편 정지용과 나의 사랑 구윤이에게 감사의 마음을 전한다. 구윤이를 통해 바라보는 세상은 언제나 따뜻하고 아름답다. 그리고 하늘에 계신 우리 엄마, 10여 년이 지난 지금도 여전히 그립고 또 그립다. 국문학 연구자의 길을 가게 해주신 박기석 선생님과 고(故) 정운채 선생님, 학문적인 대화 상대가 되어 주시는 교내 김택중 선생님께도 감사의 마음을 전한다. 끝으로 주일마다 좋은 말씀 전해주시는 서울여대 대학교회 김범식 목사님과 그동안 나와 소중한 인연을 맺었던 모든 사람들에게 감사와 사랑을 전한다.

나의 삶에 살아 역사하시는 주님을 찬양합니다.
늘 아버지의 말씀 속에 살게 하시고, 순종하는 삶을 살게 하소서…

2016. 10. 25. 서은아 씀

차 례

1

시집살이 하는 며느리들

구비설화를 활용한
고부갈등 상담 프로그램 개발

① 시집살이 하는 며느리들

1) 고부갈등 양상과 해결방안

본 장에서 다루어질 설화들은 고된 시집살이를 하는 며느리들에 관한 작품이다. '시집살이'라는 단어는 두 가지로 설명되는데, 하나는 '결혼한 여자가 시집에 들어가서 살림살이를 하는 일'이고 다른 하나는 '남의 밑에서 엄격한 감독과 간섭을 받으며 하는 일을 비유적으로 이르는 말'이다. 본 장에서 '시집살이'란 두 가지 뜻을 모두 내포하고 있다.

『한국구비문학대계』에서 고된 시집살이를 하는 며느리의 모습이 보이는 작품으로는 [뻐꾸기가 된 며느리]와 [시집살이 고달파서 중이 된 며느리] 설화군을 들 수 있다. 다음에서는 각 설화들을 살펴보도록 하겠다.

먼저 [뻐꾸기가 된 며느리] 설화군이다. 이 설화는 『한국구비문학대계』에 4편이 수록되어 있는데, 대강의 줄거리는 다음과 같다.

(1)한 여자가 어려서 시집을 갔는데, 시집살이가 어찌나 심하던지 먹이지도 않고 시집살이를 시켰다. (2)그 사정을 딱하게 여긴 앞집 여자가 떡국 한 그릇을 며느리에게 몰래 가져다주었다. (3)그런데 시어머니가 그것을 보고 말았다. 여자는 부뚜막에 떡국 그릇을 놓고 바가지로 덮어둔 채 물을 길러 갔는데 그 사이에 앞집 개가 와서 싹 쓸어 먹어 버렸다. (4)시어머니는 앞집에서 가져온 떡국을 안 갖다 준다며 며느리 혼자 다 먹었다며 고무래로 며느리를 쳐 죽여 버렸다. 며느리는 죽어서 떡국새가 되었다. (5)서방이 일을 갔다 돌아왔는데 각시는 죽고 새가 울고 있으니 우리 어머니가 죽였다며 자살을 해 버렸다. (6)그래서 둘이 떡국새가 되어 동네 지붕을 돌며 떡국 떡국 김동지 집에서 가져온 떡국은 김동지네 개가 먹었는데 라며 울었다.[1]

설화에서 한 여자가 시집을 갔는데 시어머니는 며느리를 먹이지도 않고 시집살이를 시켰다. 그 사정을 불쌍하게 여긴 앞집 여자가 며느리에게 떡국 한 그릇을 몰래 가져다주었는데, 시어머니가 그것을 보았다. 며느리는 떡국 그릇을 부뚜막에 둔 채 물을 길러 갔는데, 앞집 개가 와서 다 먹어버린다. 개가 떡국을 먹은 사실을 모르는 시어머니는 며느리가 자신은 주지 않고 혼자 떡국을 다 먹었다고 오해하고, 고무래로 며느리를 죽이며, 며느리는 죽어서 떡국새가 된다. 남편이 돌아와 아내가 죽은 것을 알고, 어머니가 아내를 죽였다며 자살한다. 죽은 부부는 떡국새가 되어 동네 지붕을 돌며 운다.

---

1)『한국구비문학대계』5-2, 664-665면, 동산면 설화15, 떡국새 유래, 송만성(여, 76)

　[뻐꾸기가 된 며느리] 설화군에서 시어머니는 며느리를 오해하고 죽게 만든다. 위에 예문으로 제시한 〈떡국새 유래〉에서는 며느리가 자신은 주지 않고 혼자 떡국을 다 먹었다고 오해해 며느리를 죽이며, 〈뻐꾸기 유래〉[2]에서는 시어머니가 며느리에게 떡국을 끓이라며 갯수를 세어 떡을 주었는데, 며느리가 떡국을 끓여가자 시어머니는 떡 하나가 모자란다며 며느리가 먹었다고 야단을 친다. 며느리는 자신이 먹지 않았는데 시어머니가 계속 먹었다고 하자 결백을 밝히고자 죽어 버리고, 며느리가 죽은 후 시어머니는 솥 앞에 붙어있는 떡 하나를 보게 된다. 또 〈뻐꾸기가 '뻐꾹뻐꾹' 우는 내력〉[3]에서도 며느리가 빨래를 하러 나간 사이 집에 있는 개가 떡국 한 솥을 다 먹어버리고 며느리는 개가 먹었다고 이야기하지만 시어머니는 며느리 얘기는 듣지 않고 그녀를 죽여 버린다. 〈뻐꾸기의 유래〉[4]에서도 며느리가 떡국을 끓여놓고 간장을 뜨러 간 사이 개가 떡국을 다 먹어버리고, 며느리는 시어머니께 사정을 이야기하지만 시어머니는 며느리의 목을 자른다. 이처럼 [뻐꾸기가 된 며느리] 설화군에서 며느리는 고된 시집살이를 하던 중 시어머니의 오해로 인해, 혹은 자신의 결백을 밝히고자 죽는다.

　다음으로 [시집살이 고달파서 중이 된 며느리」설화군이다. 이 설화는『한국구비문학대계』에 2편이 수록되어 있는데, 대강의 줄거리는 다음과 같다.

2)『한국구비문학대계』1-7, 754-755면, 양도면 설화28, 뻐꾸기 유래, 박옥순(여, 66)
3)『한국구비문학대계』3-3, 542-543면, 가곡면 설화9, 뻐꾸기가 '뻐국뻐국' 우는 내력, 이수섭(남, 37)
4)『한국구비문학대계』1-4, 729-730면, 와부읍 설화29, 뻐꾸기의 유래, 박운봉(남, 66)

(1)어떤 여자가 시집을 갔는데 농사일과 집안일이 많아 아주 힘들었다. (2)어느 날 며느리가 힘들게 밭을 매고 돌아오니, 시누이가 저녁으로 썩은 밥과 엊저녁에 먹던 된장을 먹으라고 주었다. (3)며느리가 그것을 받아들고 이렇게 살 수는 없다는 생각이 들어 옷을 갈아입고 집을 나와 절로 들어갔다. (4)며느리는 머리를 깎고 중이 되어 동냥을 하러 나갔는데 하필 친정에 이르게 되었다. (5)중이 된 딸은 어머니의 허락을 받아 안쪽 대문까지 들어와 동냥을 받게 되었다. (6)어머니는 깨를 내어주었는데 동냥자루의 밑이 빠져 깨가 모두 쏟아지고 말았다. (7)중이 된 딸이 떨어진 깨를 하나하나 줍는데 어머니가 한 번에 쓸어서 가져가라고 하였다. 그때 중이 된 딸이 고개를 들어 어머니를 바라보자, 어머니가 중이 바로 자신의 딸인 것을 알아보고는 서로 부둥켜안고 울었다. (8)중은 결국 서럽고 아픈 마음을 참지 못하고 샘물에 몸을 던졌다.[5]

어떤 여자가 시집을 갔는데 농사일과 집안일이 많아 아주 힘들었다. 어느 날 며느리가 힘들게 밭을 매고 들어왔는데, 시누이가 저녁으로 썩은 밥과 엊저녁에 먹던 된장을 주었고 며느리는 이렇게 살 수 없다는 생각에 옷을 갈아입고 절로 들어간다. 머리를 깎고 중이 된 며느리는 동냥을 하러 나갔다가 친정에 이르게 되고, 어머니와 마주하게 된다. 어머니는 중이 자신의 딸인 것을 알아보고 서로 부둥켜안고 울며, 중은 서럽고 아픈 마음을 참지 못해 샘물에 몸을 던져 죽고 만다.

예문으로 제시한 〈중이 된 시집살이 며느리〉의 경우, 며느리는 시

---

5) 『한국구비문학대계』 6-10, 192-194면, 도곡면 설화13, 중이 된 시집살이 며느리, 최순애(여, 76)

댁에서 받는 자신의 처우에 실망하여 머리를 깎고 중이 된다. 즉 시댁
농사일과 집안일이 많아 힘든 상황에서, 썩은 밥과 먹던 된장을 저녁
으로 주는 시누이의 행동은 시댁 내에서의 며느리의 삶이 얼마나 열
악했는지 보여준다. 〈중이 되어 간 며느리〉[6]에서도 며느리는 넓은 밭
을 모두 갈고 점심을 먹으러 집으로 가지만 시아버지와 시어머니, 맏
동서는 그것도 일이라고 점심을 먹으러 왔냐며 소리를 지른다. 이 설
화에서 또한 며느리는 자신의 처지에 실망하여 치마를 뜯어 바랑을
만들고 머리를 깎고 중이 된다. 여기서도 며느리는 중이 되어 자신의
친정으로 시주를 받으러 가고, 어머니는 딸을 알아본다. 친정에서 지
내던 며느리는 다시 시댁으로 돌아오는데 시아버지는 죽어 구렁이기,
시어머니는 죽어 뱀이, 동서는 죽어 독사가 되어 있었다.

　『임석재전집』에서도 이렇게 고된 시집살이를 하는 며느리들의 이
야기는 나타나는데, 〈메눌치 나물꽃〉[7] 〈고춧잎꽃나물〉[8] 〈소쩍새〉[9]

---

6) 『한국구비문학대계』 7-18, 500-502면, 호명면 설화6, 중이 되어 간 며느리, 우분
　선(여, 66)
7) 봄이 되면 메눌치 나물이란 나물이 나오던데 이 메눌치 나물으 꽃을 보면 빨간 꽃
　속에 하얀 밥알같은 것이 붙어 있어요. 왜 이 꽃에 밥알 같은 것이 붙어 있는가 하
　면 시집살이를 되게 하던 메누리가 밥을 먹다가 채 먹지도 못하고 시어머니한테
　맞아서 죽어서 그랬다는 겁니다. 이것을 좀 자세히 말하면 이렇습니다. 옛날에 시
　집살이를 심하게 하는 메누리가 있더랍니다. 밥을 푸다가 배가 고푸니까 밥주걱에
　묻은 밥알을 뜯어 먹넌데 왜 여자덜이 흔히 그러지 안습니까 솥에서 밥덩이는 차
　마 먹지 못하고 밥주걱에 붙은 것을 뜯어 먹지요. 이렇게 밥주걱에 붙은 밥알을 뜯
　어 먹고 있넌데 시에미가 보고서 어째서 너는 버르쟁머리 없이 밥을 푸면 핏지 니
　가 먼저 밥을 먹냐 함서 밥주걱으로 메누리를 때렸대요. 그러니까 메누리는 그 밥
　알을 삼키지도 못하고 입안에 문 채로 죽었대요. 아마 돼게 때렸던 모양이죠. 그래
　이 죽은 메누리를 묻었넌데 이 메누리 무덤에서 나물이 나와서 꽃이 피었넌데 그
　꽃에는 밥알같은 것이 하나 물린 것처럼 피었더랍니다. 아마 밥주걱에 붙은 밥알을
　뜯어 먹다가 미처 삼키지도 못하고 시어머니한테 맞아 죽은 메누리으 죽은 원한이
　그렇게 그런 꽃이 핀 거죠. 그래서 그 꽃을 사람덜은 메눌치 꽃이라고 이름지었다

〈쑥국새〉[10]가 그것이다.

먼저 〈메눌치 나물꽃〉에서 봄이 되면 메눌치 나물이란 나물이 나오는데, 이 나물의 꽃 모양은 빨간 꽃 속에 하얀 밥알 같은 것이 붙어 있

고 하는 말이 있지요.(『임석재전집』 4, 1977년 3월 3일 麟蹄郡 南面 藍田里 許萬福 (59세, 여)

8) 옛날에는 시으므니가 메누리를 느므 심하게 그느렸든가 베유. 으뜬 시으므니가 메누리보고 방아를 찌라고 해스 메누리가 방아를 찧는디 찧다가 쌀이 두 알이 도구통 옆으로 튇으스스 이굿을 집으스 입이다가 늪드래유. 시으므니가 방에스 내다보고 아 즈년이 방아 찌라니게 쌀을 다 프묵는다고 그름스 쫓아나와스 도굿대로 메누리를 때려스 메누리는 직사하게 됐대유. 메누리는 죽음스 "쌀 두 알백이 안 므욌이유" 함스 슷바닥을 내밀었는디 슷바닥 우에는 쌀이 두 알백에 읆드래유. 그래 메누리는 죽었는디 메누리 묻은 무뎀에스 풀이 나스 꽃이 피었는디 그 꽃은 슷바닥을 길게 내밀고 그 우에 하얀 쌀알 두 개가 읆호 있는 꽃이 피어 있드랍니다. 메누리가 원이 돼스 그른 꽃이 팼다는 그유. 사람들은 이 꽃을 나물을 꼬춧잎꽃나물이라고 그르지유.(『임석재전집』 6, 1973년 10월 30일 公州邑 中學洞 李起德(66세, 여)

9) 옛날에 한 메누리가 시집살이를 하는디, 이 집 시으므니는 쌀을 쬐금 내주고 솥도 쬐깐은 굿을 내주고 밥을 하라고 했다. 밥을 해스 식구 밥을 다 퍼주고 나면 메누리는 묵을 밥이 읆었다. 그래스 이 메누리는 늘 배를 곯아스 그만 죽었는디 죽으스 새가 돼라고 솥 즉다 솥 즉다 하고 울었다. 솥 즉다고 우는 새를 사람들은 소짝새라고 하는디, 이 새는 시으므니가 솥 즉은 굿을 내주므 말하라고 해스 배가 곯아스 죽은 메누리의 죽은 늧이 새가 된 새라고 한다.(『임석재전집』 6, 1873년 10월 23일 大德郡 東面 梧洞里 2區 金樂順(48세, 여)

10) 옛적으 어떤 곳에 시얶씨허고 메누리허고 사던디 어느해 숭년이 들어서 곡식이란 곡식은 아무것도 없어서 숙얼 캐다가 쑥국얼 끓여서 묵읍서 제우 연명히 갔다. 어느날 메누리년 쑥국얼 한 솥단지 끓여놓고 쑥국이 식으라고 솥단지 뚜껑얼 열어놓고 잠깐 소피보러 칙간에 갔넌디 고세에 개란 놈이 그 쑥국얼 절반쯤이나 묵었다. 메누리년 소피럴 다 보고와서 봉께 개란 놈이 쑥국얼 묵고 있어서 "이 개 !" 험서 개럴 쫓아내고 있넌디 그메 씨엄씨가 밖으서 돌아와서 솥단지럴 딜이다보고 쑥국이 절반밖에 없넌 것얼 보고 "이년! 너만 배고프간디 너만 혼자 다 퍼묵어!" 이러먼서 메누리럴 뚜드려팸서 뜨거운 쑥국 솥단지럴 메누리헌티다 내던졌다. 그렇게 메누리년 뜨거운 쑥국얼 뒤집어쓰고 "쑥국 쑥국 개개개" 험서 죽었다. 그 뒤에 전에 보지 못헌 새가 한 마리 생겨서 "쑥국 쑥국 개개개" 험서 울고 다녔넌디 사람덜언 이 세럴 보고 애무허게 시얶씨헌티서 뜨거운 쑥국얼 뒤집어써고 죽은 메누리으 넋이 세가 돼서 그렇게 운다고 헌다.(『임석재전집』 9, 1962년 7월 光山郡 東谷面 柳溪里 姜順植)

다. 옛날에 시집살이를 힘들게 하던 며느리가 있었는데, 밥을 푸다가 배가 고파 밥주걱에 묻은 밥알을 뜯어 먹었다. 그것을 본 시어머니가 버르장머리 없이 먼저 밥을 먹느냐며 밥주걱으로 며느리를 때리고, 며느리는 밥알을 삼키지도 못하고 문 채로 죽었다. 이 며느리의 무덤에 나물이 나와 꽃이 피었는데, 그 꽃에는 밥알 같은 것이 하나 물린 것처럼 되어 있었다. 사람들은 시어머니한테 맞아 죽은 며느리의 원한이 꽃이 되었다고 하여, 그 꽃을 '메눌치 꽃'이라고 이름 지었다. 〈고춧잎꽃나물〉 또한 비슷한 이야기로, 옛날에 시어머니가 며느리에게 방아를 찧으라고 해 며느리가 방아를 찧다가 쌀이 두 알 절구통 옆으로 떨어졌다. 며느리가 떨어진 쌀을 집어 입이 넣으니, 시어미니가 방 안에서 내다보고 "저 년이 방아를 찧으라니까 쌀을 다 퍼 먹는다"고 하며 쫓아 나와 절구공이로 며느리를 때려 며느리가 즉사한다. 며느리는 죽으면서 쌀을 두 알 밖에 안 먹었다며 혓바닥을 내밀었는데, 혓바닥에는 쌀이 두 알 밖에 없었다. 죽은 며느리 무덤에 풀이 나서 꽃이 피었는데, 그 꽃은 혓바닥을 길게 내밀고 그 위에 하얀 쌀 알 두 개가 얹어져 있었다. 며느리의 원한이 그런 꽃을 피웠다고 하여, 사람들은 그 꽃을 '고춧잎꽃나물'이라고 부른다.

앞의 두 편의 설화가 시어머니한테 맞아 죽은 며느리가 꽃 나물이 된 이야기라면, 다음 두 편의 설화는 시어머니한테 맞아 죽은 며느리가 새가 된 경우이다. 〈소쩍새〉에서 옛날에 한 며느리가 시집살이를 하는데, 시어머니가 쌀을 조금 내주고 작은 솥에 밥을 하라고 해 며느리는 먹을 밥이 없었다. 이 며느리는 배를 곯다가 죽었는데, 죽어서 새가 되어 솥 적다 솥 적다 하고 울었다. 솥이 적다고 우는 새를 사람들은 소쩍새라고 했는데, 배가 곯아서 죽은 며느리의 넋이 새가 된 것이라고 한다. 〈쑥국새〉 또한 비슷한 이야기로, 옛적에 시어머니하고 며느리하고 둘이 사는데, 흉년이 들어 먹을 곡식이 없자 쑥을 캐 쑥국을 끓여 먹으며 겨우 목숨을 이어갔다. 어느 날 며느리가 쑥국을 한 솥 끓인 후 식으라고 솥단지 뚜껑을 열어놓고 잠깐 소변을 보러 화장실에 갔는데, 그 사이 개가 쑥국을 반이나 먹어버렸다. 며느리가 그것을 보고 개를 쫓고 있는데, 시어머니가 밖에서 돌아와 솥을 들여다보고는 며느리가 혼자 다 먹었다며 며느리를 두들겨 패고, 뜨거운 쑥국솥을 며느리한테 내던졌다. 며느리는 뜨거운 쑥국을 뒤집어쓰고 "쑥국 쑥국 개개개"하면서 죽었는데, 그 후 "쑥국 쑥국 개개개"하며 새가 울고 다녔다. 사람들은 시어머니한테 뜨거운 쑥국을 뒤집어쓰고 죽은 며느리의 넋이 새가 되어 그렇게 운다고 한다. 이처럼 『임석재전집』에도 고된 시집살이를 하는 며느리들의 이야기가 나타나며, 시어머니에게 맞아 죽은 며느리들의 넋은 꽃 나물이나 새로 화하여, 사람들의 동정을 받게 된다.

이처럼 시어머니의 모진 시집살이를 하는 며느리들에 관한 이야기를 다룬 모든 설화들에서 해결방안은 제시되지 않는다. [뻐꾸기가 된 며느리]의 경우 시어머니의 오해로 인해 며느리는 죽으며, [시집살이 고달파서 중이 된 며느리]의 경우 며느리는 시집살이를 견뎌내지 못하고 머리를 깎고 중이 된다. 〈메눌치 나물꽃〉〈고춧잎꽃나물〉〈소쩍새〉〈쑥국새〉에서도 며느리는 시어머니한테 맞아 죽는다. 그렇다면 설화에서의 실패를 교훈삼아 이야기해줄 수 있는 해결방안은 무엇일까?

첫째, [뻐꾸기가 된 며느리]에서 일을 갔다가 집에 온 남편은 아내가 죽고 새가 울고 있자, 우리 어머니가 아내를 죽였다며 자살을 해버린다. 며느리에게 고된 시집살이를 시키던 어머니는 며느리뿐만 아니라, 아들까지도 죽게 만드는 것이다. 아들의 죽음은 시어머니가 의도한 바가 아니었을 것이다. 이 부분은 시어머니가 아들과 며느리는 별개의 존재가 아니며, 며느리는 아들이 사랑하는 사람이라는 사실을 깨닫는 계기가 될 수 있다. 이에 시어머니에게 경계(警戒)의 의미를 줄 수 있다.

둘째, [뻐꾸기가 된 며느리]에서 남편은 아내를 죽인 어머니를 원망하며 아내를 따라 죽는데, 그만큼 아내가 소중했다면 남편은 어머니와 아내 사이에서 중재자로서의 역할을 해야 했다. 그러나 우리나라 대부분의 기혼 남성들은 중재자로서의 역할을 잘 못하고, 본인이 싫더라도 어머니의 말을 무조건 따르는 경우가 많다.

설화에서는 이러한 남성들의 모습을 다수 찾아볼 수 있는데, 〈박어사의 貧女 표창〉[11]에서 새댁은 조기를 이리저리 만지다가 마음에 안 든다며 조기장수를 보내고, 조기 만진 손을 점심 나물국에 씻어 국을 끓인다. 시아버지는 칭찬을 하지만 시어머니는 화를 버럭 내며, 그 손을 장에 담갔으면 일 년 동안 먹을 수 있었을 텐데 한 끼에 다 사용했으니 너무 헤프다면서 나가라고 한다. 이 상황에서 숯을 굽다가 돌아온 아들은 워낙 효자라 아내를 쫓아내라는 어머니의 말에, 어머니에게 뭐라고 말도 못하고 앉아서 울기만 한다. 〈둔갑한 여우(2)〉[12]에서

---

11) 『한국구비문학대계』 1-1, 383-392면, 수유동 설화39, 박어사의 貧女 표창, 강성도(남, 69)
12) 『한국구비문학대계』 5-7, 201-202면, 북면 설화11, 둔갑한 여우(2), 김판례(여, 73)

도 어머니가 아들에게 며느리가 여우라고 이야기하자, 아들은 어머니가 자신의 아내를 싫어한다고 생각해, 아내에게 친정에 얼마간 가서 있으라고 한다. 또 〈지성스런 염불로 복 받은 사람〉[13]에서도 시어머니가 아들한테 며느리를 쫓아내도록 시키자, 아들은 하나뿐인 어머니의 말을 거절하지 못해 아내에게 집에서 나가라고 한다.

이처럼 남성들은 싫어도 어머니의 말을 무조건 따르고 있는데, 성장하는 과정에서 부모님이 엄하셨을 때 대개의 남성은 부모님 편만 들게 된다. 부모님의 뜻에 동의해서 그 뜻에 따를 수도 있지만, 싫지만 참고 따르는 경우도 많다. 부모님의 태도가 싫을 때는 본인이나 아내가 힘들다는 것을 전달해야 된다. "저는 어머니의 요구가 부담이 됩니다." 또는 "저는 어머니가 우리 입장을 생각해 주지 않아 섭섭합니다."는 식의 '나-전달법'으로 감정을 표현해야 된다.

'나-전달법(I-message)'은 화가 나거나 불만이 있을 때 그것을 꾹꾹 참고 있는 것이 아니라, 말로 솔직하게 자신의 감정을 표현하는 것이다. 너로 시작하는 '너-전달법'은 비난을 받으면 감정이 상해서 잘못을 인정하기보다는 같이 비난하기가 쉽다. 그러므로 '나-전달법'이 효과적이다. '나-전달법'에는 세 가지 구성요소가 있는데, ①문제가 되는 상대방의 행동과 상황을 구체적으로 말하고 ②상대방의 행동이 나에게 미친 영향을 구체적으로 말한 후 ③그런 영향 때문에 생긴 자신의 감정을 솔직히 말한다.[14]

---

13) 『한국구비문학대계』 8-12, 551-555면, 언양면 설화52, 지성스런 염불로 복 받은 사람, 장덕선(여, 72)

14) http : //stewardess.inhatc.ac.kr/data/philoint/culture/speech-techniques-1.htm 참조.

물론 대부분의 부모가 이러한 아들의 감정표현에 대해 속상해하기 때문에, 아들은 부모님이 속상해하시는 것이 두려워서 자신의 감정을 제대로 표현하지 못한다. 그러나 이러한 전달법은 사태를 직시하게 만들고, 부모님이 자식의 감정을 이해하게 만드는데 큰 도움이 될 수 있다. 그러므로 남성은 아내와 어머니 사이에서 방관자적 입장을 취할 것이 아니라, 부당한 어머니의 요구에 대해서는 당당히 자신의 의사를 밝혀 아내를 보호해줄 책임이 있다.

며느리 또한 마찬가지이다. [뻐꾸기가 된 며느리]에서 며느리는 시어머니의 오해로 인해 죽게 되는데, 만약 며느리가 좀 더 적극적으로 자신의 상황을 해명하고, 남편에게 도움을 요청하고, 시어머니를 설득시켰다면 작품의 결말은 달라졌을 것이다. 며느리 역시 '나-전달법'를 사용해 자신의 입장과 감정을 표현할 필요가 있다.

셋째, 비현실적일 만큼 며느리를 학대하고 있는 설화들은 시어머니와의 관계에서 동일한 문제로 고민하고 있는 내담자들에게 심리적 위안을 줄 수 있다. 즉 나보다 더한 시집살이로 결국 죽음에 이르는 며느리도 있다는 사실은 내담자들에게 시어머니의 만행에 분노하면서도 자신은 그 정도가 아니라는 안도감, 심리적 위안 또한 줄 수 있다.

2) 현대 고부갈등 사례에의 적용

본장에서는 설화에서 분석해 본 시집살이하는 며느리들의 모습이 현대에서는 어떠한 양상으로 나타나고 있는지 살펴보고, 설화에서의 해결방안이 현대 고부갈등 상담에는 어떻게 이용될 수 있을지 논의해

보고자 한다.

시집살이의 강도는 다르지만, 현대에도 여전히 며느리들은 시집살이로 숨 막혀 하고 있는데, 다음에서는 이런 사례들을 제시해 보겠다.

사례 1 겨울이불 세 채 내놓으며 니가 빨아라

얼마 전 홀시모와 합가 후 빨래 문제로 고민하던 며느리입니다. 시어머니 여전히 본인 빨래 안하시고, 빨래를 며칠째 베란다에 널어놓아도 그냥 지나만 다니시네요. 물론 여러분에 조언대로 시어머니 빨래는 남편이 전담하고 있구요(그게 제 정신 건강상 좋을 것 같아서요.) 아직도 방에 물 마신 컵 몇 개씩 그냥 두시네요. 정말 젊으신 분이(환갑 안 되셨음) 왜 그러는지 이해가 안갑니다. 신랑은 자기가 다 하겠다며 신경 쓰지 말라고 하는데, 그게 어찌 그런가요. 근데 오늘은 갑자기 옷장에서 겨울 이불을 잔뜩 꺼내시더니... 얘, 이거 천천히 빨아라. 옷장에 그냥 넣어놨더니 곰팡이 생겼다. 헐~ 제가 무슨 집에서 살림만하는 며느리인가요. 멀쩡한 이불도 아니고 곰팡이까지 생긴 이불을... 암튼 사랑과 전쟁 같은데 보면 시어머니들이 며느리 시집살이 시키려고 갑자기 그런 거 내놓으며 시키잖아요. 그런 느낌 들더라구요. 순간 열이 확 받았지만, 참았어요. 어차피 내가 안하면 되지 뭘~ 그렇게 사랑하는 당신 아들 일 하나 추가요~ 하지만 내심 서운해서, 신랑한테 어머니는 같이 산지 얼마 되지도 않았는데 좀 서운하댔더니, 그럴 수도 있지 뭘 그런 거 가지고 그러냐 하더라구요. 남편 그 말 땜에 더 서운하기도 하고... 울 엄마 같으면 일하는 나한테 그런 거 안 시킬 걸 ? 내가 아니라 며느리한테도 그렇구 본인 빨래 본인이 해 입지... 그러다가 괜히 신랑하고 말싸움만 했네요. 내 할 도리는 내가 해야 욕 안 먹을 것 같아 정말 최선 다해서 지내왔는데, 결혼해서 지금까지 제사음식도 혼자 다 차리고, 시어머니 밖에서 외식하는 거 싫어해서 생일상도 다 손수 차려드렸는데, 제가 그동안 너무 일 잘하는 며느리로만 보였는지... 사회생활만 하다 처음 시집와서 욕 안 먹으려고 여기저기 물어가며 제대로 했던 게 막 후회가 되네요. 괜히 잘했나보다 일 못하는 사람은 시키지도 않던데... 외동딸로 나름 귀하게 컸는데... 난 여태 울 엄마 빨래 한번 해드린 적 없고 생일 미역국 끓여드린 적도 없는데... 여러 가지 잡생각으로 기분 정말 우울합니다.

사례1〉은 시어머니와 따로 살다가, 합가한 지 얼마 되지 않은 며느리의 글이다. 며느리는 시어머니와 합가를 하면서, 시어머니가 직장에 다니는 며느리에게 빨래며 청소며 모든 집안일을 미루는 것 같아 마음이 상한다. 그러던 중 시어머니가 장롱에서 곰팡이가 핀 겨울 이불을 잔뜩 꺼내놓으며 며느리에게 천천히 세탁을 하라고 하고, 며느리는 시어머니의 행동에 화가 난다. 며느리는 시집살이를 시키려는 시어머니가 못마땅해 남편에게 이야기를 하지만, 남편은 대수롭지 않게 여기고, 그런 남편에게 아내는 더 서운하다.

사례 2 **정말 징글징글 하네요**

제목 그대로 정말 징글징글합니다. 매일 하루 세끼도 모자라서... 하루 종일 먹을 것만 찾는 시엄니... 요즘같이 삼복더위에 정말 미치고 환장하겠습니다. 단 한 시간도 밖에 안 나가고 오로지 방과 거실에서만 생활하시고... 며느리 외출하는 거 다 일일이 간섭하시는 셈니.. 내 나이 오십에 이리 살아야하나요? 먹는 건 얼마나 밝히는지? 먹고 자고 싸고... 셈니의 일상이네요. 어디 가는 것두 귀찮고.. 왜 이리 큰며느리 옆에서 껌 딱지처럼 붙어계시는지? 큰며느리가 그리도 이쁘구 좋은 신지 의문이 가네요...ㅜㅜㅜ 머리가 돌기 직전이네요. 요즘에는 두통약 없인 생활할 수가 없구... 언젠가부터는 가슴이 답답하고 불안해서.. 청심환 먹는 것이 습관이 됐네요. 울 집에 청심환과 두통약이 없으면 내가 불안해서 살수가 없네요. 시엄니 얼굴 보면 뭔가가 날 노리고 있는 느낌... 항상 불안함과 초초함에 미치겠습니다. 누가 알까요? 울엄니 팔다리 아픈 거 외에는 식사도 잘하시고... 나보다도 목소리도 더 크시고 기운이 펄펄나지요. 근데... 딸들이나 작은아들이 오면 얼마나 연약한 척(?)을 하시는지? 웃음이 나네요. 울셈니 몸무게가 80이구요... 배가 얼마나 나왔는지? 금방 몸 풀 사람 같아요. 하기사... 먹고 자는 것이 일상인데 뚱뚱하지 않는 것이 비정상이지요. 오늘도 아침상 치운지 두 시간도 안됐는데 배고프다 하시니... 어쩌리요? 라면 끓여 달라시는데 라면 떨어졌다고 거짓말했네요. 아무래도 난 천벌 받겠죠? 하지만 나두 휴식이 필요하거든요... 지금 삼계탕 가스에 얹어놓고 푸념해봅니다. 울님들... 비두 오고 마음도 우울하네요...

사례2)에서는 나이 오십이 넘은 며느리에게 하루 종일 먹을 것만 찾고, 집 밖으로 단 한 시간도 나가지 않고, 며느리의 외출을 일일이 간섭하는 시어머니가 며느리는 징글징글하다. 며느리는 두통약 없이 생활할 수 없고 언젠가 부터는 가슴이 답답하고 불안해 청심환을 먹는 것이 습관이 되었다. 시어머니 얼굴을 보면 누군가가 자신을 노리고 있는 느낌이라고 말하는 것으로 보아, 이 며느리는 시어머니 시집살이에 이미 지쳐있는 상태이다. 아침상 치운지 두 시간도 안 되어 배가 고프다며 라면을 끓여달라는 시어머니에게, 며느리는 쉬고 싶어 라면이 떨어졌다고 거짓말을 한다. 그러면서도 마음이 불편한 며느리는 삼계탕을 끓이며 자신의 신세를 한탄한다.

사례 3 시어머니한테 담배 걸리다

전 27살 평범한 주부입니다. 시부모님 모시고 아들, 딸 낳고 나름대로 열심히 살려고 하지만 시어머니 시집살이에 거의 졸도 지경입니다. 100평이 넘는 집 일하는 아주머니 한 명 안 쓰고 제가 다 합니다. 시어머니 성날 깔끔해서 전 아침 5시에 일어나서 자정이 가까워서야 잡니다. 시어머니 입맛에 맞추려고 요리학원뿐 아니라 식당까지 가서 배웠어요. 사실 시어머니 불만은 혼수입니다;; 저희 집안은 빚까지 내서 최선을 다해 1억 넘게 해왔는데(저희 집 그 빚 지금까지 갚고 있어요) 거기에 남편이 시어머니 몰래 5천까지 줘서 정확히 1억5천인데 시어머니 맨날 남들은 하십니다. 저 남편이랑 3년 연애하고 결혼했고 반대도 있었지만 지혜롭게 잘 넘겼어요. 근데 정말 넘 힘들어요. 잠 못자서두 아니고 일 많아서도 몸이 아파서두 시어머니 구박해서도 아닙니다. 그런 거 견딜 수 있어요. 남편 아이들 너무 사랑하니깐요. 근데 저희 집을 그지 집안이라고 하는 건 참을 수 없어요. 사실 전 담배 배워본 적두 없구 피워본 적두 없었는데 며칠 전 정말 화가 나서 남편 서재에서 한 입 댔어요.(저 그때 담배에 손이 왜 갔는지 알 수 없어요;;) 쓴맛과 기침이 다녔는데 시어머니가 그거 보셨어요. 난리 났어요. 자기 손주들 그렇게 해서 낳았냐고. 이혼하라고.ㅠㅠ 첨으로 한 것이 딱 걸려서 이런 지경까지 올 줄 몰랐어요. 남편은 제 맘 다 알아서 위로해주고 시어머니한테 해명도 했지만 시어머니는 아니에요. 너무 힘들어요.

사례3)은 시어머니의 시집살이에 거의 졸도할 지경인 며느리의 글이다. 새벽 5시부터 자정까지 며느리는 집안일을 하며, 시어머니의 입맛을 맞추기 위해 요리학원뿐만 아니라 식당까지 가서 음식을 배워온다. 시집올 때 친정에서 빚을 내 1억을 해줬고 남편 될 사람이 5천만원을 보태줘 1억 5천만원을 혼수로 해왔지만, 시어머니는 남들과 비교해 며느리에게 불만을 이야기하며, 사돈댁을 거지 집안이라고 표현한다. 시어머니 시집살이가 힘들었던 며느리는 담배를 한 입 입에 대고, 그것을 본 시어머니는 자신의 손주들을 그렇게 해 낳았냐며 이혼을 하라고 난리를 부린다. 남편은 아내의 마음을 알고 위로해주지만, 시어머니는 이혼을 고집하고, 며느리는 현재 상황이 너무 힘이 든다.

사례 4 어쩔 수 없는 시어머니...

전 지금 결혼 1년 6개월 차입니다.... 결혼 3개월을 지나 전 정말 말도 못하는 시집살이에 시달렸죠... 차라리 저에게 일을 하라고 하는 편이 전 그나마 마음이 편했죠. 저희 어머니는 일을 하시는 분이시죠... 그런데 어느 날 갑자기 일을 그만 두고 오셨어요... 그러더니 그때부터 전 말 그대로 죽지 못해 하루하루를 살아야 했어요.... 정말 미치지 않았으니 다행이죠... 전 결혼을 해서 부모님을 모시고 살게 됐었어요... 정말 살기가 싫었어요... 지금도 마찬가지이구요... 말도 안 되는 트집을 잡고 저에게 마구 화를 내시더군요... 저도 처음 세 네 번은 참고 지나갔죠. 그래도 어른이 말씀을 하시니까요. 그런데 더 어이가 없는 건 바로 이거였죠... 님들 '염산'아시죠? 그 염산을 제 앞에 두고 자살을 하시겠다는 거예요... 정말 미치겠더라구요. 며느리 잡지 못해 며느리 앞에서 자살이라니... 기가 막히더군요. 그래서 저도 참지 못해 마구 대들며 장작 2시간을 싸우기 시작했죠... 그러고는 짐을 싸서 무작정 집을 나 갔어요. 저희 어머니는 이런 분이죠... 자기 아들이 벌어온 돈은 당신이 써도 괜찮고 제가 한 푼이라도 쓰게 되면 넌 뭐 때문에 내 아들 등 처먹 고 사느냐고... 님들은 제 마음을 이해하시겠어요... 그러면서도 분가는 절대 안 된다더군요... 정말 미치죠. 그래서 전 남편과 헤어지기로 결심 을 했죠... 그랬더니 조금은 어머니도 나아지더군요... 그런데도 남편만 없음 절 개 잡듯 하시죠. 남들 앞에서는 한없이 좋은 시어머니 그런데 막상 둘만 있으면 절 개만도 못한 사람으로 취급하죠... 정말 힘이 드네 요... 그래서 전 담배를 피우게 됐어요... 그렇게 담배로 요즘은 위안을 받곤 하죠... 저 정말 남편과 헤어지고 싶네요. 힘이 들고 지쳐가요...

사례4)에서도 담배 이야기가 나오는데, 시어머니의 고된 시집살이 에 시달리던 며느리는 담배에서 위안을 찾고 있다. 결혼한 지 3개월 만에 시어머니와 함께 살게 된 며느리는 현재 시어머니의 시집살이로 미칠 지경이다. 시어머니는 합가 하자마자 일을 그만 두셨고, 말도 안 되는 트집을 잡아 며느리를 못 살게 군다. 하루는 염산을 며느리 앞에 두고 자살을 하겠다고 한 적도 있다. 며느리는 시어머니의 시집살이 를 이기지 못해 남편과 헤어질 결심을 하고, 그제야 시어머니는 약간 누그러진다. 그러나 지금도 남편이 없으면 며느리를 못살게 굴고, 인 격적으로 무시한다. 시어머니의 시집살이가 너무 힘든 며느리는 담배 를 피우면서 거기서 위안을 얻고 있다.

사례 5　**결혼 겨우 3주... 답답하네요**

　　결혼 3주 된 새댁입니다. 홀시어머니와 같이 살고 있습니다. 너무 답답하여 이렇게 글을 씁니다. 결혼 전 홀시어머니이기 때문에 어쩔 수 없이 어머님과 같이 살아야 한다는 것을 알고 있었습니다. 남편은 32살 저는 25살... 이른 나이에 결혼을 하는 거라 그 당시 뭣 모르고 홀시어머니 모신다는 것에 큰 부담을 못 느꼈습니다. 그렇게 결혼을 하고 신행을 갔다 와 처음 시댁에서 지내게 되던 날... 밥을 먹고 있는데 저보고 식탁 바깥쪽에서 밥을 먹으라고 하네요. 심부름해야 한다고...(물 떠오는 거나 반찬 더 담아오는 거 등등) 전 제 맘대로 밥도 못 먹나 보네요. 저희 어머님이 말이 좀 많으신데, 남편이 어머님한테 어떠한 일로 화를 냈는데 시어머님 바로 저에게 전화해서 불만 있으면 자기한테 직접 얘기하라고 남편한테 말하지 말고 자기한테 말하라고 흥분하시면서 저에게 말하더라구요. 전 아무 것도 말한 게 없는데, 단지 제 표정이 안 좋았을 뿐이었는데 말이죠... 저번 주에는 어머님이랑 냉장고 청소를 했는데 유통기한 지난 음식이 수두룩... 97년도 생산된 미원까지... 미원은 버렸지만 일 년 지난 김밥 김... 버리지도 않고 냉동고에 넣어서 괜찮다며... 다시 냉동고로 향하네요. 살림 스타일 안 맞아 답답하고 찝찝하네요. 잠도 맘대로 못자고, 밥도 먹고 싶을 때 못 먹고 먹기 싫어도 차려서 어머님이랑 같이 먹어야 하고, 뭐든 눈치 보이고 내 살림 같지도 않은 지금... 답답해 죽을 거 같아요. 이렇게 시댁에 들어와 살면서 눈물 마를 날이 없네요. 뱃속에는 아가도 크고 있고... 아직 혼인신고도 안했는데... 맘 같아선 그냥 이 집을 나가고 싶네요. 남편은 잘해주긴 하는데, 제가 많이 힘들어하고 투정부리니까, 시어머니 모시고 살 거 알고 들어왔는데 왜 그러냐고 자기도 힘들다고 배신감 든다고 하네요... 결혼한 지 겨우 3주... 어머님과 같이 사는 거 때문에 싸운 횟수 3번... 누굴 위한 결혼이었는지 너무 힘이 드네요...

사례5)는 결혼한 지 3주 된 새댁으로, 시어머니와 같이 살고 있다. 결혼 전 시어머니와 함께 살아야 한다는 것을 알았지만, 큰 부담을 느끼지 않았다. 그런데 신행 첫날부터 식탁에서 식사 심부름을 해야 하니 며느리에게 바깥쪽에서 밥을 먹으라고 하고, 남편이 시어머니에게 화를 낸 것을 며느리가 시킨 것으로 오해해 며느리에게 화를 내는 시어머니가 힘들다. 잠도 마음대로 못 자고, 밥도 먹고 싶을 때 못 먹고, 시어머니 눈치를 보면서 지내다보니 눈물이 미틀 날이 없다. 남편은 잘 해주지만, 시어머니와 함께 살기가 힘들다는 아내의 투정에 배신감이 든다고 이야기 한다.

앞서의 사례들은 모두 시어머니의 시집살이로 인해 힘든 며느리의 글이다. 그렇다면 이런 며느리들에게 설화에서의 문제해결 방안은 어떠한 도움을 줄 수 있을까?

며느리들은 자신의 입장과 감정을 시어머니에게 표현할 필요가 있다. 말하지 않으면 그 누구도 모른다. 사례1)에서 직장에 다니는 며느리에게 곰팡이 핀 겨울 이불을 잔뜩 꺼내놓으며 세탁을 하라는 시어머니나 사례2)에서 하루 종일 먹을 것을 찾고 며느리 곁에 붙어있는 시어머니, 사례5)에서 남편이 어머니에게 화를 낸 것을 며느리가 시킨 것으로 오해해 며느리에게 화를 내는 시어머니의 경우 며느리는 어머니에게 자신의 마음을 솔직하게 전달할 필요가 있다. 이 경우 설화에서 이야기한 대로 '나-전달법'을 사용한다면, 시어머니의 감정을 상하게 하거나 건드리지 않으면서 자신의 입장을 전달할 수 있을 것이다.

또 사례3〉과 사례4〉의 경우 시어머니는 며느리에게는 안하무인(眼下無人)처럼 보이지만, 자신의 아들에게는 신경을 쓰고 있다. 특히 사례4〉의 경우 시어머니는 남편이 없을 때만 자신을 개 잡듯 한다고 이야기하고 있다. 이 경우 남편이자 아들인 남성은 아내와 어머니 사이에서 중재자의 역할을 해줄 필요가 있다. 어머니의 감정을 상하게 하는 것이 두려워 자신의 감정을 적절히 표현하지 못한다면, 부부관계에서 또한 문제가 불거질 것은 자명하다.

남편이 고부관계에서 아내의 편을 들어줄 때, 아내는 남편의 지지에 힘을 얻고 고부관계 또한 증진시키기 위해 스스로 노력한다는 연구 결과가 있다.[15] 즉 원만한 고부관계는 원만한 부부관계가 전제되어야 한다는 것이다. 그러므로 남편이자 아들인 남성은 아내와 어머니 사이에서 방관자적 입장을 취할 것이 아니라, 부당한 어머니의 요구에 대해서는 당당히 자신의 의사를 밝혀 아내를 보호해주어야 한다.

다음은 남편의 역할이 중요하다는 것을 확인할 수 있는 사례이다.

사례 6 여보야 사랑해

우선 스마트폰이라 이해해주세요. 저는 35살 결혼 5년차 주부예요. 고슴도치 같은 자식도 있구요. 신혼도 없이 홀시어머님 모시고 결혼생활 시작했네요. 시어머님 모시기 너무 힘들어 울기도 많이 울었지요.

---

15) 박소영, 「고부관계에서 남성의 역할에 관한 연구」, 『한국가족복지학』 28, 2010.4.

울어머님 5년이 지난 지금까지 저를 부를 때 호칭이 '야'입니다. 울 신랑은 새벽에 일 나가서 정오쯤 들어옵니다. 우린 둘이서 해본 일이 없어요. 결혼기념일 생일 물론 챙겨본 적 없어요. 새벽에 일 나가는 거 힘들고 위험해서 마음이 안 놓이면서도 어머님 말씀에 토라져서 상처 되는 말도 많이 했어요. 울 어머님 여기 시어머니들보다 더하면 더했지 덜하진 않네요. 친정이 멀어 명절 생신날 한 번도 못 가 봤고요. 울 어머님 동서는 바리바리 챙겨서 친정 보내면서 저더러는 동서 음식 야무지게 못 챙기냐고 타박하시네요. 얼마 전 친정엄마가 무릎이 안 좋으셔서 수술하셨는데 어머님 말씀 엄마 젊은데 뭔 수술을 하시느냐 였어요. 젊어도 고생 많이 하셨거든요. 항상 당신 고생 하신 얘기 하시고 다른 사람 얘기는 듣지 않으시려하고 고집 세시고 아무튼 그런 시어머니 밑에서 제대로 시집살이 하고 있지만 그래도 버틸 수 있는 건 울 신랑 너무나 착한 신랑 밤새도록 일하고 와서도 항상 내말 다 들어 주고 애들 챙기고 일만하는 신랑 그런 신랑에게 죽고 못 살아한 결혼이 아니라 사랑하단 말 한 번 못했네요. 보일러 고쳐 달라 텃밭 좀 갈아 달라 쓰레기 버려 등등 인상 한번 안 써요. 심지어 내가 어머님 욕해도 조금만 참아주라 내가 더 잘할게 라고 합니다. 얼마 전 시아버지 제사였어요. 울 어머님 집에 손님도 안 오시는데 손이 크셔서 음식 산처럼 하십니다. 음식하구 제사 지낸 다음날 녹초가 돼서 쓰러져 자는 내게 퇴근하구 와서는 자기도 피곤할 텐데 나와 보라더니 생크림 케이크를 내밀더니 피곤할 때 달달한 거 먹으면 좋다며 혼자만 먹으라더군요. 이런 남편 사랑하지 않을 수 있나요? 제가 성질이 못돼서 마음도 많이 아프게 하구 표현도 잘 못하고 그래서 미안합니다. 이번기회에 말하고 싶네요. 어머님께도 잘하고 우리 지금처럼 애들 키우면서 잘 살자 여보야! 사랑해.

사례6)은 힘든 시어머니의 시집살이를 잘 이겨내고 있는 결혼 5년
차 주부의 글이다. 신혼도 없이 시어머니를 모시고 결혼생활을 시작
했고, 시어머니를 모시는 게 힘들어서 울기도 많이 울었다. 지금도 시
어머니는 이 여성을 '야'라고 부른다. 친정이 멀어 명절이나 생신에
한 번도 가본 적이 없고, 시어머니는 동서는 음식을 바리바리 챙겨 친
정에 보내면서도 본인에게는 동서 음식을 야무지게 못 챙긴다고 타
박을 한다. 고집도 세고 다른 사람 얘기는 들으려고 하지 않는 시어머
니에게 고된 시집살이를 하고 있지만, 그나마 이 상황을 견딜 수 있는
것은 착한 남편 때문이다. 제사를 지낸 다음 날, 녹초가 되어 쓰러져
자는 아내에게 남편은 피곤할 때 먹으면 좋다고 달달한 생크림 케이
크를 내밀고, 아내는 남편이 고맙고 사랑스럽다.
  이 사례에서 힘든 시집살이 중에도 아내를 견디게 하는 것은 남편
이다. 제사로 지친 아내에게 달달한 생크림 케이크를 내밀며, 혼자만
먹으라고 하는 남편의 마음 씀씀이는 아내에게는 큰 힘이 된다. 이처
럼 남편이 아내에게 정성을 다하고, 아내를 보호하고 이해해주고자
애쓴다면, 아내 또한 남편의 지지에 힘을 얻어 원만한 고부관계를 만
들기 위해 노력하게 될 것이다.

2

며느리의 문제적 성격 · 습관

구비설화를 활용한
고부갈등 상담 프로그램 개발

② 며느리의 문제적 성격 · 습관

1) 고부갈등 양상과 해결방안

며느리의 문제적 성격이나 습관과 관련지어 볼 수 있는 설화군으로는 [신 거꾸로 신은 부처] [엉터리 염불로 극락 간 시어머니] [불효한 친자식 떠나 팔자 고친 어머니] [시어머니 죽이려다 불에 타죽은 며느리] [벙어리 삼 년 지내려 한 며느리] [강똥 서 말] 설화군을 들 수 있다.

이 설화군 중 시어머니가 며느리의 눈치를 보거나, 며느리가 시어머니를 부려먹는 등 시어머니가 며느리에게 시집살이를 당하는 모습이 보이는 [신 거꾸로 신은 부처] [엉터리 염불로 극락 간 시어머니] [불효한 친자식 떠나 팔자 고친 어머니] [시어머니 죽이려다 불에 타죽은 며느리]를 순서대로 살펴보도록 하겠다.

먼저 [신 거꾸로 신은 부처] 설화군이다. 이 설화는 『한국구비문학대계』에 7편[1]이 수록되어 있는데, 대강의 줄거리는 다음과 같다.

(1)어떤 며느리가 시집을 와서 시어머니를 엄청 부려먹었다. (2)그 런데 며느리가 삼 년을 살아도 아이가 생기지 않는 것이었다. (3)며느 리가 공을 들이려고 절에 가니 스님이 당신은 공들일 필요가 없으니 가라고 했다. 며느리가 다른 절로 갔는데 다른 스님도 공들일 필요가 없다고 말하는 것이었다. (4)며느리가 세 번째로 다른 절에 갔더니 스 님이 당신은 절에다 공을 들일 것이 아니라 신을 거꾸로 신고 치마를 뒤집어 입은 사람에게 공을 들이라고 하였다. (5)며느리가 그 말을 듣 고 나와서 그런 사람을 찾았지만 찾을 수가 없었다. (6)하루는 며느리 가 밖에 나갔다가 집에 돌아와서 시어머니에게 문을 열어달라고 했다. 그러자 시어머니가 깜짝 놀라서 치마를 뒤집어 입고 신을 거꾸로 신은 채 나오는 것이었다. (7)그것을 본 며느리가 반성을 하여 시어머니에 게 공을 들였다. (8)그렇게 삼 년 동안을 시어머니에게 잘 했더니 옥동 자를 낳아서 그 집안이 잘되었다.[2]

어떤 며느리가 시집을 와서 시어머니를 엄청 부려먹는다. 그런데 3 년이 지나도 아이가 생기지 않자 공을 들이려고 절을 찾아간다. 첫 번 째, 두 번째 찾아간 절에서 스님은 며느리에게 당신은 공을 들일 필요 가 없다고 이야기를 하고, 세 번째 찾아간 절에서 스님은 절에다 공을

들일 것이 아니라 신을 거꾸로 신고 치마를 뒤집어 입은 사람에게 공을 들이라고 한다. 며느리는 그런 사람을 찾으려고 했지만 찾을 수 없었다. 하루는 며느리가 밖에 나갔다가 집으로 돌아와 문을 열어달라고 하자, 시어머니는 깜짝 놀라 치마를 뒤집어 입고 신을 거꾸로 신은 채 뛰어나온다. 그 모습을 본 며느리는 스님이 말한 사람이 누군지 알게 되고, 그 동안 시어머니를 부려먹은 자신의 행동에 대해 반성하게 된다. 그 후 3년 동안 시어머니에게 공을 들이자, 며느리는 옥동자를 낳게 된다. 예문으로 제시한 〈시어머니 멸시하는 며느리〉에서 며느리는 멸시하던 시어머니에게 공을 들임으로써 아들을 보상으로 받게 된다.

이 설화군에서 아이를 낳지 못하거나, 아들만 낳으면 죽거나 하던 며느리는 시어머니께 공을 들임으로써 자식을 얻게 된다. 〈시어머니께 효도하여 아들 낳은 며느리〉[3]에서 며느리는 신을 거꾸로 신고 반겨 나오는 사람에게 공을 들이라는 도사중의 말에 따라 시어머니에게 공을 들여 아들을 얻게 되며, 〈신을 거꾸로 신은 부처〉[4]에서도 며느리는 시어머니에게 정성을 다해 아들과 딸을 낳게 된다. 〈산 부처 모신 며느리〉[5]에서 며느리는 산부처를 섬기라는 말에 시어머니를 극진히 대접하고, 며느리를 곱지 않게 보던 시어머니도 마음을 고쳐먹고 며느리와 화합하게 되며, 후에 아들을 얻게 된다. 〈신 거꾸로 신고 나

3) 『한국구비문학대계』 8-11,712-714면, 봉수면 설화37, 시어머니께 효도하여 아들 낳은 며느리, 차상분(여, 76)
4) 『한국구비문학대계』 7-15, 168-169면, 구미시 설화26, 신을 거꾸로 신은 부처, 서필금(여, 74)
5) 『한구구비문학대계』 7-14, 320-323면, 유가면 설화19, 산 부처 모신 며느리, 변수철(남, 78)

온 시어머니)⁶⁾에서는 아들 내외가 낳은 자식이 서너 살만 되면 죽어 버려 일곱 자식을 죽이게 되는데, 점쟁이에게 물어보자 부뚜막에 앉은 산부처를 위하라는 말을 하고, 아들 내외가 어머니에게 잘 하자 죽은 막내 아이가 살아나게 된다. 또 〈시어머니를 몹시하는 며느리〉⁷⁾에서는 며느리가 지난날의 잘못을 뉘우치고 시어머니에게 효도했다는 것으로 이야기가 마무리 된다. 이 한 편을 제외한 모든 설화에서 며느리는 시어머니에게 공을 들이고, 그 보상으로 자식을 얻게 된다.

그렇다면 왜 설화에서 시어머니는 치마를 뒤집어 입고 신을 거꾸로 신은 채 뛰어나오는 것일까? 이것은 시어머니의 다급했던 상황을 이야기 한다. 〈시어머니를 몹시하는 며느리〉에서 며느리는 시어머니를 아주 미워해 밥을 한 숟가락씩만 주었는데, 며느리가 절에 불공을 드리러 간 사이 시어머니는 밥 한 솥을 한다. 그러나 며느리가 예상 밖에 일찍 집으로 돌아오자 마음이 급해진 시어머니는 신을 거꾸로 신고 밖으로 나가게 된다. 또 〈신 거꾸로 신고 나온 시어머니〉에서도 아들 내외는 맛있는 것은 자기들끼리만 먹고 남은 반찬 같은 것만 어머니에게 준다. 아들 내외가 불공을 드리러 가자 어머니는 수제비 두 그릇을 몰래 떠먹고 표시가 나지 않도록 숟가락과 바가지를 씻어 놓는데, 며느리가 돌아와 문을 열라고 하자 시어머니는 수제비를 떠먹은 것이 겁이 나 급한 마음에 신을 거꾸로 신고 나가게 된다. 이처럼 [신 거꾸로 신은 부처] 설화군에서 치마를 뒤집어 입고 신을 거꾸로 신은

---

6) 『한국구비문학대계』 7-13, 196-198면, 대구시 설화43, 신 거꾸로 신고 나온 시어머니, 진능선(여, 97)
7) 『한국구비문학대계』 7-2, 418-419면, 외동면 설화125, 시어머니를 몹시하는 며느리, 장분이(여, 74)

채 뛰어나오는 시어머니의 행동은, 시어머니가 며느리를 두려워하거
나 어려워하고 있다는 것을 말해준다.

다음으로 [엉터리 염불로 극락 간 시어머니] 설화군이다. 이 설화
군은 『한국구비문학대계』에 8편이 수록되어 있는데, 대강의 줄거리
는 다음과 같다.

> (1)옛날에 어떤 할머니가 봉사가 되어 눈을 감고 있었다. (2)하루는
> 스님이 지나가면서 "할매는 딴거 하지 말고 맨날 지장보살을 찾으라."
> 고 말해주었다. (3)그 소리를 들을 할머니가 "지장보살, 지방보살."하
> 고 염불을 외웠다. (4)그런데 할머니가 하루 만에 '기장보살'을 잊어버
> 리고 말았다. 할머니는 며느리에게 어제 스님이 알려준 염불 소리가
> 뭐냐고 물었다. (5)그러니까 며느리가 "저 건너 김첨지 좆천불알, 좆천
> 불알"이라고 말해주었다. 며느리가 그렇게 말한 이유는 시어머니를 김
> 첨지 집으로 쫓아내고 싶어서 그런 것이었다. (6)며느리의 속마음을
> 모르는 할머니는 매일 "저 건너 김첨지 좆천불알, 좆천불알"하고 염불
> 을 외웠다. (7)그 뒤로 할머니는 잘 되었지만, 며느리는 살림도 망하고
> 인생도 망치게 되었다.[8]

옛날에 어떤 할머니가 봉사가 되어 눈을 감고 있었는데, 하루는 스
님이 지나가며 "할머니는 다른 건 하지 말고, 매일 지장보살만 찾으
라"고 이야기를 한다. 그 말을 들은 할머니는 "지장보살, 지장보살"하
고 염불을 외웠는데, 하루 만에 '지장보살'이라는 단어를 잊어버리고

---

8) 『한국구비문학대계』 8-12, 493-301면, 언양면 설화34, 거짓 염불로 극락 엉터리
   염불을 해도 진심이면 복받는다, 박말순(여, 51)

만다. 할머니는 며느리에게 어제 스님이 가르쳐 준 염불 소리가 무엇
인지 묻고, 며느리는 "저 건너 김첨지 좆천불알, 좆천불알"이라며 거
짓 염불을 가르쳐 준다. 며느리의 속마음을 모르는 시어머니는 며느
리가 가르쳐 준 거짓 염불을 외우게 되고, 할머니는 잘 되었지만 며느
리는 살림도 인생도 망치게 된다. 설화에서는 며느리가 시어머니에게
거짓 염불을 가르쳐 준 이유가 '시어머니를 김첨지 집으로 쫓아내고
싶어서'라고 제시되고 있다.

이 외 여타 설화에서는 며느리가 시어머니에게 거짓 염불을 가르쳐
준 이유는 제시되지 않는다. 〈거짓 염불로 극락 간 시어머니〉[9]에서
는 '나무아비타불'을 '뒷집이 신영감'이라고, 〈'저건너 영감타불' 외어
신선된 할머니〉[10]에서는 '나무아비타불'을 '저 건너 영감타불'이라고,
〈'등너메 만절애비' 부르다 극락간 홀어미〉[11]에서는 '나무아비타불'을
'등너메 만절애비'라고, 〈정성들인 염불이라야 극락 가는 법〉에서는
'나무관세음보살'을 '남첨지가 좋다불'이라고 가르쳐준다. 또 〈어머니
의 정성〉[12]에서는 '나무아비타불'을 '저 건너 김첨지'라고, 〈악한 며느
리〉[13]에서는 '나무아비타불'을 '뒷집 김서방'이라고, 〈나무 서방〉[14]에

---

9) 『한국구비문학대계』 6-12, 713-715면, 복내면 설화18, 거짓 염불로 극락 간 시어
  머니, 윤영모(남, 49)
10) 『한국구비문학대계』 7-13, 227-229, 대구시 설화54, '저건너 영감타불' 외어 신
  선된 할머니, 진능선(여, 97)
11) 『한국구비문학대계』 7-13, 299-301면, 대구시 설화77, '등너메 만절애비' 부르다
  극락간 홀어미, 김분선(여, 76)
12) 『한국구비문학대계』 4-6, 613-614면, 우성면 설화18, 어머니의 정성, 조한순(여,
  58)
13) 『한국구비문학대계』 9-3, 667-670면, 안덕면 설화19, 악한 며느리, 윤추월(여, 66)
14) 『한국구비문학대계』 6-9, 142-144면, 화순읍 설화40, 나무 서방, 김애덕(여, 49)

서는 '나무아비타불'을 '나무서방'이라고 가르쳐 준다. 그리고 어머니의 염불 소리를 들은 아들은 어머니가 이성(異性)를 원하는 것으로 오해해 어머니에게 이성을 얻어주고자 하며, 후에 어머니에 대한 아들의 오해는 풀리게 된다. 모든 설화에게 며느리는 어머니에게 이성과 관련된 거짓 염불을 가르쳐줘, 시어머니를 곤란한 상황에 처하게 한다.

　이어지는 설화는 [불효한 친자식 떠나 팔자 고친 어머니] 설화군이다. 이 설화는 『한국구비문학대계』에 6편이 수록되어 있는데, 대강의 줄거리는 다음과 같다.

　(1)청춘에 혼자가 된 시어머니가 아들 하나를 키우면서 살았다. 나중에 아들이 장가를 가서 며느리가 임신을 하였다. (2)시어머니는 며느리가 산달이 되니 마음이 쓰였다. 그런데 아들이 어느 날 아침, 지난밤에 아내가 아이를 낳았다고 하는 것이었다. 시어머니는 방에 들어가 아이를 보려고 하니, 며느리가 바람 들어온다고 못 들어오게 하였다. (3)아들내외를 괘씸하게 여긴 어머니가 집을 나가 혼자 길을 가는데, 어떤 처녀가 자기 시어머님 삼는다면서 자기 시아버지에게로 데리고 갔다. 그 뒤로 어머니가 새신랑을 만나 호강을 하며 잘 살았다. (4)그런데 아들 내외가 그 뒤로 더 자식을 못 두었다. 그리고 지금 데리고 있는 자식도 병이 들어 버렸다. 누군가가 부모를 찾아야 자식을 얻을 수 있다는 말을 듣고 집을 나간 어머니를 찾아다니기 시작했다. (5)어느 날, 아들 친구가 돌아다니다 친구가 찾고 있는 어머니를 보게 되었다. 몰래 따라가 어느 집으로 가는지 봐둔 뒤, 친구에게 말해주었다. (6)아들은 어머니를 찾아가 마당에 들어서서 울며 머리를 조아리고는 부모를 찾아 왔다고 말했다. 사람들이 한번만 만나보라고 해 어머니는 마지못

해 원래 자식을 한번 만나러 갔다. (7)원래 자식 집에 가서 가마에 탄
채로 아픈 손자를 한번 만져주고 다시 돌아왔다. 그러니 그 손자가 죽
지 않고 다시 크기는 컸다. 어머니는 한번만 만져주고 바로 남편이 있
는 집으로 가서 살았다.[15]

청춘에 혼자가 된 시어머니가 아들 하나를 키우면서 살았는데, 아
들이 장가를 가 며느리가 임신을 한다. 시어머니는 며느리가 산달이
되니 마음이 쓰였는데, 어느 날 아침 아들이 아내가 아이를 낳았다고
했다. 시어머니는 방에 들어가 아이를 보려고 하니, 며느리가 바람 들
어온다고 못 들어오게 하였다. 아들 내외를 괘씸하게 여긴 어머니는
집을 나가고, 새 신랑을 만나 호강을 하며 잘 산다. 아들 내외는 어머
니가 나간 후 자식을 더 이상 못 두었고, 있는 자식도 병이 들게 된다.
누군가 어머니를 찾아야 자식을 얻을 수 있다는 말에 아들 내외는 어
머니를 찾아다니게 되고, 아들 친구가 어머니를 발견해 어머니가 사
는 집을 친구에게 가르쳐준다. 아들은 어머니를 찾아가 울며 머리를
조아리고 사람들이 한 번만 만나보라고 하자 어머니는 마지못해 자식
을 한 번 만난다. 자식 집에 간 어머니는 가마를 탄 채 아픈 손자를 한
번 만져주고는 다시 돌아와 남편과 함께 산다.

　예문으로 제시한 〈불효자식의 낭패〉에서 아들 내외는 홀어머니를
몹시 하고, 아들 내외를 괘씸하게 여긴 어머니는 집을 떠난다. 어머니
가 나간 이후 아들 내외는 더 이상 자식을 두지 못하고, 있는 자식마
저 병이 드는데 이것은 어머니에게 불효한 아들 내외의 행위가 하늘

---

15) 『한국구비문학대계』 7-5, 311-313면, 벽진면 설화29, 불효자식의 낭패, 박분이
　　(여, 77)

의 벌을 받았음을 의미한다. 〈할머니의 개가〉[16]에서는 과부가 온 사
방을 돌아다니며 돈을 벌어 아들을 공부시켜 은행에 취직시키고, 며
느리도 얻는다. 과부는 며느리에게 여비 이천원을 받아 친구들과 며
칠 놀러 갔는데, 아낀다고 했는데도 차비가 없어 일행에게 돈을 빌리
게 된다. 과부가 빚을 졌다고 하자 아들 내외는 얼마인지 묻지도 않고
말도 하지 않았다. 시어머니가 며느리에게 돈을 갚아야 한다고 해도
며느리는 말이 없고, 시어머니는 결국 자기 옷이라도 팔아야겠다며
보따리를 쌌지만 며느리는 신경도 쓰지 않는다. 시어머니는 자신에게
신경을 쓰지 않는 며느리에게 실망해 집을 나간다. 이 두 편의 설화
외 나머지 설화에서는 시어머니가 며느리보다는 아들에게 서운한 마
음을 느끼고 집을 떠나게 된다.

　마지막으로 살펴볼 설화는 [시어머니 죽이려다 불에 타죽은 며느
리]이다. 이 설화는『한국구비문학대계』에 2편이 수록되어 있는데,
대강의 줄거리는 다음과 같다.

　(1)어느 며느리가 자기 시어머니를 너무 미워했는데 누군가가 그렇
게 시어머니가 미우면 저 산에 가지고 나무를 많이 구해 달집 짓듯
이 집을 지어 놓고 짚이나 좀 깔아 시어머니 업어다가 그 위에 얹어 놓
고 불을 붙이면 극락에 간다고 했다. (2)며느리가 남편과 의논하여 달
집을 지어놓고 그곳에 시어머니를 올려놓은 다음, 깔아 놓은 짚에 불
을 지르고 왔다. (3)그때 비가 내려 시어머니가 타죽지 않았는데 무서
워진 시어머니가 고목나무 구멍 속으로 들어갔던 것이다. 그런데 그

---

16)『한국구비문학대계』7-6, 650-656면, 달산면 설화94, 할머니의 개가, 신순경(여,
　84)

안에는 도둑놈이 숨겨놓은 금은보석이 잔뜩 들어있었다. (4)시어머니가 다음 날 금은보석을 들고 아들 내외 집으로 찾아갔는데, 자기가 극락에 갔다가 이 보물들을 얻어왔다고 했다. (5)욕심이 생긴 며느리가 자기도 극락에 갔다 오겠다고 했는데 짚에 불을 지피자 이번에는 비가 내리지 않아 며느리가 타죽었다.[17]

설화에서 며느리는 시어머니를 너무 미워했는데, 누군가가 시어머니를 나무로 달집을 짓듯이 집을 지은 후 그 위에 얹어놓고 불을 붙이면 극락에 간다고 이야기를 한다. 며느리는 남편과 의논하여 집을 짓고 시어어머니를 올려놓은 후 불을 지르고 돌아온다. 그때 비가 내려 시어머니는 타죽지 않고 고무나무 구멍 속으로 들어갔고, 그 안에서 도둑이 숨겨놓은 금은보석을 잔뜩 발견하게 된다. 시어머니는 다음 날 금은보석을 들고 아들 내외를 찾아가, 자기가 극락에 가서 보물들을 얻어왔다고 한다. 욕심이 생긴 며느리는 자신도 극락에 가 금은보석을 얻어오겠다며 짚에 불을 붙였는데, 이번에는 비가 내리지 않아 며느리는 타죽고 만다.

예문으로 제시한 〈욕심이 많은 며느리의 최후〉에서는 시어머니를 죽이려던 며느리가 오히려 죽음을 당하며, 〈천벌 받은 며느리〉[18]에서는 며느리가 시어머니를 한 골짜기에 버리고 주변에 마른 나무를 갖다 두고 불을 지르는데, 하늘에서 뇌성벽력이 치고 소나기가 내려 불이 단번에 꺼지게 된다. 밤중에 도둑이 그 앞에 와 큰 은가락지 세 개

---

17) 『한국구비문학대계』 8-13, 503-505면, 상북면 설화29, 욕심이 많은 며느리의 최후, 김묘남(여, 70)
18) 『한국구비문학대계』 8-6, 164-165면, 북상면 설화32, 천벌 받은 며느리, 정광래(여, 85)

를 두고 가고, 시어머니는 아들 내외에게 저승에서 자신을 돌려보냈
다고 한다. 며느리는 자신은 가락지 다섯 개를 얻어올 수 있다며 그
자리에 자신을 데려다 달라고 하고, 시어머니는 할 수 없이 며느리를
갖다놓고 불을 지른다. 이튿날 가보니 사람도 나무도 다 타고 없었다.
이 설화에서 또한 시어머니를 죽이려던 며느리는 시어머니가 저승에
서 얻어왔다는 은가락지를 보고 욕심을 내고, 시어머니와 동일한 방
식으로 은가락지를 얻고자 하지만 불에 타 죽게 된다.

이 밖에 〈며느리 길들인 시어머니〉[19]에서는 곰방대에 담배만 피우
고 평생 시어머니에게 어머니 소리도 안 하는 큰며느리를 길들이는
시어머니의 모습이 드러나며, [벙어리 삼 년 지내려 한 며느리]에서
는 "3년 동안 절대 말을 하지 말라"는 친정 부모의 말에 무조건 순종
하는 며느리의 강박적인 성격이 드러난다. 그리고 [강똥 서 말]에서
는 바지에 똥을 묻히는 어린 며느리의 더러운 습관이 문제가 되고 있
다. 다음에서는 이들 설화들을 순서대로 살펴보도록 하겠다.

먼저 〈며느리 길들인 시어머니〉이다. 이 설화는 『한국구비문학대
계』에 한 편 수록되어 있는데, 대강의 줄거리는 다음과 같다.

> 옛날에 아들이 둘인 사람이 큰며느리를 하나 봤는데, 큰며느리가 맨
> 날 자고 일어나면 곰방대에 담배만 피우고 어머니 소리도 하지 않았
> 다. 시어머니가 막내를 키워 큰며느리에게 원수를 갚겠다고 마음을 먹
> 고 있었다. 막내가 커 장가를 갔는데, 옛날에는 일 년 동안 친정에 있
> 다가 며느리를 데려오는데, 시어머니는 큰며느리를 길들이려고 시집

---

19) 『한국구비문학대계』 8-10, 445-448면, 부림면 설화46, 며느리 길들인 시어머니,
　　김채란(여, 61)

온 지 사흘 만에 작은며느리를 데리고 왔다. 작은며느리가 아침을 하려고 하는데, 큰며느리가 재를 얼마나 아궁이에 채워 놓았던지 재끌이(재 끌어 내는 도구)를 가져와 끄집어내다가 솥발이 하나 부러졌다. 그래서 할 수 없이 솥발 부러진 것을 놔두고, 보리쌀로 씻어 앉히며 탕탕 치니 조대 대가리(조리 꼭지)가 탁 부러졌다. 또 물을 길어 오다가 바가지를 엎어놓지 않고 물에 둥둥 띄워 오다가 바가지가 바람에 휙 날아가 냇가로 떠내려가 버렸다. 그리고 정지(부엌) 문에다가 그만 독을 부딪쳐 부서져는 바람에 울타리 밖으로 던져버렸다. 작은며느리가 방에 가 앉아있자 큰며느리가 실컷 누워 잔 후 곰방대에 담배를 피며 왜 밥을 안 하냐고 묻자, 작은며느리가 빠른 어조로 "삼발이 외발되고 조대부 등터지고 박어사 박활량은 대동강을 떠나가고 정주사 살인나서 울산을 넘겼는데, 그 우짜란 말이요."라고 말한다. 큰며느리가 무슨 말인지 못 알아들으니, 비로소 시어머니 방문을 열며 작은며느리의 말이 무슨 말인지 묻는다. 시어머니가 화를 내며 "그런 것도 못 알아들으면서 어른 노릇을 하려고 했냐"고 큰며느리를 야단치며, 큰며느리는 시어머니한테 잘못했다고 사죄한다. 그리고 시어머니는 작은며느리의 말뜻을 알려준다. 큰며느리는 시어머니와 동서는 잘 아는 것을 자신만 모른다고 생각해, 자신이 모른다는 것을 솔직하게 고백하고 살림을 원만하게 해 나간다.

설화에서 시어머니는 시집와서 매일 아침부터 담배만 피고 있고, 어머니 소리도 안하는 큰며느리가 매우 못마땅하다. 작은 아들을 키워 큰며느리에게 원수를 갚겠다고 다짐하고 있고, 막 결혼한 작은며느리를 얼른 시댁으로 데려오는 걸 보면, 시어머니는 큰며느리의 행위에 분개하고 있지만 고쳐지지 않기에 때를 기다리고 있다. 시어머니의 바람대로 작은며느리가 들어오고, 작은며느리가 아침밥을 하려고 하던 중 솥발이 하나 부러지고, 조리꼭지가 부러지고, 바가지가 바람에 날아가고, 독이 깨져 울타리에 던져버리는 사건이 일어난다. 속이 상한 작은며느리는 방 안으로 들어가고, 큰며느리가 밥을 안 하냐고 묻자 "삼발이 외발되고 조대부 등터지고 박어사 박활량은 대동강을 떠나가고 정주사 살인나서 울산을 넘겼는데, 그 우짜란 말이요."라고 답을 한다. 동서의 말을 이해할 수 없는 큰며느리는 다급하게 시어머니를 찾고, 시어머니는 작은며느리의 말을 해석해주며, 그런 것도 모르면서 어른 노릇을 하려고 했냐고 큰며느리를 야단친다. 큰며느리는 자신의 잘못을 깨닫고 시어머니한테 사죄하며, 동시와 살림을 잘 이끌어 나간다. 동서의 알 수 없는 말은 큰며느리가 시어머니에게 도움을 구하는 상황을 만들고, 시어머니의 지적에 어른인 척 하고 있었던 자신의 잘못을 깨닫게 된다.

다음으로 [벙어리 삼 년 지내려 한 며느리] 설화군이다. 이 설화는 『한국구비문학대계』에 9편이 수록되어 있는데, 대강의 줄거리는 다음과 같다.

(1)어느 집에서 며느리를 얻었는데 친정에서 딸을 시집보내기 전에 어찌나 교육을 잘 시켰던지 모든 일을 척척 잘하였다. (2)딸이 시집가기 전날 친정아버지는 딸에게 막대기와 바둑돌을 주면서 시집가서 바둑돌이 말하기 전까지 삼년 동안 절대 말을 하지 말라고 하였다. (3)친정아버지의 말대로 벙어리처럼 말을 하지 않고 있자 시댁에서는 며느리가 혹시 벙어리가 아닌가 하여 쫓아내려고 하였다. (4)며느리는 방에 들어가 옷장에서 바둑돌을 꺼내 막대기로 때리면서 "내가 쫓겨나게

됐으니 어떡하냐"고 하소연을 하는데, 그 소리를 밖에서 들은 시어머니가 벙어리는 아닌데 말을 안 하는 것이 더욱 이상하다며 결국 며느리를 내쫓아버리자고 하였다. (5)다음날 시댁에서 내쫓긴 며느리가 가마를 타고 친정으로 가는데 꿩이 가마 속으로 들어왔다. 며느리는 꿩을 잡더니 "시부모님에게 요리해서 드리면 좋아할 텐데"라고 하였다. (6)가마를 지고 가던 하인은 며느리가 쫓겨나면서도 시부모님 걱정을 하더라는 말을 전하였다. 그러자 시아버지는 며느리에게 다시 집으로 돌아오라고 하였다. (7)며느리는 시댁에서 지내면서 계속 벙어리로 지내는 것이 갑갑하여 친정아버지께 편지를 보냈다. (8)며칠 후 친정에서 답장이 왔는데, 그 편지를 시아버지가 먼저 읽었더니 "힘들어도 벙어리 삼년, 귀머거리 삼년, 눈 어두워 삼년을 살라"는 당부가 적혀 있었다. 시아버지는 그제야 며느리가 벙어리로 사는 것은 부모의 가르침을 따르기 위한 것임을 알고, 그 뒤로 며느리를 더욱 아끼며 잘 가르쳤다.[20]

설화에서 며느리는 친정아버지가 자신에게 준 원칙을 강박적으로 고수하는데, 그 원칙은 바둑돌이 말하기 전까지 삼년 동안 절대 말을 하지 말라는 것이다. 며느리는 아버지의 말대로 말을 하지 않고, 시댁에서는 며느리가 벙어리라고 생각해 그녀를 쫓아내려고 한다. 쫓겨날 상황에 처한 며느리는 방으로 들어가 옷장에서 바둑돌을 꺼내 막대기로 때리며 "내가 쫓겨나게 됐으니 어떡하냐"고 하소연을 하고, 그 소리를 밖에서 들은 시어머니는 벙어리가 아닌데 말을 안 하는 것이 더

---

20) 『한국구비문학대계』 1-9, 234-238면, 이동면 설화13, 벙어리 시집살이, 오수영 (여, 68)

욱 이상해 며느리를 쫓아버리기로 한다. 다음날 며느리가 가마를 타
고 친정으로 가던 중 꿩이 가마 속으로 들어오고, 며느리는 "시부모님
에게 요리해서 드리면 좋아할 텐데"라는 말을 한다. 가마를 지고 가던
하인은 그 말을 시부모에게 전하고, 시아버지는 며느리에게 다시 집
으로 돌아오라고 한다. 시댁에서 계속 벙어리로 지내던 며느리는 친
정아버지에게 편지를 하고, 친정에서 온 답장을 시아버지가 먼저 읽
게 되는데, 거기에는 "힘들어도 벙어리 삼년, 귀머거리 삼년, 눈 어두
워 삼년을 살라"는 당부가 적혀 있었다.

　이 설화군은 전편에서 쫓겨날 상황에 처하였어도 친정아버지의 원
칙을 고수하는 며느리의 강박적 성격이 잘 드러나고 있다. 조선 영조
12년(1736)에 이덕수가 쓴 『여사서(女四書)』에는 "시어머니가 그르
다고 말하거든 옳은 일이라도 마땅히 명을 따를 것이며, 시어머니가
옳다 하시거든 그른 일이라도 마땅히 명에 순종하여 시비를 밝히려
하거나 곡직(曲直)을 다투려 하지 말지니, 이것이 곡종(曲從)이다."
라는 구절이 있다.[21] 이것은 사대부가의 부녀자들을 가르치기 위한
책이었지만, 서민들에게까지 널리 퍼지면서 '벙어리 3년, 귀머거리 3
년, 장님 3년'이라는 말을 낳게 된다. 설화에서 친정아버지가 딸에게
"힘들어도 벙어리 삼년, 귀머거리 삼년, 눈 어두워 삼년을 살라"고 이
야기하는 것은 유교윤리를 대변하는 것이며, 딸은 자신의 욕구를 철
저히 억압하며 아버지의 말에 순종하고 있다. 즉 초자아라는 감정의
억압기제가 며느리를 지배하고 있는 것이다.

　마지막으로 [강똥 서말] 설화군이다. 이 설화는 『한국구비문학대

---

21) 이덕무, 여사서(女四書) 여계(女戒) 곡종장(曲從章)

계』에 6편이 수록되어 있는데, 대강의 줄거리는 다음과 같다.

　　(1)아홉 살 먹은 여자아이가 시집을 왔는데 바지를 두껍게 입혀놓으
니 손이 닿지 않아 밑을 못 씻어 바지에 덕지덕지 말라붙었다. (2)시어
머니가 빨래를 해서 입히면 또 그렇게 되기를 반복하자 하루는 시어머
니가 그 버릇을 가르치려고 며느리를 불러서 "너희 친정어머니가 바지
에 말라붙은 똥을 숟가락으로 박박 긁어서 비 오는 날 광주리에 이고
오라더라" 하였다. (3)며느리가 시키는 대로 하니 똥이 비에 불어 똥물
이 모두 흘러내렸는데 그걸 친정어머니가 보고는 시어머니가 오죽했
으면 그랬겠냐며 다시 잘 가르쳐서 도로 시집으로 보냈다. (4)예전에
는 어린 색시를 시집보내면 사실 제 손으로 밑도 못 씻었다.[22]

　설화에서 보이는 것은 바지에 똥을 묻히는 어린 며느리의 더러운
습관이다. 시어머니는 바지에 똥을 묻히는 며느리의 행동이 반복되
자, 어느 날 며느리를 불러서 "친정에서 말라붙은 똥을 숟가락으로 박
박 긁어 비 오는 날 광주리에 이고 오라고 했다"는 말을 전하고, 며느
리는 그 말대로 하다 똥물을 뒤집어쓰게 된다. 그리고 이것을 본 친정
어머니는 딸을 잘 가르쳐서 다시 시댁으로 보낸다. 여기서는 더러운
며느리의 생활습관을 친정어머니의 도움을 받아 고치고 있다.
　이 외 〈강똥 서 말〉[23] 〈바보 며느리〉[24] 〈며느리 버릇 고친 시아버

---

22) 『한국구비문학대계』 1-2, 221-223면, 북내면 설화18, 밑 안 씻는 며느리, 박정수
　　(남, 60)
23) 『한국구비문학대계』 1-2, 369-371면, 가남면 설화19, 강똥 서 말, 이금봉(여, 71)
24) 『한국구비문학대계』 8-12, 302-304면, 강동면 설화5, 바보 며느리, 유금화(여,
　　67)

지)[25] 〈빨래를 잘 하지 않는 며느리〉[26]의 경우에는 며느리의 생활습
관으로 인해 시아버지와 며느리 사이에 문제가 발생하며, 〈빨래 안
하는 아내 길들이기〉[27]의 경우 빨래를 하지 않는 아내의 생활습관으
로 인해 남편과 아내 사이에 갈등이 유발되고 있다.

그렇다면 시어머니가 며느리의 눈치를 보거나, 며느리가 시어머니
를 부려먹거나, 시어머니를 죽이려고 하는 등 며느리가 우위에 서서
시어머니를 시집살이 시키는 설화들에서 찾아지는 문제해결 방안은
무엇일까?

[신 거꾸로 신은 부처]에서는 시어머니에게 정성을 나하는 깃이 남
에게 공을 들이는 것보다 우선임을 이야기하고 있다. 이 설화에서 며
느리는 시어머니는 부려먹으면서 절에 공을 들이려고 하지만, 스님은
가까이 있는 사람에게 잘 하는 것이 우선임을 이야기해준다. 그리고
시어머니한테 공을 들인 며느리는 보상으로 자식이라는 귀한 선물을
받게 된다. 이어지는 [시어머니 죽이려다 불에 타죽은 며느리]에서는
시어머니를 죽이려던 며느리가 오히려 하늘의 벌을 받아 죽게 된다.
이 설화에서는 시어머니에게 효도하는 것이 하늘의 축복을 받는 일
이라는 것을 알려줌으로써 화자는 며느리들의 개심을 촉구하고 있다.
[불효한 친자식 떠나 팔자 고친 어머니]에서 또한 며느리는 홀시어머

---

25) 『한국구비문학대계』 6-6, 255-256면, 지도읍 설화36, 며느리 버릇 고친 시아버
지, 최남순(여, 49)

26) 『한국구비문학대계』 7-17, 573-574면, 용문면 설화63, 빨래를 잘 하지 않는 며느
리, 이점순(여, 54)

27) 『한국구비문학대계』 8-9, 1009-1011면, 상동면 설화47, 빨래 안 하는 아내 길들
이기, 김순이(여, 66)

니를 박대하고 시어머니는 집을 떠나는데, 이후 며느리는 더 이상 자식을 두지 못하고, 있는 자식마저 병이 드는 상황이 발생한다. 이처럼 세 편의 설화군에서는 시어머니에게 효도하는 것이 하늘의 복을 받는 일이며, 시어머니에게 불효하는 것은 하늘의 벌을 받는 일임을 이야기하고 있다.

고부관계는 결혼을 통해 법적으로 가족이 된 사회적 관계이다. 이러한 사회적 관계를 유지하기 위해 전통적으로 강조한 것이 효사상이다. 우리나라에서는 부모에게 효도하는 것을 천성적이며 덕행의 근본이라고 여겼기에, 며느리는 시부모에게 효도를 다해야했다. 앞서 살펴본 설화들에서는 이 효사상을 강조하고 있으며, 며느리가 시어머니에게 기본적인 효를 행하는 것이 고부간에 올바른 관계를 유지하는 길임을 이야기하고 있다.

그런데 설화에서는 며느리의 효만을 강조하고 있는 것은 아니다. [신 거꾸로 신은 부처] [불효한 친자식 떠나 팔자 고친 어머니] [시어머니 죽이려다 불에 타죽은 며느리]에서 불효한 것은 며느리만이 아니다. 아들 또한 아내에게 동조하여 어머니에게 불효를 행하고 있으며, 특히 [시어머니 죽이려다 불에 타죽은 며느리]에서는 어머니를 불에 태워 죽이자는 아내의 말을 남편이 따르고 있는데 이는 천륜을 저버리는 행위이다. 이처럼 설화에서는 며느리뿐만 아니라, 아들에게도 어머니에 대한 기본적인 효를 강조하고 있다. 기본적인 효란 자신의 양심과 도덕에 비추어 거리낌이 없으며, 사회적으로 용인되는 수준이면 된다.

다음으로 어른 노릇을 하려고 하거나, 강박적인 성격을 보여주거나, 더러운 생활습관을 가진 며느리의 모습을 보여주는 설화들의 경우이다. 이 설화들에서는 시어머니가 며느리의 잘못을 깨닫도록 하고 있다. 즉 〈며느리 길들인 시어머니〉에서 동서의 알 수 없는 말로 인해 큰며느리는 시어머니에게 도움을 구하고, 시어머니의 작은며느리의 말을 해석해 준다. 그리고 그것도 모르면서 어른 노릇을 하려고 하냐며 큰며느리를 야단치고, 큰며느리는 자신의 부족함을 깨닫게 된다. [벙어리 삼 년 지내려 한 며느리]에서는 친정부모의 말에 무조건 순종하는 며느리의 강박적인 성격이 드러나는데, 시댁에서 쫓겨날 상황에 처하면서 며느리의 성격은 개선될 여지를 보여준다. [강똥 서 말]에서 바지에 똥을 묻히는 어린 며느리의 더러운 생활습관 또한 친정어머니의 도움으로 개선되고 있다. 이처럼 설화에서는 성격석, 생활습관의 문제가 당사자나 주변인들에게 피해를 주는 상황을 일깨워줌으로써, 이들의 변화와 개선을 촉구하고 있다.

2) 현대 고부갈등 사례에의 적용

본장에서는 앞장에서 분석해 본 며느리의 문제적 성격이나 습관과 관련하여 고부갈등이 유발되고 있는 사례들을 살펴보고, 설화에서의 해결방안이 이들 사례에는 어떻게 적용될 수 있을지 논의해 보고자 한다. 본장에 제시한 대부분의 사례들은 시어머니 입장에서 작성된 것으로, 시어머니가 자신이 며느리를 상전으로 모신다고 생각하며 쓴 글들이다.

사례 1 **어찌하나여?**

　　며느리가 직장생활 한다기에 손녀 딸내미 보아주기 위해 우리부부
는 생활을 접고 아들 며느리와 함께 살게 되었습니다. 함께 생활한지
일 년이 넘었습니다. 요즘 젊은 사람들 너무 바쁘게 사느라 자기 자식
얼굴 볼 시간이 적습니다. 요즘 들어 아들 며느리가 부부싸움을 하여
불편합니다. 주일이면 저희부부는 저희가 살던 곳으로 갑니다. 오늘 삼
일절 저희 집으로 갈 여건이 안돼서 가까운 천주교 성지나 돌아보려고
아침 일찍 준비하고 나가려 하니... 벌써 며느리가 바람 쐬러 나갔는지
집을 나갔습니다. 손녀 딸내미는 자기 엄마 보고 싶다고 칭얼거리고,
참으로 난감 하네여......

사례 2 **예고 없이 오지 말라는 며느리...**

　　저는... 아직 직장이 있는 시어머니 입니다~^^ 며느리는 전업주부이
며... 3세 4세 손자가 있어요. 남자아이만 둘인데 며느리가 많이 힘들
어 합니다. 가끔 두 녀석이 교대로 잔병치레 하느라고 입원을 자주 합
니다. 그럴 때마다 아들이 전화를 해요. 애 좀 봐달라고... 그러면... 일
끝나고 어린이집에 가서 손자 데리고 와서 밥 먹이고 청소도 해주고
반찬도 하고 이것저것 다 해주지요. 저도 일 다니면서 바쁘고 힘들기
는 하지만 어쩌겠어요. 우리 귀여운 손자인데...^^ 재롱떠는 모습도 이
쁘고... 그런데... 그러던 어느 날 그날은 유난히 손자가 보고 싶더라구
요. 장난감 가지고 노는 모습이 눈에 선~하더군요. 해서~ 마트에 가
서 장난감이랑 먹을 거를 사가지고 갔어요. 왠지.. 며느리가 별로 반가
위하지 않는 표정으로 웬일이세요? 하길 래 애들이 보고 싶어서 왔다

고 하고 들어가서 몇 시간 애들이랑 놀다가 저녁에 기분 좋게 왔어요. 그런데 밤에 문자가 왔는데... 앞으로는 예고 없이 오지 말라고 불편하다고... 그날... 우울해서 잠이 안 오구요 슬펐어요...ㅜㅜㅜ 좋은 시어머니 하고 싶었고 홀시어머니 소리 안 들으려고 가도 되냐고 항상 물어보고 갔었는데... 예고 없이 간 그날은 제가 바보짓을 했나 봅니다. 아들 내외 싸울까봐 혼자 고민하는 내 자신이 어찌나 초라하게 느껴지던지... 손자 보고 싶어 하는 할머니의 마음을 이렇게 짓밟히는가 싶기도 하구요. 그런데... 아들보다 손자가 더 보고 싶은 건 뭔지 모르겠어요. 어느 날... 단골가게에서 세일한다고 문자가 왔길 래 갔는데... 애기들 신발이 너무 예쁘더군요~ 날씨도 춥고 하니 애들 데리고 와서 부츠 하나씩 사서 신기고 싶은데... 내꺼만 사오니까 에~혀~그것도 내 마음이 안 좋으네요. 오지 말라는 그 말이 귓전에 맴 돌아서 자존심도 상하고... 그 날 이후로 마음 접었습니다. 이제 다시는 안 간다~~~~ㅜㅜㅜ 아쉬울 때만 나를 찾는 며느리... 단 한 번도 안부전화는 없고 애기 아플 때랑 아들하고 다투었을 때만 전화하는...

사례 3 손자생일날...

얼마 전에 손자생일이었어요~ 고 녀석이 벌써 5살입니다. 며느리는 평소에도 안부전화? 잘 안합니다. 기대도 안하지만요... 자기들끼리 그저 조용히 잘 살아주면... 그것으로 만족합니다. 그런데... 올해는 웬일로 안부전화에... 손자생일이라는 말도 하더군요. 일하고 있는데... 몇 시쯤 오시냐고 하길 래 퇴근하는 대로 가마 했어요. 할 일 마치고 곧바로 단골 매장에 가서 손자 운동화 사이즈 물어보고 사 가지고 갔습니다. 귀여운 녀석... 이 신발 신고 마구 뛰어다니겠지? 그 모습 상상하면서... 즐거운 마음으로 갔어요. 신발 신겨 보라고 줬더니... 슬~슬 트집을 잡는데... 발등에 끈이 짝퉁 같네. 요즘... 누가 이런 거 신냐며... 이거는 짝퉁도 많다는 등... 환불할 수 있으면 환불 받으라네요~ 나~참 어이가 없어서 한참 멍했어요. 나는... 가끔 세일한다고 문자오면... 한 푼이라도 싸게 사려고 세일 때만 가거든요~ 그날은 생일이니까 신상으로 샀는데...ㅜㅜ 내가 아무리 손자생일에 짝퉁을 사겠나? 마음이 우울하네요. 물론... 애들 필요한 거 사주라고 현금으로 줄 수도 있지만... 할미가 골라준 거 신은 모습도 보고 싶었는데...ㅜㅜ 매장에 가서 환불 받고 집에 와서 저 혼자 중얼거렸지요. 나 어렸을 땐 고무신 신고 다녔는데... 요즘 것들 배가 불러... 다음부턴 아무것도 안 사다 주리라...

사례1)에서 여성은 손녀를 봐주기 위해 아들 내외와 함께 산 지 1년이 넘었다. 요즘 들어 아들 내외가 부부싸움을 해 불편하다. 주일이면 남편과 자신의 집으로 가지만, 오늘 삼일절은 집으로 갈 여건이 안 돼 가까운 천주교 성지나 돌아보려고 아침 일찍 준비를 해 나가려고 했다. 그런데 벌써 며느리가 집을 나가고 없다. 손녀는 엄마가 보고 싶다고 칭얼거리고, 시어머니는 난감하다.

사례2)는 예고 없이 찾아오지 말라는 며느리의 문자에 마음이 상한 시어머니의 글이다. 시어머니는 직장이 있고, 며느리는 3살, 4살 아들을 둔 전업주부이다. 남자아이가 둘이라 며느리가 힘들어하기에, 아들이 애 좀 봐달라고 전화를 하면 일 끝나고 아이들을 챙긴다. 어느 날 유난히 손자들이 보고 싶어 마트에 가 장난감과 먹을 것을 사 아들 집을 갔는데, 며느리 표정이 좋지 않다. 애들이 보고 싶어 왔다고 하고, 아이들과 몇 시간 놀다가 기분 좋게 돌아왔는데, 밤에 앞으로는 예고 없이 오지 말라는 며느리의 문자가 온다. 좋은 시어머니가 되고 싶어서 열심히 며느리를 도와주었고, 며느리가 불편할까봐 항상 물어보고 아들집에 갔었는데, 예고 없이 간 그날은 자신이 바보짓을 했다는 생각이 든다. 아들 내외가 싸울까봐 혼자 고민하는 자신이 초라하고, 손자를 보고 싶어 하는 할머니의 마음이 짓밟힌 것 같아 마음이 상한다. 단 한 번의 안부전화도 없고, 아쉬울 때만 자신을 찾는 며느리가 시어머니는 서운하다.

　사례3〉은 자신이 손자의 생일선물로 사 준 운동화를 보고, 짝퉁 같다면서 환불을 받으라고 한 며느리에게 기분이 상한 시어머니의 글이다. 며느리가 웬일로 손자의 생일이라며 전화를 해, 시어머니는 단골 매장에 가 신상으로 손자의 운동화를 사 아들집으로 간다. 자신이 사 준 신발을 신고 뛰어다닐 손자를 상상하며 할머니는 기분이 좋다. 그런데 운동화를 본 며느리는 짝퉁 같다며 트집을 잡고, 환불을 받으라고 한다. 시어머니는 며느리의 말과 반응에 어이가 없다. 결국 매장에 가서 운동화를 환불 받고 집으로 돌아온 시어머니는 다음부터는 아무것도 안 사다줄 거라고 혼잣말을 한다.

사례 4 며느리 핸드폰 게임

　저는 50 갓 넘은 시어머니로 젊다는 이유로 지금 5개월 들어서는 손주 봐주고 있는 시어미입니다. 저도 40대에는 일도 했었고 인터넷도 즐겨봤기에 우리 며느리들이기 전부터 미즈넷 봐왔습니다. 하지만 제가 생각해도 잘못했지 싶어서 물어 봅니다. 우리 며느리 직장 다니느라 울 집에서 저녁 먹고 애기 데리고 퇴근해서 아침에는 제가 가서 데려옵니다. 물론 가까이 사니까 우리 집에 자주 오기도 하지만 저도 나름 신세대 시어머니라고 우리 며느리 우리 집에 오면 설거지 한번 안 시키고 밥도 안 시킵니다. 정말 손님처럼 밥 차려주고 설거지 놔두라고 하고 그것도 애기 키워주고 나서 부터지 임신 했을 때는 가까이 있어도 내가 반찬해서 날라주지 오라 가라 전화 안했습니다. 우리 며느리 저녁 먹고 설거지 안 해도 됩니다. 내가 애기 안아주느라 팔이 아픈데도 우리 집에 와서 핸드폰 게임합니다. 애기 장난감 하나 쥐어주고 며늘애는 핸드폰만 드려다 봅니다. 저녁 먹고 내가 설거지 할 때도 아이는 보행기에 앉혀 놓고 핸드폰만 합니다. 솔직히 속으로 어머님 과일 주시면 제가 깎을게요. 이 소리 한번 했으면 좋겠는데 과일도 깎아 줘야 먹습니다. 속이 너무 상해서 애기 봐주기 싫다고 어깃장을 놓으려고 해도 이쁜 손주가 불쌍해서 참고 있습니다. 이걸 아들에게 얘기할까요? 며늘 아가에게 얘기할까요? 직접 얘기하면 저는 애 봐주고도 못된 시어미가 되는 거네요. 처음부터 버릇을 잘못들인 내 탓인 것 같아 저도 나쁜 시어미 한번 되어 보려고 하네요.

사례 5 시어머니에게 반말하는 며느리

제목 그대로입니다. 시집왔을 때부터 은근슬쩍 다른 식구가 없을 때 시모에게 반말을 하더군요. 점점 갈수록 거침이 없고 이젠 대놓고 합니다. 한국어의 존대 3종, 하대 2종에서 편한 존대를 해도 모자랄 판에 하대 중에서도 심한 ~해라체입니다. 부모재산으로 집 얻고 사업하고 부모재산 소득으로 먹고 살고 자식 키우면서 부모덕에 살아왔으면서 남들에게는 마치 자기가 부모 모시는 행세를 교회고 어디고 해왔더군요. 중간 다른 식구가 듣기 거북하고 아무리 편한 사이라도 도가 지나치다 의견을 전하자 보란 듯이 더 거북하게 존대 비아냥 하고 의견 전한 이에게 못되게 굴고 성격이 성질을 다 표현하는 스타일이라 곁에 있는 사람 다 불편하게 만들고 그랬습니다. 시모에게 반말하는 며느리 어떻게 생각하시나요? 헤아릴 수 있는 식견을 가지신 분께서는 말 하나가 이러할 것인데 다른 부분이 어떠할지 가늠 되시리라 생각합니다.

사례 6 김장 아들네 택배로 보냈더니 무겁다고 성질이네요

　　요즘 젊은 엄마들은 아들 둘 가진 부모는 목매달이라고 그런다지요. 제가 그 아들 둘 키워 장가보낸 시어미입니다. 그 시절엔 아들 둘 낳으면 다들 든든하겠다며 부러워들 했는데 참 세상 많이 변했군요. 일찍 지난주에 김장을 했습니다. 제가 사는 곳이 지하수를 쓰다 보니 물이 차서 김장이 조금만 늦어도 찬물에 손이 곱아서 힘듭니다. 사람들이 요새는 김장했다고 가져가라 그러면 며느리가 아들 구박한다 그래서 택배로 두 아들네 보냈습니다. 배추 50포기 담가서 스무 포기 큰애네 보내고 둘째 네는 아직 애가 없고 맞벌이라 김치를 별로 안 먹는지 작년에 스무 포기 보냈더니 못 먹고 다 버렸다길래 이번에는 열 포기만 보내고 저희 내외 스무 포기 먹고 그렇게 나눴지요. 둘째 네가 집이 주택이라 낮에 택배 맡길 곳이 없어서 항상 기사님이 집근처 편의점에 택배를 맡기고 갑니다. 지난주에 김치를 보내놓고 큰애 네는 잘 받았다고 전화가 와서 잘 도착했나보다 했는데 둘째 네는 연락이 없어 잘 받았는지 전화해보니 새 애기가 편의점에서 택배박스 받아서 가져왔는데 무거워서 혼났다고 아들한테 짜증을 심하게 부렸나봅니다. 둘째가 김치 사먹어도 되고 새 애기 네서도 준다면서 왜 보내서 작년 것도 안 먹고 자리만 차지해 다 버렸는데 이번에도 잔뜩 보내서 사람 들볶

이게 하냐며 사돈어르신이 김장 해다 주니까 보내지 말라고 화를 내네요. 아들은 키워봤자 남 주는 거라고 기대를 하지 말라고 다들 그러는데... 섭섭하고 속상한 마음은 가시지를 않는군요. 다 큰자식 장가까지 보내놨으니 그러거나 말거나 이제 신경 쓰지 말고 편하게 살라고들 하는데 마음을 비우는 게 쉽지 않군요. 사사건건 지 형과 비교하며 온갖 것들이 다 섭섭하다고 하는 둘째가 안쓰러운 마음이 들다가도 화가 치받쳐 내속으로 어찌 저걸 낳았나 하고 가슴 칠 때도 많습니다. 김장 내년엔 좀 줄여서 해야겠습니다. 서로 신경 안 쓰는 게 편하다니 이제 내년엔 우리 내외 먹을 김치 스무 포기만 하고 애들한테 이제 안 보내려고요. 다 큰 아들들 장가도 갔으니 이제 자기 집 김치는 알아서 해먹든 사먹든 신경 안 쓰고 편히 살렵니다. 그게 서로 편한 거라더군요. 마음엔 돌덩이가 앉겠지만 몸은 점점 편해지겠네요.

사례4)는 손주를 봐주고 있는 시어머니의 글이다. 직장에 다니는 며느리는 시댁에 와 저녁을 먹고 애를 데리고 집으로 가며, 아침에는 시어머니가 가서 애를 데려온다. 자신을 신세대 시어머니라고 생각하는 여성은 며느리에게 설거지 한번 안 시키고, 밥도 안 시킨다. 그런데 며느리는 시어머니가 밥을 차리고 설거지를 하는 동안, 아기에게 장난감을 하나 쥐어 보행기에 안쳐놓고 핸드폰 게임만 한다. 과일도 깎아줘야 먹는다. 시어머니는 며느리의 행동에 속이 상해 애 봐주는 게 싫다고 어깃장을 놓고 싶지만, 예쁜 손주가 불쌍해서 참고 있다. 시어머니는 지금 고민 중이다.

사례5)는 반말하는 며느리 때문에 심기가 불편한 시어머니의 글이다. 며느리는 시집왔을 때부터 은근슬쩍 다른 식구가 없을 때 반말을 하더니, 점점 갈수록 거침이 없고 이젠 대놓고 한다. 편한 존대를 해

도 모자랄 판에 며느리가 사용하는 말은 하대 중에서도 심한 ~해라
체다. 며느리는 부모덕으로 먹고 살면서도, 마치 자기가 부모를 모시
고 사는 것처럼 행동한다. 며느리의 반말이 듣기 거북한 친척이 아무
리 편한 사이라도 도가 지나치다고 말하자, 며느리는 비아냥 섞인 존
대를 하며 주변 사람들을 불편하게 만든다. 시어머니에게 반말을 하
고, 자신의 성격을 다 표현하는 며느리가 시어머니는 못마땅하다.

　사례6)은 김장을 해 아들네 집으로 보냈다가, 김장 보내지 말라는
짜증 섞인 아들의 목소리에 화가 난 어머니의 글이다. 아들이 둘인 이
여성은 혼자서 힘들게 김장 50포기를 하고, 택배로 두 아들네 집으로
보낸다. 그런데 큰아들네는 잘 받았다는 신화가 있는데, 둘째 아들네
는 소식이 없다. 어머니가 둘째 아들한테 전화를 하자 아들은 택배기
사가 집 근처 편의점에 맡기고 간 김장박스를 들고 온 아내가 자신에
게 짜증을 심하게 부렸다면서, 왜 택배를 보내 사람을 들볶이게 하냐
고 화를 낸다. 어머니는 속상한 마음이 가시지 않고, 앞으로는 자기
집 김장만 할 거라고 다짐을 한다.

　이처럼 사례1)에서 남편과 부부싸움 후 아침 일찍 집을 나가버린
며느리나, 사례2)에서 예고 없이 집에 오지 말라고 밤중에 문자를 보
내는 며느리, 사례3)에서 시어머니가 생일선물로 사준 운동화를 보고
짝퉁이라고 이야기하며 환불을 받으라고 하는 며느리의 태도는 문제
가 있다. 또 사례4)에서 시어머니가 집안일을 할 동안 핸드폰 게임만
하고 있는 며느리나 사례5)에서 시어머니에게 반말을 하는 며느리,
사례6)에서 시어머니가 보낸 김장택배가 무겁다고 화를 내는 며느리
의 태도 역시 문제가 있다.

왜냐하면 사례1〉에서 시부모와 주중에 함께 사는 것은 아들 내외의 편의를 위한 것이고, 부부싸움은 아들 내외의 문제일 뿐 시부모와 관련된 것은 아니다. 사례2〉에서 며느리는 예고 없이 찾아온 시어머니가 충분히 불편할 수 있다. 그러나 단 한 번의 예고 없는 방문이었고, 자신들이 필요할 때 애를 봐달라고 시어머니한테 수시로 부탁을 했었다면, 한번 정도는 그냥 넘어갈 수도 있었다. 그리고 시어머니의 예고 없는 방문이 정 불편했다면 그 말을 밤중에 문자로 할 것이 아니라, 직접 얼굴을 보고 조심스럽게 이야기할 필요가 있었다. 사례3〉에서도 며느리가 시어머니가 손자 생일선물로 사온 운동화를 보고, 짝퉁 같다고 하며 환불을 받으라고 한 것은 시어머니의 마음을 전혀 헤아리지 않은 행동이다. 또한 사례4〉에서 하루 종일 아이를 봐준 시어머니가 설거지를 하는 동안 아기에게 장난감을 하나 쥐어 보행기에 안쳐 놓고, 핸드폰 게임만 하는 며느리의 행동은 시어머니의 힘듦을 외면한 처사이며, 사례5〉에서 시집왔을 때부터 은근슬쩍 다른 식구가 없을 때 반말을 하고, 시어머니에게 ~해라체를 사용하는 며느리의 말투는 이해가 불가능한 상황이며, 사례6〉에서 택배로 보내온 김장김치가 무겁다며 화를 내는 며느리의 태도는 어머니의 정성을 무시한 처사이다.

이런 사례들에서 며느리는 자신들이 필요할 때만 시어머니를 찾고, 시어머니에게 요구를 하고 있다. 시어머니가 자신의 필요와 요구를 들어주는 데도 이렇게 행동한다면, 만약 들어주지 않을 경우 고부관계가 불화로 치닫게 될 것은 자명한 사실이다. 이런 며느리들에게 설화에서 며느리들의 최후는 자신의 잘못을 일깨워주는 계기가 될 수 있다.

고부관계에서 과한 효를 요구하는 것이 아니다. 며느리가 시어머니에게 행하는 효는 그저 자신의 양심과 도덕에 비추어 거리낌이 없으며, 사회적으로 용인되는 수준의 효라면 충분하다. 며느리가 시어머니에게 행하는 효가 타인이 볼 때 납득되지 않는 수준이고, 주변 사람들을 불편하게 한다면, 며느리는 자신의 성격이나 습관을 고칠 필요가 있다.

다음의 사례는 남편이자 아들인 남성에 의해 작성된 글이다.

사례 7 시어머니를 증오하는 집사람

이제 결혼 4년차입니다. 1년 안된 아이를 둔 남편이기도 하구요. 저희부모님(시부모님)은 저희 집 왕래를 안 하십니다. 너희들 편하게 살라고 여태 3번 정도 오신 것 같습니다. 이유인즉 어머니는 너무나 혹독하게 시집살이를 하고 폭력에 시달리며 살아오셔서 며느리에게는 시집살이 비슷한 일은 절대로 일어나면 안 된다고 생각하시는 분입니다. 이렇게 아무 문제없이 살아오던 저희 집사람이 첫 아이 낳고 갑자기 너무나 변했습니다. 손주 보고 싶어도 참으시던 어머니가 오래전부터 언제 찾아가면 좋겠냐고 하면서 양해 구하고 편할 때 가겠다고 하시며 날짜를 맞춰서 방문하셨습니다. 그날 저는 출근을 한 상태라 어머님 얼굴을 못 뵈었지요. 하지만 제가 없어서 그런 건지 아주 큰 사단이 났습니다. 손주를 만져보고 안아보고 싶어 하시던 시어머니는 아이 다리를 만졌습니다. 아이가 깨서 울기 시작하자 저희 어머니가 안으려고 했답니다. 집사람이 애를 안지 못하게 하며 본인이 안겠다고 했지만 안고 싶었던 어머니는 괜찮다고 하며 안았습니다. 이후 집사람은 아이를 일부러 깨웠고 시어머니가 째려보며 아이를 뺏어갔다 라고 생각하고 토라진 채로 시어머니와 있는 시간 내내 말 한마디 하지 않고 있었답니다. 그 와중에 저한테 계속 시어머니 행동에 대해 실시간으로 문자를 보냈습니다. 아주 입에 담지 못할 막말을... 그 와중에 장모님이 오셔서 어머니에게 사돈 자꾸 만지면 손 탄다고 며느리 힘들어진다고 하셨답니다. 아이 낳고 처음 와서 처음 만지고 안아본 건데 저로서는 이해가 가지 않았습니다. 그래도 아이 낳고 첫애라 민감하구나 싶어 이해해줬습니다. 하지만 어머니께선 그날 너무 충격을 받으셔서 집에 가셔서 쓰러지셨습니다. 너무 화가 난 시어머니는 내가 자주 가는 사람도 아니고 시어머니 대하는 태도가 이게 뭐냐며 스마트폰 문자로 너희 아버지 어머니가 시어머니한테 이렇게 하라고 가르쳤느냐고 혼내기 시작했습니다. 그러자 집사람이 답문으로 비아냥거리는 말투로 그렇게 자는 아이 깨우니까 좋았느냐 아이 뺏어야 했느냐 라고 하며 우리 부모님 욕은 왜 하느냐며 답장을 보냈습니다. 일단 사건의 전말은 저렇습니다. 저는 좋은 남편이 되려고 무척이나 노력합니다. 집사람 역시 아이 낳고 심신이 지치고 잠도 못자고 예민한 거 잘 알고 감싸주고 있습니다. 중간에서 제가 잘 컨트롤 하면서 아내 편을 더 들어주는 게 옳다고 생각해서 무조건 편들어 주고 했지만 너무 시어머니 욕을 남편 앞에서 하니 저도 아들인 입장으로서 천륜을 저버리는 거 같아 너무 상처가 돼 버렸습니다. 결혼 내내 항상 살림 제가 도맡아 해왔고 요리도 거의 제가 다하고 주말엔 다리 퉁퉁 붓도록 살림하고 요리합니다. 아이 낳고도 회사 6시 퇴근하면 대충 밥 먹고 육아 새벽 1~2시까지 봐주고 와이프 쉬게 해주고 한숨 자라고 합니다. 제가 못해서 시댁에 불만이나 증오의 화살이 향했다면 저라도 원망을 할 텐데 이게 1차전입니다. 2차전은 더 난장판인 상태로 현재 진행 중입니다.

　사례7〉은 고부갈등의 중간에서 어찌할 바를 몰라 하는 아들이자 남편의 글이다. 이 남성은 결혼 4년 차로, 1년이 안 된 아이를 두고 있다. 혹독한 시집살이에 시달렸던 어머니는 며느리에게는 그런 일이 일어나면 안 된다고 생각해, 너희들만 편하게 살라고 아들 집을 오지 않는다. 손자가 보고 싶어도 참으며 며느리가 편한 날짜에 맞춰 시어머니가 방문한 날, 시어머니와 며느리 사이에는 일이 터진다. 손주가 만져보고 싶던 시어머니는 아이 다리를 만졌고, 아이가 깨서 울기 시작하자 안으려고 한다. 며느리는 자신이 안겠다고 했지만, 아이를 안고 싶었던 어머니는 괜찮다고 하며 아이를 안는다. 며느리는 시어머니가 아이를 일부로 깨웠고 아이를 뺏어갔다고 생각해 같이 있는 동안 한마디도 하지 않았고, 남편에게 실시간으로 막말 문자를 보낸다. 너무 화가 난 시어머니는 밤에 며느리에게 문자로 시어머니를 대하는 태도가 이게 뭐냐며 너희 아버지, 어머니가 이렇게 하라고 가르쳤냐고 혼을 냈고, 며느리는 비아냥거리는 말투로 그렇게 자는 아이 깨우고 뺏어야 했느냐며 우리 부모님 욕은 왜 하느냐는 답장을 보낸다. 남편은 중간에서 아내의 편을 들어주고는 있지만, 시어머니에 대해 막말을 하는 아내를 보며 천륜을 저버리는 것 같아 너무 상처가 된다.

　여기서는 아이를 사이에 두고 며느리와 시어머니 사이에 오해가 생긴 듯 보이며, 시어머니와 며느리는 자신의 입장만을 고집하며 상대를 비난하고 있다. 이 상황에서 남편은 어머니와 아내 사이에서 서로의 입장을 객관적으로 전달할 필요가 있으며, 세 사람이 모인 자리에서 서로가 잘못한 부분에 대해서는 사과를 하고 향후 세 사람의 입장을 정리할 필요가 있다. 남편은 시어머니에게 막말을 하는 아내를 보며 천륜을 저버리는 것 같아 상처가 된다고 하였는데, 아내의 말을 들

어주고 감정을 헤아려주는 것은 남편으로서 꼭 필요한 일이지만 시어
머니에 대한 막말까지 수용해줘서는 안 된다. 아내에게 그것이 시어
머니에 대한 도리가 아님을 남편은 말해줄 필요가 있다.

3

올가미 시어머니

구비설화를 활용한
고부갈등 상담 프로그램 개발

③
올가미[1] 시어머니

---

1) 올가미는 1997년 (주)시네마서비스에서 제작한 것으로, 아들에게 병적으로 집착하는 시어머니와 며느리 간에 벌어지는 극단적 갈등을 그린 스릴러드라마 영화이다. 대강의 줄거리는 다음과 같다. 오십 대 여성 진숙(윤소정 분)은 삼십 년간 홀로 애지중지 키어온 아들과 행복한 일상을 보낸다. 과할 정도로 자신에게 열중하는 진숙의 모습에 아들 동우(박용우 분)는 가끔 부담을 느끼지만, 어머니의 각별한 사랑이라고 이해하며 지낸다. 어느 날, 동우는 진숙에게 자신의 애인 수진(최지우 분)을 소개하며, 결혼을 알린다. 진숙은 동우의 행동에 혼란스러워하며, 아들이 바라는 대로 수진과의 결혼을 받아들인다. 신혼여행에서 돌아온 수진과 동우에게 한없이 다정하고 친절하게 행동하는 진숙은, 동우가 없을 때는 며느리 수진에게 폭력과 폭언을 일삼는다. 참다못한 수진은 동우에게 이 사실을 알리지만, 진숙은 며느리의 오해와 매도라며 오히려 아들을 자신의 편으로 만들려 한다. 그러나 시간이 갈수록 수진은 시어머니의 폭력에 생명의 위협을 느끼고, 두려움에 집을 나간다. 수진이 집을 나가고 예전처럼 동우와 둘만의 행복한 시간을 꿈꾸던 진숙은, 수진을 내쫓았다며 분노하는 자신을 향한 동우의 행동에 충격을 받는다. 그리고 진숙은 집을 나가 수진을 찾겠다는 아들을 막는 실랑이 끝에 동우를 죽이게 된다. 동우가 죽은 후, 진숙은 수진을 집으로 유인해 감금하고 고문한다. 진숙의 손아귀에서 벗어날 수 없는 수진은 점점 의식을 잃어간다. 그러나 우연히 수진을 걱정한 친구의 방문으로 두 사람은 진숙과의 실랑이 끝에 무사히 빠져나온다.(네이버 지식백과, 올가미[The Hole]) 보통 아들에게 집착하는 시어머니를 며느리들은 올가미 시어머니라고 부른다.

1) 고부갈등 양상과 해결방안

시어머니가 며느리를 궁지로 몰아넣고, 아들의 가정을 깨뜨리며, 아들을 죽음에 이르게 하는 설화군으로는 [우렁색시]가 있다. 이 설화는『한국구비문학대계』에 27편이 수록되어 있는데, 대강의 줄거리는 다음과 같다.

(1)옛날에 어느 노총각이 늙은 어머니를 모시고 살았다. (2)하루는 노총각이 논에서 일을 하다가 사람이 결혼해서 재미있게 살아야 하는데 이 농사를 지어 누구와 먹고 사나라며 신세한탄을 했다. (3)그러니까 논 가운데서 "누구하고 먹고 살아, 나하고 먹고 살지."라는 소리가 들렸다. (4)노총각이 소리가 나는 곳을 파 보니 우렁이가 하나 있었다. 노총각은 우렁이를 깨끗이 씻어 집으로 가져와 물두멍에 넣어두었다. (5)다음날 아침이 되니 밥상이 잘 차려져 있어서 노총각이 어머니와 같이 먹었다. (6)그 후로 식사 때마다 밥상이 차려져 있자 하루는 노총각이 잠을 안자고 몰래 지켜보았다. (7)새벽이 되지 우렁이가 물두멍에서 나와 색시로 변해 밥을 하고는 다시 물두멍으로 들어갔다. (8)사흘 뒤에 노총각은 물두멍으로 들어가려는 색시의 치맛자락을 붙잡고 같이 살자고 했다. (9)색시는 아직 때가 되지 않았다며 기다리라고 했지만 노총각이 우겨서 둘은 혼인을 하고 살게 되었다. (10)남편은 염려가 되니까 어머니에게 직접 점심을 가져다 달라고 부탁을 했다. 그런데 막상 점심때가 되니 어머니는 누룽지를 색시가 혼자 먹을까봐 색시에게 아들 점심을 가져다주라고 시켰다. (11)색시는 남편에게 점심을 가져가다가 원님이 행차하는 소리가 들리자 무서워서 가시덤불에 숨었다. (12)원님은 가시덤불에서 이상한 빛이 나는 것을 보고 사람을 시

켜 가보라고 하였다. (13)그곳에서 색시를 발견한 원님은 색시를 데리고 가버렸다. (14)남편은 집으로 돌아와 어머니에게 왜 색시를 심부름 보냈냐며 몸부림을 쳤다. 그렇게 남편은 울다가 죽어버렸다. (15)죽은 남편은 새가 되어 색시를 찾아갔다. (16)색시는 원님의 팔과 다리를 주무르고 있었는데 새가 문턱에서 처량하게 우는 것을 보고 색시도 따라서 울었다. (17)원님은 자기의 소실이 새를 보며 울자, 담뱃대로 새를 톡 때려 죽여 버렸다. (18)색시는 새를 비단으로 싸서 부춛돌 사이의 오줌 내려가는 곳에 묻어주었다.[2]

옛날에 노총각이 늙은 어머니를 모시고 살았는데, 하루는 논에서 일을 하다가 이 농사를 지어 누구와 먹고 사냐고 신세한탄을 한다. 그러자 논 가운데서 "누구하고 먹고 살아, 나하고 먹고 살지."라는 소리가 들렸고, 노총각이 소리가 나는 곳을 파 보니 우렁이가 하나 있었다. 노총각은 우렁이를 깨끗이 씻어 집으로 가져와 물 항아리에 넣어둔다. 다음날 아침이 되니 밥상이 잘 차려져 있었고, 이후 식사 때마다 밥상이 차려져 있었다. 노총각이 몰래 지켜보니, 새벽에 우렁이가 물 항아리에서 나와 색시로 변해 밥을 하고는 다시 물 항아리로 들어갔다. 사흘 뒤 노총각은 색시의 치맛자락을 잡고 같이 살자고 한다. 색시는 아직 때가 되지 않았다며 기다리라고 했지만, 노총각이 우겨 둘은 혼인을 하게 된다. 아내를 밖으로 내보내는 것이 두려운 남편은 어머니에게 직접 점심을 가져다 달라고 부탁을 하지만, 어머니는 누룽지를 며느리가 혼자 먹을까봐 며느리에게 아들의 점심을 가져다주라고 한다. 색시는 남편에게 점심을 가지고 가다가 원님의 행차 소리

2) 『한국구비문학대계』 4-6, 192-196면, 의당면 설화21, 우렁 각시, 유조숙(여, 75)

에 가시덤불에 숨고, 가시덤불에서 이상한 빛이 나는 것을 본 원님은 사람을 시켜 가보라고 한 후 발견한 색시를 데리고 가버린다. 남편은 집으로 돌아와 어머니에게 왜 색시를 심부름 보냈냐며 몸부림을 치며 울다가 죽는다. 새가 된 남편은 색시를 찾아가고, 새가 문턱에서 처량하게 우는 것을 본 색시 또한 따라서 운다.

예문으로 제시한 〈우렁 각시〉에서 노총각은 예쁜 우렁이 각시를 얻은 후 사는 재미를 느끼게 되고 일도 열심히 한다. 총각은 어머니에게 자신의 아내를 내보내지 말고 어머니가 직접 점심을 가져다 달라고 부탁을 하는데, 아들은 너무 곱고 아름다운 아내를 사람들의 시선이 존재하는 밖으로 내보내는 것이 불안하고 혹시라도 아내를 잃어버릴까 걱정스러운 마음이 드는 것이다. 아들의 부탁에 어머니는 그러겠다는 약속을 한다. 그러나 이 설화군의 모든 작품에서 어머니는 아들과의 약속을 저버리고, 며느리에게 밥을 들려 밖으로 내보낸다. 예문에서는 어머니가 며느리가 혼자 누룽지를 먹을까봐 걱정이 돼 며느리에게 밥을 가져다주라고 하지만, 〈구슬각시〉[3]에서는 시어머니가 젊은 며느리를 두고 늙은 자신이 직접 밥을 내가는 것이 경우에 맞지 않는다고 생각해 며느리를 밖으로 내보낸다. 여기서는 시어머니가 며느리를 경쟁상대로 인식하고 있다. 그러기에 며느리를 자신보다 아래에 두며, 며느리에게 자신의 체면이 손상될까봐 두려워하는 것이다. 두 경우 모두 시어머니는 아들이 염려하는 바를 외면하고, 며느리를 밖으로 내보낸다. 만약 시어머니가 아내를 아끼는 아들의 마음을 이해했다면, 그리고 뒤늦게나마 장가를 가게 해 준 며느리에게 고마운 마

---

3) 『임석재전집』 5, 1953년 7월 9일 京畿道 楊平郡 龍門面 延壽里 張生洞 李鐸(男)

음을 가지고 있었다면, 시어머니가 자신의 욕심을 채우기 위해 우렁 색시를 밖으로 내보내는 일은 결코 일어나지 않았을 것이다. 그러나 고부갈등이 일어나는 모든 작품에서, 시어머니는 아들의 걱정스러운 마음보다는 자신의 욕망을 앞세우고 있다.

집으로 돌아온 아들은 왜 어머니가 밥을 가져오지 않았냐며 어머니 를 원망하고, 어머니는 "자신이 가려고 했는데 한사코 며느리가 우겨 서 점심을 가지고 갔다."고 변명을 한다. 즉 잘못은 자신에게 있는 것 이 아니라 며느리한테 있다는 것을 강조하고 있다. 이러한 어머니의 변명은 아들이 자신을 원망하지 않도록 모든 책임을 며느리에게로 전 가시키고, 자신은 잘못이 없다는 것을 강조함으로써 아들의 동의를 구하고 있는 것이다. 그러나 아내가 원님에게 잡혀갔을 것이라고 짐 작한 아들은 어머니를 원망하며 울다가 죽는다. 모든 작품에서 아내 를 잃어버린 남편은 슬픔을 감당하지 못하고 울다가 애가 터져서, 목 을 찔러서, 피를 토하고 죽는다.

남편이 아내를 잃어버리고 슬퍼하다가 죽었다는 것은, 남편에게 아 내는 목숨보다 소중한 존재였다는 것을 의미한다. 그런 아내를 잃어 버린 상황에서 남편은 더 이상 살고 싶은 마음이 없는 것이다. 어머니 는 아들이 며느리를 잊고 예전처럼 둘만의 생활로 돌아가기를 바랐겠 지만, 아들은 부부간의 정을 이미 경험해봤기에 아내가 없는 예전의 생활로 돌아갈 수 없는 것이다. 죽음을 택하는 남편의 행동에서, 혼자 남게 될 어머니를 걱정하는 아들의 마음은 전혀 찾아볼 수 없다.

죽은 남편의 혼은 새로 변해 아내를 찾아가는데, 남편의 혼이 새로 변했다는 것은 자유롭게 담장을 넘어 잡혀간 아내를 다시 만나보고 싶은 그의 간절한 소망을 이야기한다. 작품에서 남편과 아내는 자신

들이 헤어진 이유가 어머니, 혹은 시어머니 때문이라는 원망의 노래
를 부르는데, 즉 이들은 시어머니로 인해 자신의 가정이 파괴되었다
고 생각하는 것이다. 이처럼 [우렁색시] 설화군에서는 시어머니는 자
신의 욕심 때문에 아들의 가정을 파괴할 뿐만 아니라, 자신의 사랑하
는 아들까지 죽게 만든다.

그런데 이 [우렁색시] 설화군에서 흥미로운 것은 시어머니가 등장
하지 않고 아내가 원님에게 잡혀간 경우 우렁색시는 아내를 되찾기
위한 남편의 노력으로 예전 남편과 재결합을 이루거나, 우렁색시를
빼앗으려는 원님의 무리한 내기요구를 해결하고 부부관계를 계속 유
지하는 작품도 나타난다. 그러나 이 고부갈등이 나타나는 설화의 경
우, 전 작품에서 부부는 헤어지고 아내를 잃은 슬픔에 남편은 죽는 것
으로 이야기가 완결된다.

이 [우렁색시] 설화군과 동일하게 시어머니가 자신의 욕심으로 인
해 아들의 가정을 파괴하고, 사랑하는 아들까지 죽게 만드는 작품으
로 〈각씨들과 박진 마을〉 〈며느리 고개〉라는 설화가 있다. 이 설화들
은 『한국구비문학대계』나 『임석재전집』에 수록된 것은 아니지만, 며
느리에 대한 시어머니의 질투를 잘 보여준다는 점에서 인용해 보도록
하겠다.

〈각씨들과 박진 마을〉
옛날 慶北 宜寧郡 富林面에 외동딸로 곱게 자란 아가씨가 편모 슬하
에서 자란 朴氏 신랑에게 시집을 갔다. 신랑 신부가 모두 귀엽게 자랐
지만 형제들이 없이 자랐기 때문에 부부의 금슬이 남달리 두터웠고 시
간이 갈수록 애정이 더하였으며 틈만 있으면 함께 방에 앉아 애무하고

사랑하였다. 마루 하나를 사이에 두고 이러한 것을 지켜보던 시어머니
는 며느리에게 질투심까지 느끼게 되어 며느리를 안방으로 불러다 꾸
짖고 트집을 잡아 야단을 치며 구박을 하였다. 하루는 시어머니가 며
느리를 불러다 야단을 치니 공기가 심상치 않은 것을 느낀 아들이 안
방으로 들어와 어머니에게 용서를 비는 것이었다. 시어머니는 며느리
편을 드는 아들마저 야단을 치고 며느리에게는 나가서 빨래를 하라고
호통을 쳤다. 이때는 밤중이라 어둡기도 하지만 이미 낮에 빨래를 다
하였기 때문에 빨래할 것이 없다 하였더니 시어머니는 머슴들의 옷이
라도 당장 빨라고 호통을 치는 것이었다. 얼마 후 남편이 과거를 보기
위해 서울로 가게 되었다. 작별이 아쉬운 며느리는 안타까워하였으나
시어머니는 작별인사도 못하게 며느리에게 들에 나가 일을 하라고 하
였다. 먼데서 남편이 사라지는 모습을 보고 시름에 잠겨 서러운 마음
을 달래며 일을 하고 있는데 웬 놈이 욕을 보이려 달려드는 것이었다.
물론 이놈은 시어머니가 시켜 며느리 욕을 보이러 온 것이다. 며느리
는 몸을 피해 달아나다가 낭떠러지에 떨어져 죽고 말았다. 과거를 보
고 돌아온 남편이 이 기막힌 사실을 알고는 자기도 부인이 죽은 곳에
가서 낭떠러지에 떨어져 죽고 말았다. 지금도 의령군 부림면 소재지에
서 얼마 떨어지지 않은 곳에 박진마을이 있고 부부가 죽은 각씨듬이란
늪이 있다 한다(朴榮濬 1972, 1卷 : 348).[4]

〈며느리고개〉
　옛날 方山에서 북쪽에 있는 희양이란 곳에 두 母子가 살고 있었다.
홀어머니는 하나밖에 없는 외아들을 남달리 사랑하여 언제나 품에서
떼어 놓지 않으려 하였으나 어느덧 성장하여 장가를 들었다. 아내를

---

4) 이광규, 『한국가족의 심리문제-고부문제를 중심으로』, 일지사, 1981, 226면 재인용.

맞이한 아들은 밤낮을 가리지 않고 둘만이 마주 앉아 있는 것이었다. 이 모습을 보다 못한 어머니는 아들을 불러 "에미의 정도 모르는 후레 자식"이라고 호되게 꾸짖었다. 꾸지람을 들은 아들은 그날 밤으로 집을 나가 버리고 돌아오지 않았다. 시어머니와 며느리는 설마하고 기다렸으나 달이 지나도 돌아오지 않자 눈발이 내리는 겨울에 아들을 찾아 나섰다. 얼마를 헤매다가 五味嶺에 이르러 아들의 시체를 발견하였고 이것을 본 며느리는 남편을 따라 그 자리에서 자결하고 말았다. 어머니의 시샘으로 아들과 며느리를 숨지게 한 고개라 하여 후에 사람들이 이 고개를 며느리고개라 부른다고 한다(강원도편 1979 : 431).[5]

〈각씨듬과 박진 마을〉에서 신랑 신부는 모두 형제가 없이 외동으로 자랐기에, 부부간의 금슬이 남달리 좋았고 시간이 갈수록 애정이 더욱 깊어갔다. 아들이 아내를 사랑하자, 시어머니는 며느리를 질투하여 며느리를 안방으로 불러 트집을 잡아 야단을 치며 구박을 한다. 하루는 시어머니가 며느리를 불러다 야단을 치는데 아들이 들어와 용서를 빌고, 시어머니는 며느리 편을 드는 아들 또한 야단을 친다. 얼마 후 남편이 과거를 보기 위해 서울로 가게 되었는데, 시어머니는 며느리에게 남편과 작별인사도 못하게 하며 들에 나가 일을 하라고 한다. 며느리가 멀리 남편이 사라지는 모습을 보고 서러운 마음을 달래며 일을 하고 있는데, 웬 놈이 며느리에게 욕을 보이려 달려들었고 며느리는 달아나다가 낭떠러지에 떨어져 죽고 만다. 그 놈은 시어머니가 보낸 사람이었다. 과거를 보고 돌아온 남편이 이 기막힌 사실을 알고는 자기도 부인이 죽은 곳에 가서 죽는다.

---

5) 이광규 앞의 책, 226-227면 재인용.

〈며느리고개〉에서도 모자(母子)가 살고 있었는데, 홀어머니는 하나밖에 없는 외아들을 남달리 사랑해 언제나 품에서 떼어 놓지 않았다. 어느덧 성장해 아내를 맞이한 아들은 밤낮으로 아내와 마주 앉아 있었다. 어머니는 아들을 불러 "에미의 정도 모르는 후레자식"이라고 호되게 꾸짖었고, 아들은 그날 밤 집을 나가 돌아오지 않았다. 시어머니와 며느리는 몇 달이 지나도 아들이 돌아오지 않자 눈이 내리는 겨울 아들을 찾아 나섰고, 얼마를 헤매다가 오미령(五味嶺)에 이르러 아들의 시체를 발견하였다. 이것을 본 며느리는 남편을 따라 그 자리에서 자결하였고, 어머니의 시샘으로 아들과 며느리를 숨지게 한 고개라고 하여 사람들은 이 고개를 '며느리고개'라고 부른다.

두 편의 설화에서 아들은 아내를 몹시 사랑하고, 이런 아들의 모습에 어머니는 질투를 느끼며, 결국 아들의 가정을 파괴하고 사랑하는 아들까지 죽게 만든다. 특히 〈각씨듬과 박진 마을〉에서의 시어머니는 다른 남성을 보내 며느리를 욕보이려는 비상식적인 일까지 저지르고 만다.

그렇다면 [우렁색시] 설화군에서 해줄 수 있는 이야기는 무엇일까?

첫째, [우렁색시]에서 총각은 어머니와 단둘이 오랜 기간을 살아왔다. 그러기에 어머니는 며느리를 받아들일 수 있는 시간이 필요했다. 그러나 아들은 어느 날 갑자기 물 항아리에서 나오는 우렁색시를 붙잡아 결혼을 한다. 아들은 자신의 색시를 얻은 것이 너무 기뻐서, 어머니의 마음은 전혀 헤아리지 못하고 있다. [우렁색시] 중 〈우렁 속에서 나온 미인〉[6]의 경우 시어머니는 아들과 우렁색시가 하는 대화를 엿듣고 우렁이를 건져다 없애버리는데, 시어머니는 며느리를 받아들일 마음의 준비가 안 되었기에 며느리의 등장을 거부하고 있다.

이 부분에서 이야기해줄 수 있는 것은 고부관계는 서로가 서로에게 적응할 수 있는 시간이 필요하다는 것이다. 특히 아들과 오랜 시간을 둘만의 공간에서 살아온 시어머니의 경우, 시어머니는 며느리를 심리적으로 받아들일 수 있는 시간이 필요하다. 며느리 또한 시어머니를 이해하고 받아들일 수 있는 적응의 시간이 필요하다. 그러므로 결혼과 동시에 막연히 원만한 고부 관계가 형성될 것이라 기대하기보다 서로가 서로에게 적응할 수 있는 시간이 전제되어야 한다.

둘째, 아들의 사랑이 며느리에게 가는 것을 막으려고 하는 어머니의 질투의 감정을 생각해볼 수 있다. [우렁색시]에서 시어머니가 며느리를 밖으로 내보내는 이유는 누룽지가 먹고 싶다는 자신의 욕망을 채우기 위해서, 또는 며느리 앞에서 자신의 체면을 세우기 위해서다. 그런데 만약 시어머니가 뒤늦게 얻은 아내를 아끼는 아들의 사랑을 이해했다면, 자신의 아들과 결혼해 준 며느리에 대해 감사하는 입장이었다면, 시어머니는 자신의 욕망 때문에 며느리를 집 밖으로 내보내지는 않았을 것이다. 만약 시어머니가 아들과 동일한 마음이었다면, 그녀는 아들이 말하기 전에 이미 며느리를 아끼고 사랑해주는 보호자로서의 역할을 담당했을 것이다. 특히 우렁색시가 우렁에서 나온 이질적인 며느리이고, 가족도 없이 홀로 나타난 인물이라고 할 때, 적

---

6) 『한국구비문학대계』 5-1, 265-267면, 송동면 설화7, 우렁 속에서 나온 미인, 최판순(여, 67)

어도 성숙한 인격을 갖춘 시어머니였다면 우렁색시가 아들과 행복한 가정을 이룰 수 있도록 도와주고 보호해주었을 것이다. 그러나 [우렁색시]의 시어머니는 아들의 관심이 며느리에게로 옮겨가는 것을 질투하며, 며느리를 보호의 대상이 아니라 자신의 경쟁상대로 인식하고 있다.

아들에 대한 집착이 클수록 시어머니는 아들의 애정을 빼앗아간 며느리에 대해 강한 질투심을 느끼고 거부감을 갖는다. 특히 홀어머니의 외아들인 경우는 애정구조상 갈등을 더 강하게 느낀다. 시어머니는 며느리를 아들의 애정을 빼앗아간 침입자로 간주하는 것이다. 시어머니는 아들이 자신의 소유가 아니라 어머니 이외의 다른 여성과 사랑을 할 수 있는 하나의 인격체이며, 그것이 현실임을 받아들여야 한다.

셋째, [우렁색시]에서 어머니는 "왜 어머니가 밥을 가져오지 않았냐"는 아들에게, "내가 가려고 했는데 한사코 며느리가 우겨서 점심을 가지고 갔다."고 변명을 한다. 어머니는 아들에게 자신은 잘못이 없음을 이야기하고, 며느리를 탓하며, 자신의 생각에 동조해줄 것을 아들에게 요구하고 있다. 이렇게 어머니가 아들에게 하소연을 하고, 변명을 하는 이유는 아들이 누구를 더 사랑하는지, 누구를 더 우위에 두는 지, 며느리와 경쟁하기 때문이다. 즉 시어머니는 아들을 며느리보다 자신에게 가까운 거리, 자신의 영역에 두려고 한다. 그러나 설화에서 아들은 아내를 어머니보다 더 중요하게 생각하며, 아내를 잃은 슬픔에 울다가 죽거나 자살하며, 새가 되어서까지 아내를 찾아가 어머니를 원망하면서 운다.

이 부분에서 결혼과 동시에 시어머니는 아들을 심리적으로 분리시

켜야 하며, 아들과 며느리 두 사람의 부부관계를 인정하고, 그들의 공
간 또한 인정해 줘야 함을 이야기해줄 수 있다. 시어머니가 아들을 결
혼하기 전과 마찬가지로 자신의 공간에 두려고 한다면, 며느리와의
갈등은 필연적으로 일어날 수밖에 없다. 그러므로 시어머니는 아들과
며느리 둘만의 부부관계를 인정해주고, 인생의 선배로서 그들이 둘만
의 공간에서 안정된 부부관계를 이룰 수 있도록 도와줘야 한다.

『한국구비문학대계』에서는 〈며느리 뒤꿈치가 달걀같다〉[7]는 설화와
〈며느리 쫓아낼 시어머니의 계략〉[8]이라는 설화가 수록되어 있다. 〈며
느리 뒤꿈치가 달걀같다〉에서 시어머니는 며느리의 흉을 잡아 쫓아내
려고 하지만, 흉을 잡을 것이 없자 "저 년은 발 뒤꿈치가 달걀같다"며
흉을 잡는다. 또 〈며느리 쫓아낼 시어머니의 계략〉에서도 시어머니는
며느리의 행동을 트집 잡아 쫓아내려고 며느리를 따라다니지만, 며느
리가 모든 일을 예절에 맞게 하자 쫓아낼 핑계를 찾지 못한다.

우리나라의 모자(母子)관계는 어머니가 아들에 대해 매우 강한 집
착을 보여주는데, 전통적인 가부장제 사회에서 며느리의 지위는 아들
을 낳음과 동시에 격상되었다. 이러한 이유로 어머니는 아들과 정서
적으로 밀착된 관계를 형성하게 되었고, 이는 고부관계에 영향을 미
치는 요인이 된다. 아들의 결혼과 동시에 시어머니는 아들을 며느리
에게 빼앗겼다는 상실감을 갖게 되며, 부부관계에서 애정이 없는 경
우 특히 홀시어머니의 경우 시어머니는 아들을 사이에 두고 며느리와

---

7) 『한국구비문학대계』 5-2, 529면, 고산면 설화15, 며느리 뒤꿈치가 달걀같다, 김현
   녀(여, 86)
8) 『한국구비문학대계』 6-3, 122-123면, 도양읍 설화17, 며느리 쫓아낼 시어머니의
   계략, 김대종(여, 72)

애정경쟁을 하게 된다. 시어머니의 아들에 대한 애정의 강도가 강한 만큼, 며느리에 대한 적의 또한 증대될 수 있다.

앞서 살펴본 설화들은 이러한 시어머니의 심리를 잘 보여주는 작품들로 며느리에게는 시어머니의 심리를 이해하는데 도움을 주며, 시어머니에게는 아들에 대한 자신의 집착과 애정이 아들이 행복한 가정을 이루는데 결코 도움이 되지 않음을 일깨워줄 수 있다.

2) 현대 고부갈등 사례에의 적용

본장에서는 올가미 시어머니들과 관련된 사례들을 살펴보고, 이러한 고부갈등 사례에 [우렁색시] 설화군은 어떠한 도움을 줄 수 있을지 논의해 보고자 한다.

사례 1 올가미 시어머니

처음으로 글을 올립니다. 여기서 읽게 되는 사연들은 저마다 다르지만 공통점이 분명히 있는 듯하네요. 바로 자다가도 분이 안 풀려 벌떡 일어나게 된다는... 저 역시 마찬가지 입니다. 어떻게 시작을 할까요? 먼저 제 신랑은 외동아들입니다. 시댁도 부유한 편이라 부족한 것 없이 잘 자라온 사람이죠. 결혼 전에 시부모님을 자주 뵈었었는데 꽤 괜찮으신 분들이시더라구요. 시집살이 걱정했던 저는 인자하시고 개방적인 시어머니를 보고 결혼하면 힘들지는 않겠구나 생각했었지요. 그런데... 정말 오산이었습니다. 결혼 후 저희끼리 살 때는 괜찮았어요. 그런데 아이가 생기고 이런 저런 문제들로 합가를 했죠. 시어머니께서 아이를 봐주시기로 했거든요. 지금 2년 넘게 같이 살고 있는데 저... 미치기 직전입니다. 시어머니 너무 섬뜩합니다. 아들에 대한 사랑이 도를 넘습니다. 처음에는 외동아들이라 집착이 좀 있으신가, 며느리한테 질투를 하시나 생각하면 단순히 생각하려 했었죠. 그런데 신랑이 저한테 애정 표현이라도 하며 손을 잡거나 어깨동무를 하면 자기도 똑같이 아들한테 하려고 합니다. 신랑과 제가 무슨 얘기를 하면 꼭 몰래 들으려고 귀를 기울이십니다. 한 번은 밤에 둘이서 이야기를 하다가 제가 화장실가려고 문을 열었는데 그 앞에서 몰래 듣고 계시다 딱 마주쳤죠. 어찌나 섬뜩하던지... 홀로 아들을 키우신 분도 아니에요. 시아버님도 계시고 그렇다고 아들과 관계가 좋은 것도 아닙니다. 아들이 어머니와 코드가 맞지 않아서 자주 싸워요. 그런데도 아들을 너무 좋아하시나봐요. 그리고... 가장 심각한 문제는 저희 방 쓰레기통을 뒤지신다고 해야 하나??? 이걸 어떻게 설명해야 할지 애매한데... 저희가 둘이 방에 있으면 발소리도 안내고 살금살금 문 앞까지 오셔서 갑자기 들어오세요. 저희가 당황했던 적이 한두 번이 아닙니다. 게다가 쓰레기통 치우신다면서 쓰레기통을 가져가시는데... 아무래도 뒤지시는 것 같아요. 뭐가 그리 궁금하신 건지, 뭘 찾으시겠다는 건지... 그리고 이제 2살이 된 아들이 시부모님과 같이 자요. 문제는 애를 핑계로 자꾸 저희 방에 오시는 거예요. 자려고 하는데 거실에서 벌써 소리가 들려요 시어머니가 대놓고 크게 "**야 엄마 아빠한테 갈 거야? 엄마 아빠 코 자는데 갈 거야?" 사실 아이가 울면서 저희를 찾는 것도 아니고 그냥 놀고 있는데 시어머니 혼자 오버해서 꼭 아이를 핑계로 저희 방에 오세요. 한두 번이 아니라 저랑 신랑은 대충 눈치를 챘어요. 신랑이 애를 그럼 우리가 데리고 자겠다고 했는데 끝까지 안 나가시고 저희 방에서 애랑 노시는 거예요. 애가 잠들면 자기가 데리고 가겠다고... 정말 어이가 없습니다. 겉으로는 정말 좋으시죠. 남들 보기에 좋은 시어머니세요. 남자들도 집안일 시켜야 한다면서 자기 아들은 외동아들로 일을 안 시키며 키웠으니까 네가 잘 가르치고 구슬리면서 일도 시키고 하라고 말씀하셨던 분입니다. 그런데 제가 신랑한테 설거지라도 부탁하면 이미 그릇을 닦고 있어도 당장 놓고 주방에서 나오라고 하십니다. 네가 하는 거 보기 싫다 하시면서... 그러면서 내가 대신 하마 하시는 거예요. 며느리입장에서 그럼 어머니하세요 할 수 없잖아요. 저더러 하라는 말씀이신 거죠. 참고로 저희 시아버님은 정말 집안일 다 하십니다. 시어머니가 자기 신랑(시아버지시죠)한테 다 시키세요. 설거지, 청소, 걸레질, 쓰레기 버리기 등등 온갖 집안 잡일을 다 시키시면서 며느리인 제가 제 남편 청소 좀 시키는 게 그렇게 못 마땅하신가 봐요. 참다 참다 화가 나서 한 번 얘기를 했어요. 대 놓고 화낼 수는 없으니까 농담 삼아 "어머니는 어머니 신랑 다 시키시잖아요. 저도 제 신랑 좀 시키면 어때요" 그랬더니 하시는 말씀이 "네 시아버님은 직장이 별로 힘도 안 드셔 쉬엄쉬엄 일하는 사람이니 집안일 해도 괜찮아..." 저 정말 할 말이 없더라구요. 시어머니는 신랑한테 몰래 얘기 하는 걸 좋아하세요. 별일 아닌데도 꼭 뭔가 비밀이 있는 것처럼 귀에 속삭이고 저 못 듣게 하고(둘이 비밀 얘기를 한다는 걸 제가 느끼길 바라는 모양) 전 그냥 모른 척 하죠. 한 번은 신랑이 너무 화가 나서 대놓고 화를 낸 적도 있어요. 왜 자꾸 이간질 하냐고 행복한 가정에 왜 자꾸 이상한 말을 해서 가족 단합을 깨냐구... 신랑은 다행히 제 편이예요. 시어머니가 이상하게 행동하는 거 알고 있거든요. 신랑이 절 많이 좋아해요. 그래서 시어머니가 제 흉보거나 저 구박하는 거 싫어해요. 그래서 몇 번 얘기를 했더니 시어머니가 잘해주시는 거예요. 단 신랑 보는 앞에서만!!!!! 얼마 전에는 우연히 시아버님 디카를 봤어요. 시아버님이 아들 사진 찍어주셔서 돌려서 보는데 그 전에 찍은 사진들도 있더군요. 헉... 제가 결혼식 때 입은 한복과 제 정장 몇 벌을 시어머님이 입으시고 찍으신 사진이었어요. 전 이게 뭔가 싶더라구요. 생각해보니 저희가 신혼여행 갔을 때 집에 없으니까 저 몰래 입고 사진을 찍으신 건가 보더라구요. 그냥 좋게 생각하고 넘기려고 해도 심장이 벌떡 거리고 뭔가가 확 치밀어 올라서... 도저히 참을 수가 없네요. 영화 올가미가 생각나 정말 섬뜩합니다. 저 어떻게 해야 할까요? 정말 쌓이고 쌓인 거 대놓고 따진 후에 분가를 해야 하는지 그냥 참고 있어야 하는지... 요즘은 시어머니 얼굴 마주치는 것만으로도 불편해 죽겠습니다.

사례1〉은 합가 전에는 별문제 없이 지냈던 고부관계가 아이가 생기고 합가를 하게 되면서 문제가 생긴 경우이다. 며느리가 생각하기에 남편에 대한 시어머니의 사랑은 도를 넘는다. 신랑이 아내에게 애정표현을 하려고 하면 시어머니도 똑같이 아들에게 하려고 하고, 신랑과 며느리의 애기를 몰래 엿듣고, 부부방의 쓰레기통을 뒤진다. 또 아이를 핑계로 부부방에 들어와 늦게까지 놀고, 별일이 아닌데도 비밀인 것처럼 며느리가 못 듣게 아들의 귀에 대고 속삭이듯이 말한다. 얼마 전 우연히 본 시아버지 디지털 카메라에는 시어머니가 며느리 결혼식 때 입은 한복과 정장 몇 벌을 입고 찍은 사진도 들어있다. 며느리는 시어머니의 행동이 섬뜩하고 시어머니와 얼굴을 마주치는 것이 불편하다.

시어머니는 올가미

저는 20살에 과외 선생님과 결혼을 했고 지금 결혼 7년차에 접어들었습니다. 시모... 명문대졸업하고 대기업 다니고 있는 아들인데 고등학교 갓 졸업한 며느리 보려니 분통하고 원통해 하셨습니다. 그래서 저를 많이 괴롭히셨습니다. 어려서 못 믿겠다는 이유로 지금까지 남편 월급통장도 시모가 갖고 있습니다. 얼마 전 "어머니, 이제 저도 두 아이의 엄마고 아이도 곧 있음 초등학교 갑니다. 7년이란 세월이 지났으니... 돈 관리 제가 하겠습니다. 월급통장 주세요" 했더니 시모 뒤로 넘어가더이다. 그동안 친정 갈 때, 임신해서 집안일 좀 미뤄 뒀을 때, 남편과 여름휴가 다녀왔을 때 등등 매사에 눈곱만큼 맘에 안 드는 행동만 했다 하면 욕설을 퍼붓고 저보고 나가라고 합니다. 남편은 엄마 말이라면 하늘보다 무서워합니다. 그러니 비위 맞추며 사는 게 상책이란 듯해서 그동안 그렇게 살다가... 얼마 전부턴 할 말 하며 살기로 결심했어요. 남편만 믿다간 우리 가정은 시모의 독재정치로 놀아나고, 어머니가 뒤흔드는 대로 흔들립니다. 통장 달라 그랬더니, 믿을 수 있어야 준답니다. 그러더니 저보고 돈쓰는 거 하나하나 다 적으라더군요. 자꾸 현금이 어디론가 새는 것 같다네요... 나 참 어이가 없어서... 그동안 얼마나 알뜰살뜰 살아 왔는데 아무래도 친정으로 빼돌리나 의심하는 듯해요. 친정 엄마가 딸은 출가외인인데 딸 득보려고 하면 안 된다고... 혼잣말처럼 중얼거리더군요. 저... 시모가 월급통장 쥐고 있는 바람에 친정 엄마 용돈 한번 못 드리며 살았거든요... 남편한테 통장 받아오라고 아무리 얘기해도 시모가 워낙 기가 세고, 남편은 참 유한 사람이어서 남편이 엄마한테 말상대가 안 되는 듯해요. 시모 돈 나올 곳 없고(남편과 별거 중, 연금 없음, 일 안함) 우리한테 용돈 받아써야할 형편인데 통장 뺏기면 자신의 권위도 떨어지고 또 아들 돈이 자기 돈이라고 생각하는 것 같아요. 어젯밤에 시모와 또 통장 얘기를 했는데 이러더군요. "한 가족끼리 돈을 어디에 쓰는지 유리알처럼 투명하게 알아야 한다. 이런 마음이 안 맞으면 젊었을 때 일찍 갈라서는 게 낫다"구요. 나 참... 어이가 없어서. 뭐 이러고 사는 게 남편과 내가 워낙 못나서 그러겠지... 요즘 시대 이러고 사는 사람 누가 있겠나 싶어 이 상황을 해결하지 못하는 제 자신이 한심해서...... 한숨도 못 잤답니다. 아들한테 올가미처럼 집착하는 시어머니도 꼴보기 싫고... 제 권리 찾으며 살고 싶은데... 그걸 제자리로 돌려놓기가 왜 이렇게 안 되는 건지... 남편은 곧 이사해서 마이너스통장(월급통장) 없애고 나면 그때 통장 받아 주겠다. 마이너스 5800만원(집대출) 통장을 너한테 건네주는 게 미안하다 얘기만 하고... 뭐 이거 어떻게 돌아가자는 플레인지... 시어머니 때문에 이혼하고 싶단 생각 백번은 넘게 해봤을 거예요... 그러다가도 아이들을 두고 어떻게... 그리고 남편과 금슬 좋은 부분데 시모 땜에 갈라서는 게 억울해서... 한 해 두 해 살고 있습니다... 시어머니가 이러니까 점점 남편도 증오의 대상이 되네요... 이렇게 무식하고 독불장군 같은... 시어머니 어떻게 상대해야 좋을까요... 저만 바보같이 사는 것 같아... 조언 구합니다... 혹시 저처럼 통장 시어머니가 갖고 계신 분 계신가요?? 똑 부러지고 바른말 하며 사는 며느리들 부럽네요...

사례2)는 남편의 월급통장이 문제가 되고 있는데, 이 여성은 20살에 과외선생님과 결혼을 했고 결혼한 지 7년이 되었다. 아직까지 시어머니가 남편의 월급통장을 가지고 있는데, 7년이 지나 며느리가 돈 관리를 하겠다고 월급통장을 달라고 하자 시어머니는 뒤로 넘어간다. 며느리가 마음에 안 드는 행동을 하면 시어머니는 욕설을 퍼붓고 집

에서 나가라고 한다. 며느리는 아들에게 올가미처럼 집착하는 시어머
니가 싫고, 시어머니 때문에 남편이랑 갈라서는 것도 억울하다.

사례 3 시어머니, 남편 물건이랑 제 물건을 분리해요.

이건 정말 일례입니다... 주말부부로 6년째 살고 있지만 신혼집은
남편 있는 곳입니다. 시어머니, 남편 있는 신혼집에 놀러와 지내시면
서 낮에 장롱이고 서랍장이고 다 뒤져서... 좋게 말해서... 다 정리하십
니다. 전 속옷은 속옷끼리 양말은 양말끼리지만 시어머니는 아들 것
은 아들 것끼리 며느리 것은 며느리 것끼리 정리하십니다, 미치겠습니
다. 그저께 남편이 있는 신혼집에 갔는데... 완전 기절할 것 같습니다.
양말서랍에 들어있던 제 양말과 스타킹, 짝 안 맞는 양말, 늘어진 양말
등을 꺼내서 비닐에 싸서 옷장 밖에 내어 놓았습니다. 다시 말씀 드리
면 서랍 속 아들 양말만 남긴 채 다 꺼내 버린 거죠. 다른 넣을 곳이 없
으니까 비닐에 싸놓은 것입니다. 아침에 양말서랍을 여니 양말이 하나
도 없고...--ㅋ 내 양말은 늘어진 양말, 스타킹 등과 함께 비닐에... 옷장
옆 다용도실 문 앞에 다른 짐과 함께 놓여있었습니다. 이런 어이없는
일이 벌어지고 가슴에는 화가 쌓여서 미칠 것 같습니다. 어머님께서...
36살에 겨우 낳은 귀한 아들이지만, 너무 하십니다. 영화 올가미 전초
전 같습니다. 늙은 여우가 점점 본색을 드러내는 것 같습니다. 아들이
랑 같이 한 이불 덮고 자려고 하고... 요즘에 남편이 따로 자려고 합니
다.(남편 37세) 이번 주말도 남편 있는 곳에 가서 아들 밥해주고 싶다
고 73세이신 아버님을 버리고 남편에게 가서 열흘 이상 지내고 싶다고
하십니다. 기가 막히고 코가 막히는 일이 한 두 개가 아닙니다. 저보고
배려심이 없다면서 '지는 게 이기는 거'라고 하십니다. 자기 아들에게

일 시키지 말라고 하면서 그 근거로 수저 식탁에 놓는 거 시켰다고... 꼭 자기 아들 일 시켜야겠냐고... 배려심도 없고... 어쩌고 저쩌고... 정말 어이없는 게... 남편이랑 저는 4살 차이의 캠퍼스커플로 4살 선배에게 대들 일도 없었고 지금도 존댓말하고 사는데... 어떻게 슬기롭고 지혜롭고 기분 안상하시게 말씀을 드릴 방법이 없을까? 고민 고민 하는데 화병만 생기고 패닉상태만 오고 미치겠습니다. 남편은 독고진 흉내 내면서 '극복'하랍니다. 아... 미쳐 정말...

사례3〉은 자신과 남편의 물건을 분리하는 시어머니가 문제가 된다. 이 부부는 6년째 주말 부부로 살고 있는데, 시어머니가 아들 집에 와 아들 물건은 아들 물건끼리, 며느리 물건은 며느리 물건끼리 분리를 한다. 며느리가 집에 가니, 서랍 속에는 남편의 물건[속옷, 양말]만 있고, 며느리의 물건은 비닐에 싸서 옷장 밖에 내어져 있다. 며느리는 시어머니의 이러한 행동이 어이없고 가슴에는 화가 쌓여 미칠 것만 같다. 36살에 낳은 귀한 아들이지만, 시어머니는 아직도 아들과 함께 한 이불을 덮고 자려고 하고, 며느리는 화병이 나 죽을 것 같다.

사례 4 올가미

시어머니 신랑 초등 1학년 때부터 혼자 키웠어요. 위로 형 누나 있지만 일찍 시집 장가 가서 멀리 살고요. 모든 걸 신랑에게 의지하면서 살고 신랑도 마마보이죠. 임신해서 결혼했어요. 사랑까진 아니라도 결혼 전 제게 무척 잘해주더라고요. 근데 결혼 후 달라졌어요. 완전 마마보이, 시어머니도 저를 이간질하기 시작했죠. 결혼이 후회스럽고 미치기 일보직전. 급기야 정신분열진단. 우울증약 복용하며 2년 가까이 결혼생활 해오다가 별거중입니다. 시어머니 집착과 질투, 이간질, 신랑이 중심 못 잡고 시어머니에게 휘둘리며 저나 제 돌 지난 딸에게 무책임 무신경 영화올가미가 생각나요. 겉으론 착하고 인자하고 너거 둘이 잘 살면 된다 말만 하면서 속으론 내 아들 뺏어간 년... 하면서 여자로서 질투하며 아들을 조종하고 저랑 제 딸을 배려하지 않아요. 저희 가족끼리 좀 지낼라 하면 시도 때도 없이 신랑을 오라고 합니다. 핑계를 대면서요. 신랑 시엄니한테 가면 꼭 외박하고 그 다음날 늦게 밤까지 있다가 옵니다. 저는 우울증에 시달리게 되고 딸까지 불쌍해서 밤새 울고, 신랑은 시어머니한테 가면 아예 연락 안 받습니다. 우울증이 극에 달에 급기야 지금은 상담, 약물치료 중이고요.

　사례4)에서 며느리는 현재 정신분열진단을 받고 우울증 약을 먹으며 치료 중이다. 초등학교 1학년 때부터 신랑을 혼자 키운 시어머니는 모든 걸 신랑에게 의지한다. 결혼 후부터 시어머니는 아들과 며느리 사이를 이간질하기 시작했고, 시어머니 집착과 질투로 이 부부는 별거중이다. 아들 부부와 손녀가 함께 오붓하게 지내려고 하면, 시어머니는 시도 때도 없이 아들을 오라고 한다. 어머니에게 간 남편은 꼭 외박을 하고, 그 다음날 밤늦게까지 있다가 집으로 돌아오며, 어머니와 있는 동안은 연락도 안 된다. 며느리는 그런 상황에 밤새 울며 우울증에 시달리고 있다.

사례 5 **질투하는 시어머니...**

　남편과 2년의 연애생활을 마친 후 결혼을 했습니다. 결혼... 정말 신중해야 했기에... 모두들 많이들 고르죠??^^ 지금의 신랑... 절 많이 사랑해 주었고... 이해심 넓고... 시부모님도 좋아 보이고... 선택을 한 거죠. 우린 서로서로 잘합니다. 이해하고 사랑하고... 제가 애교가 많고 남편은 애교 많은 여잘 좋아해서 서로 잘 맞다고 할까요?? 울 신랑, 시어머니께도 잘합니다. 사랑받고 큰 사람이 사랑할 줄 안다고 했기에 시엄니와 사이좋은 신랑이 더 괜찮아보였죠. 허나... 울 시엄니... 결혼 전 어느 날 울 신랑과 나 앞에서 눈물을 보이시는 거예요. 요지는 뭐냐???? 지 애인만 너무 좋아한다 이거죠. 허걱 좀 놀라기도 했지만 아들과 사이가 좋은 시엄니들 아들 장가보낼 때 섭섭하다는 얘기 들어서 시엄니에게도 잘 하라고 남편에게 얘기 했죠. 그러고 결혼... 남편이랑은 알콩 달콩 잘 삽니다. 시댁엘 내려가면 울 시엄니 아들 손 만지고 얼굴 부비 대고 울 신랑 밀쳐내지는 못하고 내 눈치만 봅니다. 몇 달의 고민 끝에 결국 울 신랑이 생각해낸 묘안!!! 울 시엄니 옆에 항상 저를 앉히고 자기는 제 옆에 앉습니다. 운전도 우린 반반 해야 합니다. 왜냐구요?? 아들이 힘들면 안 되니까 늘 시댁에 가면 묻습니다. 오늘은 누가 운전했니????___ 어느 날 이런 질문을 하더라구요. 누가 연애할 때 더 좋아했냐구... 이렇게 대답하죠. 과거가 뭐 중요해요. 어머니 현재 서로 너무 사랑한다는 게 중요한 거죠. 허나... 울 시엄니 대답 나올 때 까정 묻는 분이시라 담에 또 물으실 걸 대비해 머리 굴리는 중입니다. 확 그냥 자기 아들이 따라다니고 무릎 꿇고 결혼해달라고 해서 결혼했다고 불어버려???ㅋㅋ 울 시엄니 거품 물고 아마... 어머니 성격을 아는데 좀 너무 한 거겠죠?? 울 신랑 공차고 와서 피곤한 목소리로 전

화 받으면 그럽니다. 왜?? ○○-내이름^^-이가 너 힘들게 하냐?? 허거
덩 울 시엄니 목소리가 커서 옆에 있으면 다 들리죠... 같이 슈퍼에 휴
지통을 사러간 적이 있었죠. 당연히 울 시엄니와 내 취향은 엄청난 차
이가 있죠. 시엄니가 원하는 휴지통 결국 들고 나와선 울 신랑에게 말
합니다. '이 휴지통이 삐리리가 살려고 했던 것보단 휠~낫지??' 결혼
전이나 결혼 후 뭐... 무슨 기념일 되면 조그만 것 받지 않습니까? 남친
이나 남편에게... 울 시엄니 꼬치꼬치 묻는 것... 괜찮습니다. 당연히 물
을 수 있으니까... 결국은 이놈은 지 엄마한테는 안 해주고 마누라한테
만 한다고 한탄을 합니다. 흐미... 처음에 아무 생각 없이 시부모님들하
고 밥 먹으러 가다가 남편하고 손을 잡으면 울 시엄니 손 딱 떼고 내 손
잡습니다. 아들 손잡는 것 보단 낫긴 한데... 결혼했으면 둘이 잘 살면
되는 것 아닌가요? 그보다 더 효도가 어디 있겠습니까?? 그렇다고 내
가 잘못기라도 하냐... 딴에는 잘 하려고 노력하는 며느리 중 한사람
이죠. 전화도 자주 했었고, 자주 찾아뵈었었고... 기분좋게 외식도 해드
리고 얘기도 같이 하고... 애교도 떨어드리고... 요즘은요? 자주 시댁에
가지 않으니까 일도 덜 생기고... 전화도 뜸하니까 속 편하고... 남편 앞
에서 머리 띠 두르고 투쟁도 많이한 결과죠. 시엄니 문제로 남편과 싸
운거 말곤 싸울일이 없죠. 나보다 더 힘든 일 있는 사람도 많지만 인간
이란 것이 이기적이어서 내가 당한 고통이 젤로 힘든 법이죠. 총총 성
격이 조용하고 순한편이 아니라 할 말을 하긴 하는데 그래도 시엄니에
게 하고 싶은 말 다하고 살순 없겠죠. 울 시엄니 자꾸 심해지면 '올가미
2' 함 찍어볼랍니다. 참 그리고 또 터득한거 하나... 시엄니 땜에 괴로워
내인생 괴로운 인생으로 만들기 싫은거죠. 그래서 긍정적으로 살려고
노력한답니다. 물론 같이 있을땐 잘해 드리려고 노력도 하구요.

사례5)에서의 시어머니 또한 아들과 며느리 사이를 질투한다. 결혼 전부터 시어머니는 자신보다 여자 친구를 더 좋아한다고 눈물을 흘렸고, 결혼 후에도 아들에게 며느리보다 낫다는 인정을 받고 싶어 한다. 시댁에 가면 시어머니는 아들 손을 만지고 얼굴을 부비며, 신랑은 아내의 눈치를 보면서도 어머니를 밀쳐내지는 못한다. 시어머니는 아들이 자신과 며느리에게 하는 것을 비교하며 며느리에게만 잘 한다고 한탄을 하고, 며느리는 아들에게 집착하고 아들과 며느리 사이를 질투하는 시어머니가 힘들다.

이처럼 사례1)~사례5)는 남편과의 사이를 질투하는 시어머니로 인해 힘든 며느리의 이야기이다. 이런 사례들에 [우렁색시]는 어떠한 효용을 줄 수 있을까?

먼저 며느리가 시어머니의 마음을 이해하는데 도움을 줄 수 있다. 특히 [우렁색시] 설화군 중 〈우렁 속에서 나온 미인〉의 경우 시어머니는 아들과 우렁색시가 하는 대화를 엿듣고, 우렁이를 건져다 없애버리는데 이 부분에서 며느리가 시어머니에게 적응할 시간이 필요한 만큼 시어머니 또한 며느리를 받아들이고 적응할 시간이 필요하다는 것을 깨닫게 해줄 수 있다. 또 시어머니의 질투심이 며느리 본인에게 느끼는 감정이기보다 애정구조상 그 위치에 있는 며느리에게 가지는 감정임을 확인해줄 수 있다. 이 사실은 며느리가 시어머니의 질투심을 객관적으로 바라볼 수 있게 하는 계기가 될 수 있다. 즉 시어머니의 질투심은 어쩌면 당연한 것이며, 시어머니가 아들이 자신의 소유가 아니라 분리된 존재라는 것을 깨달을 수 있도록 며느리는 도와줄 필요가 있다.

　다음으로 [우렁색시]는 아들과 며느리 사이를 질투하는 시어머니에게, 며느리가 아들의 배우자이자 사랑하는 여성이라는 사실을 깨닫게 하는 계기가 될 수 있다. 설화에서 아들은 아내를 어머니보다 더 중요하게 생각하며, 아내를 잃은 슬픔에 울다가 죽거나 자살한다. 설화에서 자신이 죽은 후 어머니를 걱정하는 아들의 모습은 찾아볼 수 없다. 시어머니가 아들을 결혼하기 전과 마찬가지로 자신의 공간에 두려고 한다면, 며느리와의 갈등은 필연적으로 일어날 수밖에 없다. 그러므로 시어머니는 이러한 사실을 깨달아야 하며, 아들과 며느리 둘만의 부부관계를 인정해주고, 인생의 선배로서 그들이 안정된 부부관계를 이룰 수 있도록 도와줘야 한다.

4

효자 남편

구비설화를 활용한
고부갈등 상담 프로그램 개발

④
효자 남편

1) 고부갈등 양상과 해결방안

구비설화 중 효자남편과 관련된 설화로 볼 수 있는 것은 [호랭이로 변한 남편] 설화군 하나이다. 이 설화는 『한국구비문학대계』에 19편이 수록되어 있으며, 대강의 줄거리는 다음과 같다.

(1)어떤 남자가 홀어머니를 모시고 아내와 같이 살고 있었다. (2)남자의 어머니가 병이 들어 의원에게 알아보니, 어머니의 병은 개의 간을 먹어야만 나을 수 있다고 하였다. (3)의원은 남자에게 개를 사다가 먹일 수는 없으니 잡아다가 먹이라며 호랑이로 변하는 주문이 적힌 책을 주었다. 그 책에 나온 주문을 외우면 호랑이로 변했다가, 다시 주문을 외우면 사람으로 돌아올 수 있었다. 남자는 주문을 외워서 호랑이로 변해 개를 잡아 오고, 다시 주문을 외워서 사람으로 돌아오곤 하였다. (4)하루는 남자가 또 주문을 외워서 호랑이로 변해 밖으로 나갔는

데, 부인이 생각해 보니 남편이 호랑이로 변하는 것이 상당히 무서운 것이었다. 그래서 남편이 없는 동안 주문이 적힌 책을 아궁이에 집어 넣어 버렸다. (5)호랑이로 변한 남편은 개를 잡아 다시 집으로 돌아왔는데, 사람으로 변하려고 해도 주문 책이 없어서 변할 수가 없었다. 그래서 부인에게 책이 어디 있느냐고 물어보자 부인이 사실대로 말해 주었다. (6)그러자 호랑이로 변한 남편은 부인을 그 자리에서 죽여 버리고, 그 길로 산으로 들어가 버렸다. 그래서 집에 남은 어머니는 병을 고치지 못하고 죽어 버렸다. (7)호랑이로 변한 남자의 이름이 황팔도였는데, 그가 호랑이로 변한 것을 아는 사람들은 호랑이를 만나면, "황선생 어딜 가."라고 했다. 그러나 그 사실을 모르는 사람들은 호랑이를 만나면 무서워서 쩔쩔매었다.[1]

이 설화에서 남편은 홀어머니를 모시고 아내와 함께 살고 있다. 그러다 어머니가 병이 들어 의원에 알아보니 어머니의 병은 개의 간을 먹어야 나을 수 있었다. 의원은 남편에게 호랑이로 변하는 주문이 적힌 책을 주고, 남편은 매일 주문을 외워 호랑이로 변해 개를 잡아다 어머니를 대접했다. 호랑이로 변하는 남편이 무서운 아내는 남편이 없는 동안, 책을 아궁이에 넣어 태워버렸다. 이 부분이 아내와 남편 사이에 갈등이 유발되는 부분이다. 남편은 어머니의 병을 고치기 위해 스스로 호랑이가 되어 개를 잡아오는 방법을 택하였지만, 아내는 호랑이로 변하는 남편의 모습이 무서웠던 것이다.

남편이 호랑이로 변하는 것이 싫은 아내는 남편이 호랑이가 되어

---

1) 『한국구비문학대계』 4-3, 172-174면, 송악면 설화13, 호랑이로 변한 남편, 방상운 (남, 63)

개를 잡으러 간 사이, 주문이 적힌 책을 아궁이에 불태워 버린다. 그리고 집으로 돌아온 남편은 주문 책을 찾을 수 없어 사람이 되지 못한다. 아내가 책을 태워버린 사실을 이야기하자, 남편은 아내를 죽이고 산으로 들어가 버린다. 어머니 또한 병을 고치지 못하고 죽는다. 이 설화에서 승리한 사람은 없다. 아내와 어머니는 모두 죽으며, 남편은 호랑이로 영원히 살게 되는 것이다.

그렇다면 이 설화의 실패를 교훈삼아 이야기해줄 수 있는 해결방안은 무엇일까?

이 설화에서 남편이 중요하게 생각하는 것은 어머니뿐이다. 〈황팔도전설〉[2]에서 아내는 남편이 호랑이가 되어 나가는 것을 견디기 힘들어하고, 〈호랑이 황팔도〉[3]에서 아내는 남편이 사시사철 호랑이가 되어 싸돌아다니는 것을 싫어한다. 또 〈효자 황팔도〉[4] 〈황팔도 이야기〉[5] 〈울티재 산신의 내력〉[6] 〈황효자 황호랭이〉[7] 〈가설리 최호랑이〉[8]에서 아내는 남편이 호랑이가 되는 것이 무섭고 두렵고 싫다. 어머니가 아들의 책을 태워버리는 한 편을 제외하고, 모든 설화에서 남

2) 『한국구비문학대계』 4-5, 601-606면, 구룡면 설화18, 황팔도 전설, 임태순(남, 64)
3) 『한국구비문학대계』 4-4, 607-611면, 오천면 설화19, 호랑이 황팔도, 김재식(남, 76)
4) 『한국구비문학대계』 4-5, 410-416면, 내산면 설화3, 효자 황팔도, 김자갑(남, 72)
5) 『한국구비문학대계』 4-5, 891-895면, 충화면 설화25, 황팔도 이야기, 송영백(남, 72)
6) 『한국구비문학대계』 7-6, 218-220면, 장수면 설화104, 울티재 산신의 내력, 이중락(남, 76)
7) 『한국구비문학대계』 4-5, 731-735면, 홍산면 설화22, 황효자 황호랑이, 이원승(남, 78)
8) 『한국구비문학대계』 8-3, 275-277면, 수곡면 설화38, 가설리 최호랑이, 이필녀(여, 66)

편은 아내의 마음을 전혀 헤아려주지 않고 있다.

어쩔 수 없이 어머니에 대한 효를 행하고자 호랑이가 되어야 했다면, 남편은 아내에게 양해를 구하고 아내를 설득시키도록 노력했어야했다. 그러나 남편은 일방적으로 자신이 원하는 일을 했고, 그것이 부부관계를 단절시키는 원인이 된다. 즉 남편이 어머니보다 아내를 우선시했다면, 남편이 아내가 싫어하는 일에 관해 양해를 구하고 아내를 이해시키려 했다면, 이 같은 비극은 일어나지 않았을 것이다.

보웬(Bowen)의 다세대적 가족체계 이론에서는 정서적 관계를 중시하는데, 자아분화(self-differentitation) 수준이 낮은 부나 모가 자녀와 정서적으로 밀착하면서 삼각관계가 형성된다고 주장한다. 자아분화란 개인 내적인 수준에서는 사고와 감정을 분리시킬 수 있는 능력을 뜻하며, 대인 관계 수준에서는 융합이나 단절을 예방할 수 있는 능력을 뜻한다. 미분화된 어머니는 아들에 대해 정서적으로 밀착하며 아들 부부에 대한 지나친 간섭과 잔소리를 하게 되고, 이는 며느리와의 갈등 상황으로 이어진다. 또한 아들이 어머니에게 지나치게 밀착되어 자신의 부부 일을 어머니와 일일이 의논할 때 아내는 소외감을 느끼게 되고, 이는 고부갈등 상황으로 연결된다. 효자남편은 어머니와의 관계가 분화되지 못하여, 정서적으로 밀착되어진 상태이다. [호랑이로 변한 남편] 설화군은 이러한 남편들에게 원만한 고부관계를 이루기 위해서는 자신이 먼저 어머니와 분화될 필요가 있음을 알려준다.

또 어머니와 아내 사이에서 아들이자 남편의 역할에 대해 생각해볼 수 있는데, 한 연구[9]에 의하면 고부갈등에 대처하는 남편의 태도는

---

9) 박소영, 「고부관계에서 남성의 역할에 관한 연구」, 『한국가족복지학』 28, 2010.4.

모르쇠 유형(방관하기), 마마보이유형(어머니 편들기), 조율가 유형 (중간에서 조율하기), 애처가 유형(아내 편들기), 황희정승 유형(양 쪽에게 정서적 지지하기), 벙어리 냉가슴 유형(어머니 앞에선 가만히 있다가 나중에 아내 마음 풀어주기) 등 6가지로 나누어진다. 각 가정 의 상황에 따라 고부갈등을 해소하고 고부관계를 증진시키는데 적절 한 유형은 다를 수 있지만, 대체로 '애처가 유형' '황희정승 유형' '벙 어리 냉가슴 유형'은 고부관계를 증진시키는 결과를 가져왔다.

이 중 '황희정승 유형'과 '벙어리 냉가슴 유형'은 고부관계 증진이 일시적으로 나타났는데, 증진이 일시적인 이유는 아내와 어머니가 남 편이자 아들인 남성이 진심을 남시 읺은 채 상횡을 모면히고 있다고 생각하기 때문이다. 반면에 '애처가 유형'에서는 부부관계가 증진되 면서 남편의 지지에 힘을 얻은 아내가 스스로 고부관계 증진을 위해 노력하는 결과를 보여준다. 이것을 보면 고부관계 증진을 위해서는 먼저 남편과 아내의 관계를 증진시키는 것이 선행되어야 하며, 부부 의 결혼만족도가 고부관계에 큰 영향을 끼친다는 것을 알 수 있다.

그러므로 [호랭이로 변한 남편] 설화는 고부관계에서 아들이자 남 편인 남성의 역할에 관하여 이야기해줄 수 있다.

2) 현대 고부갈등 사례에의 적용

본장에서는 설화에서 분석해 본 효자남편으로 인한 고부갈등이 현 실에서는 어떻게 나타나는지 살펴보고, 설화에서 제시된 해결방안이 상담 사례에는 어떻게 사용될 있을지 논의해 보도록 하겠다.

사례 1 남편이 어머니를 모시러 내려간다네요

> 결혼 14년차 아이 셋 직장맘입니다. 남편은 8남매 중 막내예요 지방에 홀로 계신 어머니가 늘 걱정인 우리 효자 남편! 여든셋의 노모를 모시고 싶다고 내려가서 어머니랑 살고 있을 테니 몇 년 후에 따라 내려오라고 하네요. 너무 기가 막혀서 그럼 아이 셋은 나보고 키우고 자기는 어머니랑 산다고? 했더니만 그럼 같이 내려가면 되잖아! 라고 하네요. 이걸 어떻게 받아들여야 하나요? 제가 나쁜 아내인가요?

사례1)은 결혼 14년차 아이가 셋인 직장을 다니는 여성의 글이다. 여성은 지방에 홀로 계신 시어머니가 걱정되어, 아내와 세 아이를 두고 지방으로 내려가 어머니와 살겠다는 남편이 황당하고 기가 막힌다. 이 남편은 아내와 자식의 입장은 생각하지 않은 채 오직 지방에 있는 어머니만을 생각하고 있다.

사례 2 보약을 즐기시는 시어머니~~

> 오로지 당신 건강만 챙기시는 시어머니 어찌 말릴 수가 있을까요!! 손자 대학 등록금이 없어 쩔쩔 매고 있는데도 효자 아들인 내 남편은 시어머니 보약을 짓는다고 한의원으로 가고 정신 나간 사람들이라 생각해요. 눈물겹도록 말릴 수 없는 두 모, 자, 때문에 화병이 날 정도지만 한두 번 겪는 것도 아닌데 하고 삭이려니 울화통이 터져서 실수가 없어요. 신혼 초부터 시어머니 감기만 걸려도 아들 불러드리고 큰애 임신해서 오늘 낼 하는데도 시어머니 감기 걸렸다고 시댁에서 자고 오고 순진하고 착했기 땜에 바보같이 살아온 세월이 아직도 억울하고 가

슴에 많은 상처들로 세월을 보냈는데 그래도 월급은 꼬박 꼬박 갖다 주니 살아 갈 수 있었어요. 시어머니는 아들, 딸들이 극진이 대해 주고 있으니 세상 부러울 게 없겠지요. 홀로 계시면서 오로지 막내아들과 두 분은 몸에 좋은 거라면 친정아버지께서 주셨던 영지버섯도 가져가고 뭐든 몸에 좋은 건 무조건 갖다 두 분이 다 먹고 내가 아파 건강식품이라도 갖다 놓으면 조금씩 조금씩 가져가곤 해요. 아이들땜에 이혼을 해야 하는지 아님 나중에 골탕을 먹여야 하는지 시어머니 이런 말 잘 해요. 여자는 속으로 멍들게 해야 한다고 며느리 넷이 있는데 큰 형님 자궁암 수술 했어요. 둘째 형님 유방암 수술했어요. 셋째와 저는 여기 저기 아픈 곳이 많아요. 몸에 좋은 것도 챙겨 먹을 수가 없게 괴롭히네요. 두 모, 자, 를 어떻게 해야 하죠?

사례2)에서의 남편 또한 시어머니만을 챙기고 있다. 자식의 대학등록금이 없어 쩔쩔 매고 있는 상황에서 남편은 시어머니 보약을 짓는다고 한의원에 간다. 아내는 남편과 시어머니 때문에 화병이 날 정도지만, 한두 번 겪는 일도 아니라 그냥 넘기려니 울화통이 터진다. 신혼 초부터 감기만 걸려도 아들을 부르고, 큰아이 임신해 오늘 내일 하는 데도 시어머니 감기 걸렸다고 시댁에서 자고 오던 남편이기에 바보같이 살아온 세월이 억울하고, 가슴에 상처로 남아있다. 아내는 남편과 시어머니를 어떡해야 할지 고민이다.

사례 3 집에만 가려고 하는 남편...

안녕하세요? 여러분의 조언을 구하고자 글 올립니다. 울 남편 둘째 가라면 서러운 효자입니다. 아들 둘에 차남입니다. 뭘 몰랐던 저는 결혼 전에도 주말에 자주 남편 따라 시댁에서 자곤 했습니다. 둘 다 지방에 같은 회사 다니고 있었는데, 집이 멀어 주말에 할 일이 없는 저는 남편 따라 시댁이 있는 경기도에서 1박 2일 묵고 오곤 했죠. 그러다 어머님이 암에 걸리셨고, 남편의 효성은 더 지극해 졌습니다. 그런데 암이라고 아파 보이거나 하진 않고, 워낙 낙천적인 성격이신지라 해외여행도 다니시고 놀러도 많이 다니십니다. 결혼 후에는 매일 매일 시간이 너무 빨리 가더라구요. 주말에는 쉬고도 싶고 우리만의 시간을 갖고 싶었죠. 그런데 누구 생일이다, 무슨 일이다 해서 시댁으로 가는 날이 많았습니다. 저는 한 달에 한 번 정도가 적당하다 생각했는데 남편은 적어도 2주에 한번은 가야 한다고 생각 하는 것 같습니다. 이 문제로 많이 싸웠어요. 한번 가면 잠깐 있다 오는 것도 아닙니다. 꼭 1박 2일이 되며 매번 밤늦게까지 보드 게임 같은 것을 하며 놉니다. 보통 1시 2시에 잡니다. 저는 게임도 잘 못해서 맨날 몇 만원씩 돈 잃고... 잠자리도 불편하고... 그리고 이모님들, 고모님들도 자주 와 계십니다. 저는 시부모님께 아주 잘 하는 편이라고 생각합니다. 10월 초 연휴 때도 연휴 내내 저희 집에 계셨습니다. 제가 먼저 같이 산에 가자고 초대했는데 하루만 있다 가실 줄 알았던 부모님이 3일 내내 계셔서 힘들긴 했지만 좋은 마음으로 보냈습니다. 10월말에 리조트가 저렴하게 나왔길래 또 남편한테 부모님하고 같이 가서 등산도 하고 동해도 보고 오자고 얘기했습니다. 알고 보니 토익이 있는 날이었는데 재낄까? 그럽니다. 헐... 일단 시험이 우선이니 지난번에 본 결과 먼저 보고 생각하자고 얘기했는데... 이번 주에 모니터 바꿔 드리러 올라가야 한다고 하네요. 원래 쓰시던 모니터 있는데 일단 그거 쓰다가 다음에 올라갈 일 있음 새로 연결해 드리면 안 되냐고 물었더니 이런 건 빨리 처리를 해야 한답니다. 일전에도 차 수리 한다고 시댁 옆에 아버님 아는 집으로 가서 고쳐온 사람입니다. 여기도 카센타 많습니다. 그런데 성치 못한 차를 한 시간 반 끌고 가서 굳이 거기 까지 가서 기름값 들이며... 고쳐야 했을 까요... 아마 어머님도 보고 싶었을 테고... 이해하려고 했고, 뭐라고 하지 않았습니다. 그런데 제가 부모님 생각해서 같이 여행 가자고 알아보고 있는 이 시점에 또 모니터 바꾸러 가야 한다며 저를 긁어 놉니다. 잘 하면 할수록, 저에게 바라는 건 더 많아 지는 것 같고... 막으면 나쁜 며느리 되는 것 같고... 지금 토익 시험이 1순위인데... 자기 집안일이라면 앞 뒤 안 재고 1순위로 하려는 남편이 야속합니다. 남편 말로는 1시간이면 가는데... 낮에 잠깐 다녀온다고 하는데... 보통 1시간 반 걸리고 다녀오면 왕복 세 시간에 기름값 통행료 5만원 들고... 가면 또 어머님이 밥 먹고 가라고 할 거고 그러다 자고 올 수도 있고... 제가 뭔 수로 말리냐고 가고 싶음 가야지 그러고 다녀오라고 했습니다. 사실 시간적으로 따짐 그렇게 많은 시간을 뺏기는 건 아닙니다. 그리고 어머님이 아프신 상황에서 자주 봬야 한다고 생각 하고 있습니다. 그런데 별일도 아닌 일에 옆에 사는 것도 아닌데 왕복 3시간 운전 해가며 집에 가려는 이런 행동들이 습관이 될까봐 걱정 됩니다. 항상 자기 집 일이 1순위가 되고, 어머님이 1순위가 되는 남편... 아직 신혼인 저한텐 미워 보이네요. 제 방패막이 되어 주지 못하고 항상 더 많은 이해를 요구하는 남편... 그렇다고 제가 어떻게 고칠 수도 없는 남편... 어떻게 해야 할지 모르겠네요. 여러분들은 어떻게 생각 하세요? 걍 기름값 드는 거 생각 하지 말고, 주말에 같이 보낼 수 없는 거 생각 하지 말고... 아무런 토도 달지 말고 하고 싶은 대로 놔두는 게 맞는 걸까요?

사례3〉에서 남편은 둘째가라면 서러운 효자이다. 여성은 결혼 전에도 주말에 남편을 따라 자주 시댁에서 자곤 했는데, 시어머니가 암에 걸린 이후 남편의 효성은 더 지극해졌다. 2주에 한번 시댁에 가면 꼭 1박 2일이 되고, 매번 밤늦게 자게 된다. 남편은 모니터를 바꿔드려야 한다, 자동차를 고쳐야 한다며 늘 시댁에만 가려고 한다. 자기 집안일이라면 앞뒤 안 재고, 어머니가 1순위인 남편이 아내는 야속하고, 왕복 3시간을 운전하며 시댁에 가려는 남편을 이해할 수가 없다. 남편이 원하는 대로 그냥 놔두는 게 맞는지 신혼인 아내는 어찌해야 될지 방법을 모르겠다.

사례 4 효자남편과 살다가 정신 병자된다

결혼한 지 26년째. 아직도 엄마 생각나면 우는 찌질한 남편 효자라나요. 저도 엄격한 부모 밑에 그야말로 전통적인 집안에서 명절에 시댁가면 친정에는 올 생각 말고 시댁에 잘 하고 살라는 부모님 말씀대로 결혼생활 10년이 넘도록 명절연휴에 친정에는 아예 갈 생각을 못하고 살았고, 언제나 친정에 가게 되면 명절이 지나고 일주일 후에 그것도 잠시 다녀오고 그러면서 살았네요.…… 처음부터 맞벌이를 했고, 두 아이 키우면서 정신없이 살아도 아이들 1주일도 제대로 안 봐주시던 시부모님이었지요. 그런데도 주말이면 제대로 편히 쉬어보지도 못하고 내내 그렇게 힘들게 살면서도 당연한 줄 알았지요. 아들이 4형제 잘난 효자남편이 둘째 아들. 효자인지 이기적인 남자인지 모르지만 정말 자기 부모밖에 모르는 남편(영원한 남의 편) 20여 년 전부터 아버님은 매년 병원에 한두 번씩은 입원을 하시고 퇴원하시고... 그때는 언제나 병수발은 거의 우리가 독차지를 했지요.…… 언제나 내가 낳은 자식보다는 자기 부모가 먼저인 남편은 주 5일제 되자 토요일이면 아이들 일어나지도 않은 새벽에 부모님 계시는 고향으로 내려가서 일요일 밤에 올라오더라구요. 남의 손에 키우는 내 자식들과는 거의 같이 놀아주지도 않고... 주말에 아이들 데리고 외출 한 번 제대로 못해도... 큰애 6살 때인가 40도씩 오르내리는 여름날에 시댁에 갔다가 아이가 갑자기 설사를 해서 어쩔 수 없이 아이를 챙겨서 정신없이 올라와서 병원 응급실에 갔다가 집에 도착하자마자 시어머니 전화가 왔어요. 계란 30개 가져가라고 챙겨놓았는데 안 져갔다고 다시 와서 가져가라고... 대구에서 왕복 4시간정도의 거리인데... 그 전화 받고 자기 엄마 맘 편하게 해드린다고 다시 가서 가지고 오는 그런 위인이죠. 그 차 기름값으로 계란을 샀으면 열 포대는 샀겠지요. 지금 이 위인 나이 53세 종종 혼자 베란다에 가서 한 참 동안 엄마생각에 울다가 옵니다.…… 오랜 병고 끝에 얼마 전에 아버님께서 돌아가시고(84세)... 치매에 걸리신 시어머니는 어쩔 수 없이 형제분들 모두 모여 상의해서 요양원에 모시게 되었답니다. 우리가 둘째라 형님네만 아이들 공부 끝났고, 다들 자녀교육에 정신없이 살아가기에... 4형제라 주말에 한 번씩 당번을 정해서 부모님 찾아뵈며 살아온 지가 벌써 5년째. 다른 형제들은 당번 때가 되면 일요일이든 토요일이든 주중이든 한나절정도 시간 내서 다녀오고 우린 거의 대부분을 토요일에 내려가서 일요일 저녁때나 돌아오고 그렇게 해왔어요. 아버님 돌아가신 후에도 계속 그렇게 어머님 돌보기로 했는데, 잘난 효자 남편은 토요일 일요일은 아예 자기엄마만 생각하네요.…… 어제는 막내가 당번이라서 온다고 하기에... 나도 너무 힘드니까 집안일에도 좀 신경 쓰고 각자 당번 때 각자 알아서 하도록 하자고 했더니 그렇게 한다고 해놓고... 내가 토요일 학원에 간 사이에 문자가 왔네요. 막내가 왔는데 가봐야겠다고... 약속이 틀리지 않느냐고 했더니, 막내 동생네가 내려와서 그 긴 시간을 어떻게 어디서 보내느냐고 하면서... 그걸 왜 자기가 걱정하는지... 오지랖도 정말... 아이들 저녁걱정도 안하고 서둘러가서는 비가 억수같이 내리는데도 저한테는 우산걱정은 커녕, 전화를 하니 전화도 안 받네요······ 이제 이런 부모님께 효도만 하는 이런 남자 자기 엄마한테 보내드리고 싶네요. 직장도 그만두고 요양원에 계시는 어머님 모시고 고향 가서 마르고 닳도록 효도하고 살라고... 집 나가면 누가 겁날까요? 이젠 없어도 아무렇지도 않네요. 내내 살면서 내편이고 아이들 편일 때보다 남의 편일 때가 대부분이었으니. 사랑은커녕 정마저 다 떨어진지 오래라... 이렇게 사는 게 정말 현명한 효자인가요? 어젯밤 10시경에 집 나가길래 다시는 돌아오지 말라고 했어요. 사람이 이렇게 싫어질 수도 있나 보더라구요. 조금 전 오후 5시 반쯤에 돌아 왔길래 다시 가라고 했어요. 요양원에 가서 엄마 모시고 고향에 가서 살라고... 우린 당신 필요 없다고... 맨날 나다니기만 하고 잠자는 시간만 겨우 집에 와 있다가 가는 당신은 정말 필요 없다고... 필요한 사람한테 가서 효자라는 칭찬 들으며 잘 살라고...

사례4)는 효자인 남편과 살다가 이제는 정신병자가 될 것 같은 아내의 글이다. 결혼한 지 26년째이지만 아직도 남편은 엄마 생각이 나면 우는 효자이다. 결혼생활 10년이 넘도록 명절연휴에는 친정에 아예 갈 생각을 못하고 살았다. 처음부터 맞벌이를 했고 두 아이 키우면서 정신없이 살아도 아이들을 1주일도 제대로 안 봐주시던 시부모님이었지만, 그렇게 힘들게 살면서도 당연한 줄 알았다. 4형제 중 둘째 아들인 남편은 자기 부모밖에 모르는 사람이고, 20여년 전부터 아버님은 매년 병원에 한 두 번씩 입원하면 병수발은 언제나 우리 차지였으며, 언제나 본인 자식보다는 자기 부모가 먼저였다. 남편은 주 5일제 되자 토요일이면 아이들 일어나지도 않은 새벽에 부모님 계시는 고향으로 내려가서 일요일 밤에 올라왔다. 큰 아이가 6살 때 시댁에

갔다가 40도씩 열이 올라 정신없이 아이를 챙겨서 병원 응급실에 갔
다가 집에 도착했는데, 계란 30개 가져가라는 시어머니의 전화에 남
편은 자기 엄마 맘 편하게 해드린다고 왕복 4시간 거리를 다시 가 계
란을 가지고 오는 그런 사람이다. 얼마 전에 아버님이 돌아가시고(84
세) 치매에 걸리신 시어머니는 형제들이 상의하여 요양원에 모시게
되었는데, 4형제가 주말에 돌아가며 돌보기로 했지만 잘난 효자 남편
은 주말에는 오로지 시어머니에게만 몰두하고 있다. 가장으로서의 역
할은 제대로 하지 않으면서 시어머니에게만 몰두하는 남편과 정 떨어
진지 오래고, 더 이상 아내는 마음의 문이 닫혀 남편과 시어머니에게
신성을 쓰고 싶지 않다.

사례 5 효자남편은 너무 힘들어

나쁜 며느리라고 욕먹을 각오하고 이글을 씁니다. 울 남편은 왜 결
혼을 했을까? 정말 의문 아닌 의문이 생기네요. 세상에 두 번째 가라
면 효자인 울 신랑... 오로지 자나 깨나 어머님 걱정만 하고 있는 울 신
랑 어찌하오리까? 아무리 아내 말이 맞고 어머님이 말씀이 틀려도 무
조건 니가 어머님을 이해하라고 하면서... 어머님편만 드는 울 신랑. 난
언제나 뒷전이고 늘 엄마만 감싸 도는 바람에 울 시엄니는 아들만 믿
고 기세가 등등하지요... 내가 정말 돌기 직전입니다. 낮에 잠깐 외출이
라도 하면 점심상 봐 놓고 가라 하면서 미리 선수를 치네요. 내가 자기
엄마 몸종인 냥... 목욕시키고 삼시세끼 챙기고... 살갑게 굴어야 좋아합
니다. 나도 사람인지라 꾀두 나고 짜증도 나네요. 언제까지 이리 살아
야 하는지? 내 인생은 존재하지 않네요. 결혼 25년차 49세의 아줌마의
푸념... 효자 아내는 괴로워...ㅜㅜ

사례5)에서의 남편 또한 세상에 둘째가라면 서러운 효자이다. 오로지 자나 깨나 어머님 걱정만 하며, 무조건 남편은 시어머니 편을 들며 어머니를 이해하라고 한다. 아내는 뒷전이고 늘 시어머니만 감싸는 남편 덕분에 시어머니는 기세가 등등하며, 아내는 돌기 직전이다. 아내는 이렇게 사는 것이 너무 힘들다.

사례 6　빚내서 시댁 가는 것 정상인가여?

　화가 좀 나서 글을 써봅니다. 매달 시댁에 생활비를 조금씩 보내는 주부입니다. 저희도 쪼들리지만 남편이 워낙 효자라 체념하구 보냅니다. 적게는 20만원에서 많게는 100만원 이상을... 저흰 빚도 있어요... 몇 천 정도.... 한 달 생활비 빠듯한데... 이번 달두 대출받아 시댁에 남편이 돈 보냈습니다.ㅜ.ㅜ 싸우기 싫어서 그냥 있었어요. 근데... 시댁에 놀러 가자구 합니다. 지방이라 한번 내려갔다 하면 50만원 깨집니다. 또 빚내서 내려갑니다. 싸우기 싫어서 그냥 있습니다. 두 달 후면 추석이라 또 가야하는데... 이번엔 돈두 없는데... 빚까지 내서 시댁에 용돈 드리구... 놀러 가구... 제 남편 너무 심한 효자병 같지 않나여?? 아님 제가 예민한 며느리인 걸까여?? 참고로 저희 시댁 아들 2명 더 있구여... 딸도 많습니다. 친정엔 일 년에 십 만원 드립니다. 이젠 돈 없다구 아예 안 드리기루 했습니다. 전 정말 무능력하구 아들만 바라보구 사는 시부모님이 싫습니다. 제가 좀 더 마음을 넓고 곱게 써야하는 건가여?? 이젠 부부싸움 하기도 너무 싫습니다. 절 좀 위로해주세요~~~~

사례6)은 대출을 받아 시댁에 생활비를 보내고, 시댁에 놀러가려는 남편을 둔 아내의 글이다. 아내는 남편이 워낙 효자라 체념하고 시댁에 적게는 20만원, 많게는 백만원 이상을 생활비로 보낸다. 시댁이 지방이라 한번 내려가면 50만원은 깨지는데, 남편은 또 빚을 내 시댁에 놀러가자고 한다. 아내는 정말 무능력하게 아들만 바라보고 사는 시부모님도 싫고, 효자병 심한 남편도 싫다.

사례 7 매사 붙어 있으려는 남편과 어머니

　결혼 4년차 두 아이 엄마예요. 제 상황이 어떤지 객관적 의견 듣고자 제 처지 상황 나열해볼게요. 신랑 자상하고 성실하고 작은 아파트에 직장 튼튼해 결혼했어요. 결혼 초부터 마음은 좋지만 평범하지 않은 시어머님 때문에 마음고생 시작되었지요. 아버님 2년 전에 돌아가시자 무남독녀 아들을 그전보다 더욱 가까이 하시는데 아버님 계실 때도 평균 한 달 2~3번 갔어요. 여차저차 아버님 하셨던 농장을 이어서 같이 하자며 직장 다니며 투잡 아닌 투잡 시키더니 직장에 있는 아들 하루 20~30번 전화에... 결국 멀쩡한 직장 나오게 만들었죠. 지금 닭 키우는 축산업해요. 울 친정엄마 첨에 놀라서... 수입은 그전과 같아요. 힘만 더 들고 엄마랑 시골집에서 같이 지낸다는 게 장점? 수많은 사례는 각설하고... 어머님도 그렇지만 유독스러운 효자아들 모든 순간 어머니 따라 참기름 짤 때도 운전해주며 일주일에 5일은 붙어있어요. 전 시골 아닌 수원에 혼자 30, 11개월 애기 둘 키우고... 오늘 사건은 며칠 뒤 둘째 돌잔치 집에서 하려는데... 계획이 오전 돌잔치 집에서 조용히 하고 오후 스튜디오촬영 예약했는데 어머님 중요 모임 있으셔서 모임 끝나면 오후에나 오시니 돌잔치를 오후에 하고 촬영을 미루던지 어머님을 촬영하는데 데리고 가자네요. 그리고 저녁에 돌잔치 하자고... 네, 이때까지의 저라면 그렇게 했어요. 짜증나지만! 저 정말 효부는 아니어도 나

> 름 했는데... 매사 어머니를 챙기는 이 남편 어디까지 가는지... 폭발한
> 거죠... 저랑 왜 결혼했는지 잠자리 말곤 어머니나 신랑 서로 붙어 있는
> 거 같아요. 어머님 악하진 않지만 철도 없고...

　사례7)은 결혼 4년차 두 아이의 엄마이다. 결혼 초부터 시어머니
때문에 마음고생을 했지만, 시아버지가 2년 전 돌아가시면서 시어머
니는 외아들을 더욱 가까이 하신다. 시아버지가 하셨던 농장을 같이
하자며 하루에도 2~30번씩 전화를 해 결국 멀쩡한 직장을 나오게 만
들었고, 지금 남편은 시어머니와 시골집에서 함께 지낸다. 효자인 남
편은 모든 순간 시어머니와 함께 하며, 일주일에 5일을 붙어있다. 아
내는 혼자 30개월, 11개월 아이들 키우며 수원에 있다. 며칠 뒤 둘째
돌잔치를 해, 오전에는 집에서 돌잔치를 하고 오후에는 스튜디오촬영
을 예약했는데, 남편은 어머니 중요한 모임이 있다며 돌잔치를 오후
에 하고 촬영을 미루던지 아님 어머니를 촬영하는데 모시고 가자고
한다. 아내는 매사 어머니를 챙기는 남편을 참을 수가 없다.

사례 8　효자 남편

> 　시어머니 수술 후 남편은 지금 보름째 병원에서 밤낮으로 병간호 하
> 고 있다. 맏아들 시숙은 하루 밤 간호... 가게 때문에 바쁘단다. 하나뿐
> 인 딸 시누도 수술 하는 날 하루 밤 간호뿐... 감기가 독해서 못 온단다.
> 맏며느리 동서는 손목이 아파 병간호 못한단다. 참, 직장도 다니지... 효
> 자 아들 울 남편은 입원하는 날부터 지금까지 밤낮으로 병원에서 엄마
> 곁에 꼭 달라 붙어있다. 가게도 오지 않고 집에도 오지 않는다. 효자 남

편의 아내인 나는 아침마다 효자남편 밥 싸갖고 병원에 들러야 한다. 그리고 가게 일도 혼자 다 해야 한다. 같은 병실 사람들이 나한테 하는 말, "저러다 신랑 넘어가겠어. 아유... 효자라... 효자..." 효자아들과 사는 며느리인 내가 먼저 넘어가겠다. 시어머니와 남편, 힘들겠지. 그러나 며느리인 나는 지금 너무 힘이... 든다. 내가 힘들어도 병원 가면 아무도 따뜻한 눈길 주지 않는다. 새해 첫날이라고 아침밥을 해가지고 서둘러 갔더니 시어머니 하는 말씀, 병원에 한나절 안 있을 거면 빨리 가란다. 웃음기 없는 싸늘한 눈초리... 내가 시어머니라면 약간은 미안할 것도 같은데... 아... 후회된다... 후회된다. 결혼식 하루 전으로 돌아가고 싶다......

사례8〉은 시어머니 수술 후 보름째 병원에서 밤낮으로 병간호를 하고 있는, 효자남편을 둔 아내의 글이다. 아주버니는 하루 밤 간호, 시누도 하루 밤 간호, 맏며느리는 손목이 아파 병간호를 못하고, 효자인 남편만이 입원하는 날부터 지금까지 밤낮으로 엄마 곁에 꼭 달라붙어있다. 아내는 아침마다 효자남편 밥을 싸 병원에 들러야 하고, 가게 일도 혼자 해야 한다. 같은 병실 사람들은 신랑이 효자라며 저러다가 신랑이 먼저 넘어가겠다고 하지만, 아내는 힘이 들어 남편보다 자신이 먼저 넘어갈 지경이다. 새해 첫날 아침밥을 해가지고 서둘러 병원에 갔지만 시어머니는 웃음기 없는 싸늘한 눈초리로 병원에 한나절 안 있을 거면 빨리 가란다. 아내는 남편과 결혼한 것이 후회돼 결혼식 하루 전으로 돌아가고 싶다.

사례 9 시어머니 때문에 맨날 싸워요

> 제 시모는 혼자세요. 제 남편은 2형제 중 둘째구요. 근데 홀어머니라 그런지 심하게 애틋해합니다. 하는 짓 보면 자기가 맏아들이에요. 혼자 효자아들 노릇 다합니다. 결혼 전이나 후나 항상 싸우는 주제는 시어머니입니다. 제 입장은 전혀 생각 안하고 이해하려고도 않고 시어머니 얘기만 나오면 예민해져서는 오히려 저한테 화내고. 어제는 시모 때문에 싸우는 게 너무 지겹고 화가 나서 그럴 거면 결혼 왜했냐. 지금이라도 너네엄마랑 가서 살아라. 그리고 평생 다른 여자 만날 생각도 말아라. 그 여자한테 죄 짓는 거니까 라고 막말까지 해버렸네요. 결혼하면 와이프인 제가 1순위가 되어야 하는 게 아닌가요? 시모한테 잘하고 싶어도 남편이 저렇게 나와 버리면 정말 신경 쓰고 싶지도 않아요. 언제까지 이렇게 살아야할지 답답합니다.

사례9)의 남편도 어머니에게 심하게 애틋한 효자이다. 결혼 전이나 결혼 후나 항상 싸우는 주제는 시어머니이다. 아내의 입장은 전혀 생각하거나 이해하지 않고, 시어머니 얘기만 나오면 남편은 예민해진다. 어제는 시어머니 때문에 매번 싸우는 게 너무 지겹고 화가 나, 아내는 지금이라도 시어머니한테 가서 살라고 한다. 결혼하면 아내가 1순위가 되어야 할 것 같은데 남편은 늘 시어머니만을 신경 쓰고, 아내는 언제까지 이렇게 살아야 되는지 답답하다.

이처럼 사례1)~사례9)까지의 사례들은 모두 효자남편으로 인해 힘든 아내들의 글이다. 남들은 남편을 효자라며 칭찬하지만, 정작 아내들은 효자남편으로 인해 부부관계가 파탄 날 지경이다. 사례1)에서 남편은 자신은 83살 노모를 모시러 지방으로 내려갈 테니 아이 셋은 아내에게 키우라고 하며, 사례2〉에서 남편은 자식의 대학 등록금이 없어 쩔쩔매는 상황에도 한의원으로 시어머니의 보약을 지으러 다닌다. 사례3〉에서의 남편은 아내는 생각하지 않고 본가에만 가려고 하며, 사례4〉에서의 남편은 가장의 역할은 전혀 하지 않은 채 주말이면 요양원에 계시는 시어머니 옆에 붙어있다. 또 사례5〉에서의 남편은 아내는 뒷전이고 어머니만 감싸고 돌며, 사례6〉에서의 남편은 빚을 내어 시댁에 돈을 보내고 놀러 다니는 사람이고, 사례7〉에서의 남편은 시골집에서 어머니와 함께 지내고 아내는 30개월 11개월 아이들을 키우며 수원에서 시내고 있다. 사례8〉 사례9〉 또한 시어머니만 챙기는 효자남편이 이제는 너무 지겹고 결혼이 후회된다.

[호랭이로 변한 남편] 설화에서 남편은 아내의 양해를 구하지 않고 일방적으로 자신이 원하는 일을 했고, 이로 인해 부부관계는 단절되며, 어머니 또한 병을 고치지 못하고 죽는다. 설화에서 행복해진 사람은 아무도 없다. 이 설화는 효자 남편들에게 어머니와의 지나친 정서적 밀착은 아내에게 소외감을 불러일으키며, 중대한 고부갈등을 유발하는 원인이 됨을 깨닫게 해준다. 또 어머니 편을 들고 어머니를 우선시하는 것보다 아내 편을 들고 아내를 우선시하는 것이 오히려 원만한 고부관계를 만드는 방법이며, 부부의 결혼만족도가 고부관계에도 큰 영향을 끼친다는 사실을 알아야 한다. 이 점을 간과하고 무조건 어머니에 대한 효를 행하려고 한다면, 남편은 효자라는 칭송을 듣게 될지는 몰라도 정작 부부관계나 자신의 가정이 파탄 나는 결과를 맞이하게 될 것이다.

5

시어머니의 며느리 차별

구비설화를 활용한
고부갈등 상담 프로그램 개발

5

시어머니의 며느리 차별

1) 고부갈등 양상과 해결방안

시어머니의 며느리 차별과 연관 지어 볼 수 있는 설화군으로는 [정직한 작은 동서 어진 큰동서]를 들 수 있다. 이 설화는 『한국구비문학대계』에 29편이 수록되어 있는데, 대강의 줄거리는 다음과 같다.

(1)옛날에 형제가 살았는데 형은 어머니를 모시면서 부유하게 살았고 동생은 가난하게 살았다. (2)하루는 시어머니가 마당 망석에 널린 큰집과 작은집의 보리쌀을 지키고 있었다. (3)큰며느리가 방에서 베를 짜다가 보니 시어머니가 새를 쫓는 것처럼 하면서 큰며느리네 보리쌀을 작은며느리네 보리쌀에 자꾸 보내는 것이었다. (4)큰며느리는 아무 말도 하지 않고 있었는데 저녁때가 되어 작은며느리가 보리쌀을 가져가려고 왔다. 작은며느리는 보리쌀을 걷어가면서 양이 늘어나 있으니

까 자기가 처음에 가져왔던 양만큼만 가져가고 나머지는 덜어놓았다. (5)큰며느리가 그것을 보고 작은며느리가 양심이 있다고 생각하였다. 그래서 작은집의 어려운 살림살이를 좀 도와줘야겠다고 마음먹었다. (6)큰며느리는 작은며느리에게 찹쌀을 가져다주면서 언젠가 시아주버니 생일이니 그때 술과 떡을 해서 시아주버니를 초대하라고 하였다. (7)작은며느리는 큰며느리가 시키는 대로 술과 떡을 맛있게 해서 시아주버니의 생일날 시아주버니를 초대했다. (8)시아주버니는 생일 날 제수가 마련해주는 술과 떡을 기분 좋게 마시고 먹으면서 잔뜩 취하게 되었다. (9)큰며느리는 술에 취한 남편을 업고 집으로 돌아와 남편의 주머니에서 열쇠를 꺼내 궤를 열고 땅 문서들을 방바닥에 흩트려 놓았다. 그리고 열 마지기 논문서를 동서에게 주면서 시아주버니가 술김에 주셨다고 하라고 했다. (10)시아주버니가 한참 늘어지게 자다가 일어 났는데 제수가 동동주를 가져와서 권하더니 열 마지기 논문서를 주셔 서 감사하다고 하는 것이었다. (11)시아주버니는 마지못해 벌벌 떨면 서 같이 살아야 좋은 게 아니겠느냐고 했다.[1]

옛날에 형제가 살았는데, 형은 부유하게 동생은 가난하게 살았다. 하루는 시어머니가 마당에서 큰집과 작은집의 보리쌀을 지키고 있었 다. 큰며느리가 방에서 베를 짜다가 보니, 시어머니가 새를 쫓는 것처 럼 하면서 큰며느리네 보리쌀을 작은며느리네 보리쌀 쪽으로 자꾸 보 내는 것이었다. 큰며느리는 아무 말도 하지 않고 있었는데, 저녁때가 되어 작은며느리가 보리쌀을 가져가려고 왔다. 작은며느리는 보리쌀

---

1) 『한국구비문학대계』 7-8, 323-326면, 공검면 설화19, 지혜 있는 맏동서, 김분진 (여, 58)

의 양이 늘어나 있자, 자기가 처음에 가져왔던 만큼만 가져가고 나머지는 덜어놓았다. 큰며느리가 그것을 보고 작은며느리가 양심이 있다고 생각해, 작은집의 어려운 살림살이를 좀 도와줘야겠다고 마음먹는다. 큰며느리는 작은며느리에게 찹쌀을 주며 아주버니 생일에 술과 떡을 해 시아주버니를 초대하라고 한다. 생일날 제수가 마련해준 술과 떡을 기분 좋게 마신 아주버니는 잔뜩 취하게 되고, 큰며느리는 취한 남편을 업고 집으로 돌아와 남편의 주머니에서 열쇠를 꺼내 궤를 열고, 땅 문서들을 방바닥에 흩트려 놓는다. 그리고 열 마지기 논문서를 동서에게 주면서, 아주버니가 술김에 주셨다고 하라고 한다.

예문으로 제시한 〈지혜 있는 맏동서〉에서 큰며느리는 동서의 양심 있는 모습에 작은집을 도와주어야겠다고 생각하고, 큰며느리의 도움으로 작은집 또한 잘 살게 된다. 큰아들네 보리쌀을 작은아들네 보리쌀 쪽으로 자꾸 보내는 시어머니의 모습에서는 가난한 작은아들네를 도와주고 싶은 시어머니의 마음이 잘 드러나고 있다. 이 설화군에서 큰며느리는 시어머니의 행동을 보면서도 아무 말 없이 조용히 있거나, 그렇게라도 작은집을 도와주고 싶은 시어머니의 마음을 헤아리고 있다. 그리고 모든 설화에서 작은 며느리는 정직하게 행동하고 있다.

그렇다면 [정직한 작은 동서 어진 큰동서]에서 문제해결 방안으로 제시해줄 수 있는 것은 무엇일까?

첫째, 큰며느리는 작은며느리(가난한 작은집)를 챙겨주고 싶어 하는 시어머니의 마음을 헤아리고 있다. 큰며느리가 시어머니의 행동을 보면서 아무 말도 하지 않고 모르는 척 하는 것은, 시어머니의 마음을 이해하고 있기 때문이다. 시어머니들은 보통 자식의 입장에서 생각하기에, 형편이 어려운 자식에게 마음이 가는 것은 당연한 일이다. 신이 아닌 이상, 며느리들을 매번 공평하게 대할 수도 없다. 이 점 때문에 동서간의 차별이라는 문제가 발생하며, 편애로 인한 고부갈등이 발생하게 된다. [정직한 작은 동서 어진 큰동서]처럼 차별의 입장에 서 있는 며느리는 시어머니의 입장을 생각해볼 필요가 있다. 시어머니의 행동이 납득이 된다면 그건 속상해하거나 서운해 할 일이 아니며, 상황 때문에 그런 일이 발생했다고 생각하면 된다. 그런데 만약 시어머니의 차별이 납득할 수 없다면, 참고 인내하는 것이 능사는 아니다. 시어머니의 기분이 상하지 않도록, 나 전달법(I-message)으로 자신의 감정을 전달할 필요가 있다.

'나-전달법(I-message)'은 화가 나거나 불만이 있을 때 그것을 꾹꾹 참고 있는 것이 아니라, 말로 솔직하게 자신의 감정을 나타내는 것이다. 너로 시작하는 '너-전달법'은 상대방을 비난하는 것처럼 들리기 때문에 상대방 또한 감정이 상해 잘못을 인정하기보다는 같이 비난하기가 쉽다. 이럴 경우 나-전달법이 효과적이다. 나에게 문제가 되는 시어머니의 행동이나 상황을 구체적으로 이야기하고, 그런 행동이나 상황이 나에게 미치는 영향을 구체적으로 말한 후, 그에 대한 나의 감정을 솔직하게 이야기 하면 된다. 말하지 않으면 아무도 모른다. 참고 인내하다가 결국 폭발하는 것은 시어머니에게 "착한 줄 알았는데 아니였다"라는 부정적인 낙인만 찍어줄 것이다. 보통의 시어머니라면 자신 때문에 감정적으로 속상해있는 며느리의 입장을 돌아봐줄 것이다.

둘째, 작은며느리 또한 자신의 보리쌀에 형님네 보리쌀을 보태준 시어머니의 마음을 알고 있다. 그러나 그것은 자신의 것이 아니고 형님네 것이기에, 가져가려고 하지 않는다. 만약 작은며느리가 시어머니의 행동에 동조하여 형님네 보리쌀을 가져갔다면, 이야기의 결말은 아주 달라졌을 것이다. 보통 시어머니의 며느리 차별로 인해 고부갈등이 발생하는 이유는, 시어머니가 며느리들 중 한 며느리를 편애하고, 편애의 대상인 며느리가 시어머니와 밀착되면서, 다른 며느리의 소외감과 질투심을 자극하기 때문이다. 그런데 설화에서의 작은 며느리는 시어머니의 행동에 동조하지 않는다.

설화에서 시어머니는 본인의 감정에만 충실해, 큰며느리와 작은며느리 사이가 멀어질 수 있는 사건을 만들지만, 두 사람은 시어머니와는 상관없이 자신이 할 도리를 해 오히려 동서간의 사이가 돈독해지는 결과를 낳고 있다. 이 부분을 시어머니의 며느리 차별에 대한 해결방안으로 지적해줄 수 있다.

2) 현대 고부갈등 사례에의 적용

본 장에서는 시어머니의 며느리 차별로 인해 발생하는 고부갈등 사례들을 살펴보고, 설화에서의 해결방안이 어떻게 활용될 수 있을지 논의해 보고자 한다.

사례 1 **누구는 며느리? 누구는 딸?**

> 저는 결혼한 지 2년 돼 가구요, 동서네가 1년 되었네요, 그런데 울 시엄마, 시댁행사 있어 가면 저한테는 큰애야 그리고 동서한테는 이름을

불러요. 진짜 딸 부르듯이... 근데 그게 참 섭섭하더라구요. 동서나 저나 어머님이 알던 시기(약 3년)는 비슷하거든요. 그럼 둘 다 큰애야 작은애야 부르든가 아님 둘 다 이름을 부르면 좋으련만 참 기분 나빠요. 그리고 저희 결혼하고 얼마 안 돼서 그 당시는 동서네는 아직 결혼하지 않은 상태였구요. 제가 어머님께 "동서될 사람은 말이 너무 없어요. 곰보다는 여우가 더 좋긴 한데..." 라고 말했더니 어머님 왈 "한 집안에 여우 둘이나 있으면 어떡하니!" 라는데 할 말이 없더군요.ㅜㅜㅜ 사실 저는 원래 어른들께 잘해요. 상냥하다는 말 많이 듣고요. 하지만 30년 넘게 살아 왔지만 여우란 말은 처음 들었고 참 기분 나쁘게 들리더라구요.(제가 비틀어져서 들어서인지는 몰라두...) 사실 저희 어머님은 김치며 밑반찬이며 잘해주세요. 평소에도 잘 해주시구요. 단지 동서네랑 같이 있으면 단지 차별을 느낄 뿐이죠. 그리고 제 느낌에 도련님을 어머님께서 훨씬 이뻐하시는 게 보여요. 울 신랑보다... 그래서 그 동서를 같이 더 이뻐하는지... 그래서 저는 동서네랑 집에 같이 모이는 것이 싫어요. 평소에는 잊고 있던 어머님의 그런 기분 나쁨들이 그때가 되면 새록새록 생각나서 어머님이 너무 미워지니깐요. 잘 해드려야지 하다가두 그 생각이 나면 잘하고 싶은 생각이 딱 떨어지네요.ㅜㅜㅜ

사례 2   돈 잘 버는 동서와 차별...

제 소개를 하면 저는 결혼 15년차 42살이고 남편은 2남중 장남으로 저와 동갑입니다. 아이들은 중학생과 초등학생 남매를 두었습니다. 저희신랑 직장 때려치우고 아버님 장사하는데서 한 5년 정도 일하다가 나와서 사업 한다구 이것저것 하다가 빚지고 시댁에서 한 7천정도 물어줬습니다. 그건 고맙지만 5년 동안 아버님 밑에서 월급 없었습니다.(생활비 조금 주실 뿐) 그리고 지금은 그냥 저냥한 회사에 다니고 월급은(맞벌이) 둘이 합쳐 월 250만원 정도 법니다. 그 정도면 저희 4식구 사는데 지장은 없습니다. 저희 아버님께서 돌아가시기 전에 집이 두 채 있었습니다. 한 채는 어머님이 사시고 한 채는 저희식구가 삽니다. 물론 대출 8천만원 있습니다. 현재는 어머님께서 능력이 되시는 관계로 어머님께서 매월 상환하시고 있습니다. 솔직히 신랑이 말아먹은 사업이며... 집이며... 등등 저희는 시댁에서 도움을 많이 받았습니다. 이제부터 저희 동서 얘기 입니다. 6년 전 도련님이 결혼을 하셨습니다. 이제서야 동서될 사람이 들어왔다 하며... 무척 좋았습니다. 그런데... 동서는 진짜 괜찮습니다.(=솔직히 비교 많이 됩니다) 집안 좋고... 그렇다고 명문가 돈 많은 집은 아니지만, 저희 집에 비해서는 좋습니다. 아버지 고위 공무원이셨구 동서는 금융기관에 다니고 연봉도 빵빵한가 봅니다. 결혼할 때도, 아가씨 때 모아놓은 돈으로 집부터 계약해서 남들 도움 받지도 않고 집도 장만했습니다. 제가 알기로는 시댁에서 따로 도와준 거는 없고 도련님 모아놓은 돈(4천정도) 준 거 같습니다. 나머지는 동서 돈이랑 둘이 입주할 동안 벌어서 그리고 동서네 친정에서 조금 도움을 받은 거 같습니다. 그때(입주당시) 시어머니께서 도움을 주고 싶었는데, 아마도 그때가 저희신랑 사고치고 7천만원 물어줄 때라 도움을 못주셨다고 하더라구요 (=나중에 들었습니다. 3년 후 시엄니한테) 동서네 일단은 결혼 2년 만에 새집에 입주하구 집들이 했습니다. 가보니 가전제품 가구 모두 최고급입니다. 물론 인테리어 싹... 고치고 어떻게 저보다 10년은 어린사람이 이렇게 벌어놨을까... 질투가 나기도 했지만, 문제는 저희 아이들... 동서 집에 갔다 오니, 작은엄마네 집은 지존이라고 하면서 우리도 그런데 살자고 합니다.(개념 없는 자식들) 돈도 없는데. 솔직히 동서네 집들이할 때 나름 충격 먹어서 있는데, 시어머니께서도 애들 생각해서 그런지 전세 들어 있던 집 전세금 빼고 대출금 받아서 저희 들어가게 해주셨습니다. 동서네 저희 이사한다고... 솔직히 결혼해서 10년 만에 분가하는 거라 살림살이 다 망가지고 새로 사야해서 걱정했는데, 가전제품 사라면서 300만원 보태 줬습니다. 그리고 조카들 매년 전집(시가 30~40만원) 선물해줍니다. 여기까지가 동서와 저의 이제까지 이야기입니다. 솔직히 사람들 동서 좋다고 그런 사람 없다고 칭찬일색입니다. 그런데 문제는, 동서는 시댁에 할 말 다 합니다. 김장철, 제사 웬만해서는 오지 않습니다. 동서 말이 시댁에 와서 첫해 김장하는데 죽는 줄 알았다고 합니다. 솔직히 저희 집 김장 많이 하기는 합니다. 4집이 나눠먹어야 하기 때문에... 암튼 첫해 이후에는 자기네는 친정에서 가져다 먹는다고 안 옵니다. 아무리 친정에서 가져다 먹어도 시어머니가 김장한다고 오라고 하면 와야 하는 거 아닌가요? 문제는 우리 시엄니 암말도 못합니다. 그냥 그래라 하십니다. 동서는 얼마나 예민한지 시댁에서 명절이나 잠을 자면, 화장실 간다고 자기 집으로 갑니다. 차로 5분 거리에 사는데, 자기는 시댁에서 화장실 못가겠다고 합니다. 맘이 안 편한다고... 저 살다 살다 이런 사람 첨입니다. 돈으로 많이 해결합니다. 동서는 시댁에 살림 바꿔주고... 저희도 살림 바꿔주고... 저희는 못하는데 아마도 시댁에 매월 얼마씩 생활비도 보내는 거 같습니다. 저는 돈으로 안 되니... 몸으로 때웁니다.ㅜㅜ 아무리 돈을 잘 벌고 그래도 기본적인 것은 했으면... 합니다. 김장때하고 제사 때는 와야 하는 거 아닌가요? 저희 도련님 얼마 전에 사업 오픈하는데, 시어머니가 보살님 불러서 개업식에 굿인가 뭔가 비슷한 거 했습니다. 그런데 동서 왈 자기는 미신 같은 거 안 믿는다고 그래서 그런데 절 같은 거 안 한다고 그냥 떡만 간단히 해서 돌리면 될 거지 뭐 그런 거 하냐고... 그러면 안온다고 하더니...... 진짜 안 왔습니다.

황당~! 다른 사람도 아니고 자기남편 개업식인데... 솔직히 능력 있고 그런 거는 부럽습니다. 제가 안 되니까요. 그런데 너무 솔직하다고 해야 하나... 자기가 아니라고 생각하는 건... 누가 뭐래도 안합니다. 아주버님, 시어머님, 형님, 시댁식구 누구한테도 본인 할 말 또박또박 합니다. 제사 없애자... 손 많이 가는 음식 사서 먹자... 자기 미신 안 믿으니 부적 주면 싫다 합니다. 등등 어떻게 보면 대드는 거 같은 생각도 듭니다. 아~~ 동서와 심적 갈등 어떻게 해야 하나요... 우리는 솔직히 시댁에 많아서 할 말 못합니다. 바른 소리는 맞는 거 같은데 짜증납니다.

사례 3 동서지간 차별하는 시어머니...

동서는 경찰 난 그냥 주부... 어머님 교회 권사님 동서는 열성신도 나는 원래 교회 싫어하던 사람... 동서아기를 어머님이 맡아서 길러주시거든요... 저희아기랑 10달 차이... 한 번씩 시댁가면 스트레스 엄청 받아요... 나는 일꾼... 동서 상전... 우리아기 짐... 동서 직장 다닌다고 손까딱 안합니다. 집안일 어머님 다하고 아기 빨래도 한번 안하고... 정말 편하게 아기 키우는 동서가 부럽다... 맞벌이하니 나름 고충이 있겠지만 그 꼴 볼 때마다 짜증난다. 어쩌다 동서 집에 토요일 아기 데리고 갔다가 일요일에 오면 젖병 씻지도 않고 그대로 들고 옵니다. 8개씩 어머님은 그거 받자마자 씻고... 정신 나간 마음의 위로는 나한테서 받아가고 친절은 동서한테 베풀고... 스트레스 받는 건 동서한테 받고 푸는 건 나한테 돌아오고... 신랑한테 얘기하면 첨엔 잘 받아주더니 이제는... 지금 말 안하고 있는지 일주일... 시어머님 무식한말로 상처 줄때마다... 보란 듯이 유서 멋지게 쓰고 목 매달아 뛰어 내리고 싶다 "저 집 며느리 목매달아 죽어 나갔다. 며느리 죽인 시어머니" 전 임신 32주에 시어

머니에게 시달림으로 스트레스 받아 돌발성 난청에 이명까지 온 사람
입니다. 딸이 없어서 그럴까요... 어쩜 그렇게 모르는지... 신랑은 효자
라 부모님께 말 못합니다. 해도 핵심은 얘기 안하고 돌려서... 그럼 즉
각 알아채든가... 매일 전화에 잔소리... 돌아버리겠다... 진짜로... 너무
못 견뎌 전화번호 수신거부 했었거든요... 지금은 전화 덜 하는데... 한
번씩 통화할 때마다 따발총에 폭탄... 동서수발 들면서 평생 하녀 노릇
하고 살아라!

사례 4 동서랑 차별하는 시어머니...

도련님 결혼하면서 시어머니한테 실망이 큽니다. 똑같은 조건인데
예단도 동서 네를 더 많이 주시고 시댁에 와서 일하는 것도 동서는 은
근히 못하게 하십니다. 설거지 하려고 하면 동서를 쏙 빼갑니다. 이것
저것 싸 주실 때도 표 나게 싸 주시구요. 그런 동서가 임신을 하고 나니
시어머니의 차별은 더 심해졌습니다. 특히 먹는 걸로 인한 치사함 때
문에 시댁에 가기조차 싫습니다. 동서가 잘 먹으면 저희 식구들(아이
들 포함) 먹어보란 소리도 없이 다 동서한테 주십니다. 임산부라서 그
러려니 하다가도 손주들한테도 주지 않는 시어머니한테 정이 다 떨어
집니다. 동서가 용돈을 많이 드려서 그런 건지... 돈 앞에 사람이 이렇
게 달라질 수 있구나 새삼 서럽고 억울하단 생각이 듭니다. 이런 제 기
분을 아는지 신랑이 당분간 시댁에 가지 말자고 합니다. 근데 말이 그
렇지 시댁에 안 가는 것도 쉽지 않습니다. 이제는 조금이나마 남아있
던 정도 다 떼려 합니다. 이뻐하는 동서랑 어머님이랑 잘 사시라고...

사례 5 **자격지심... 비교되는 동서 ㅠ.ㅠ**

결혼 7년차에 아들하나, 딸 하나... 그리고 큰며느리... 제가 살면서 가장 후회하는 게 있다면 7년 전 남편이랑 결혼한 걸 가장 후회합니다. 솔직히 남편에 대한 불만은 없습니다. 친구들 좋아하지만 가정적이고 착실하고... 문제는... 변덕이 죽을 쑤는 시모... 얼굴에 욕심이 더덕... 더덕... 나이차이 많은(시모 69세... 시부 82세) 시부랑 시모땜에 시모가 친정에 무슨 일이 생기거나 여행을 가면 항상 혼자 가죠. 시부는 항상 제 책임... 그냥 좋은 게 좋은 거라고 시댁 일에 군소리 없이 지냈지만 지금에 돌아온 건 아무것도 없네요. 올 3월에 시동생이 결혼했는데... 저랑 너무 비교되네요. 전 전업주부데... 동서는 고급공무원에... 제 친정은 정말 보잘 것 없는데... 그것도 어머님 혼자 계시고 제가 늦둥이라 연세도 많으시고... 거동하기도 힘드시고... 동서네 친정은 친정아버지가 대기업 이사시고... 두 분 다 나이도 젊으시고... 사는 것도 너무 잘살고... 울 신랑도 말은 안하지만 은근히 울 시동생 부러운 듯~~ 울 동서 임신 7개월인데... 아무것도 안하네요. 울시모... 공주 모시듯 하네요. 며느리한테 이름 부르면서... 그러면서 애는 친정에서 공주로 자랐단다. 헉~~~ 휴~~ 나오는 건 한숨밖에 없고... 제 자신이 너무 초라해서 미치겠어요. 비교 당하는 기분 정말 한심하기 짝이 없네요. 너무 어리석은 생각이지만 학교 다닐 때 공부 좀 할걸... 그래야 결혼해서도 큰소리치며 사는데... 친정이 못 살면 나라도 똑똑해야 기가 안 죽는데... 친정도 보잘 것 없고... 나 역시 너무 무능하고... 정말... 큰며느리란 자리를 내놓고 싶습니다. 큰며느리가 하면 당연한 거고... 갓 결혼한 둘째 며느리가 하면 아주 대단한 일... 지금도 시모는 병원에 있고.. 시부는 기한이 없이 좁디좁은 우리 집에서 모시고 있는데 4가지 없는 동서... 저한테 전화 한통 없네요. 그저... 시모한테만... 전화통 불나고... 오늘은 휴가까지 내서 지네 친정엄마 모시고 병문안 간다네요. 휴~~~~~

사례1〉~사례5〉는 큰며느리가 쓴 글로, 자신보다 동서를 더 예뻐하는 시어머니로 인해 스트레스를 받고 있다.

사례1〉에서 시어머니는 큰며느리에게는 '큰애야'라고 부르면서, 둘째 며느리에게는 진짜 딸 부르듯 이름을 부르고 큰 며느리는 그것이 서운하고 기분 나쁘다. 평소에 시어머니는 큰며느리에게 김치며 밑반찬도 잘 해주고 잘 대해주기에 불만이 없지만, 동서와 함께 있을 때 차별을 느낀다. 시어머니가 자신의 신랑보다 도련님을 더 예뻐하기에 동서를 자신보다 더 예뻐하는 것 같아 시어머니가 미워지고, 큰며느리는 동서네와 함께 모이는 것이 싫다.

사례2〉는 글쓴이 스스로 동서와 자신의 상황을 비교하면서, 차별을 느끼고 있는 경우이다. 글쓴이의 남편은 장남으로 사업을 한다며 사고를 쳐 시댁에서 7천만원을 물어주었고, 지금은 부부가 회사에 다니며 4식구 사는데 지장은 없다. 그런데 집안 좋고 능력 있는 동서가 들어오면서, 글쓴이는 소외감을 느끼고 있다. 동서와 도련님은 결혼 2년 만에 새집에 입주하고 집들이를 했는데, 글쓴이의 아이들은 작은엄마네가 지존이라며 부러워하고, 글쓴이 또한 동서가 사는 모습에 질투가 난다. 동서는 글쓴이가 이사하는데 가전제품을 사라며 3백만원을 보태줬고, 조카들에게도 매년 3~40만원 하는 전집을 선물해준다. 그런데 문제는 동서는 시댁에 하고 싶은 말을 다 하고, 김장이나 제사에는 나타나지 않으며, 돈으로 많은 것을 해결한다. 반면 시댁에서 온갖 도움을 받고 돈이 없는 글쓴이는 육체적 노동으로 시댁 일을

해야 되는데, 글쓴이는 그것이 불만이며 시댁에 할 말 다하는 동서가
부럽기도 하고 짜증도 난다.

사례3〉에서 글쓴이는 주부이며, 동서는 경찰이다. 시어머니는 큰며
느리 아기와 10달 차이가 나는 동서 아기를 길러주는데, 한 번씩 시댁
에 가면 큰며느리는 스트레스를 엄청 받게 된다. 자신은 일꾼이고 동
서는 상전이며, 자신의 아기는 짐처럼 느껴지기 때문이다. 동서는 직
장에 다닌다고 손 하나 까딱하지 않으며, 모든 집안일은 시어머니가
다 한다. 시어머니는 동서에게 스트레스를 받으면 큰며느리에게 풀
고, 친절은 동서에게 베풀면서 위안은 큰며느리에게 받으려고 한다.
매일 시어머니의 잔소리가 힘들어 이제는 시어머니의 전화번호를 수
신거부 했고, 큰며느리는 동서와 자신을 차별하는 시어머니가 싫다.

사례4〉에서도 큰며느리는 동서와 차별하는 시어머니에게 정이 떨
어진다. 결혼 때 예단도 동서를 더 챙겨주셨고, 시댁에 와서 일하는
것도 동서는 은근히 못하게 하며, 이것저것 싸줄 때도 표시가 난다.
동서가 임신을 하면서 시어머니의 차별은 더 심해졌는데, 특히 먹는
걸로 차별을 해 시댁에는 가기조차 싫다. 동서가 잘 먹으면 아이들을
포함해 큰며느리 식구들은 먹어보라는 소리도 없이 다 동서한테 준
다. 임산부라서 그러려니 이해하다가도 손주들한테도 주지 않는 시어
머니한테 정이 다 떨어진다. 큰며느리는 시어머니의 행동에 서럽고
억울하다는 생각이 들며, 이제는 조금이나마 남아있던 정마저도 다
떼려고 한다.

사례5〉 또한 시어머니는 올 3월에 결혼한 동서와 자신을 차별한다.
큰며느리의 친정은 별 볼 일이 없는 집안인 반면 동서네 친정은 잘 살
고, 자신은 전업주부인 반면 동서는 고급 공무원이다. 남편 또한 말은

안하지만 시동생을 부러워하는 듯싶다. 임신 7개월인 동서는 아무런 시댁 일도 안 하는데, 시어머니는 동서의 이름을 부르며 공주 모시듯이 한다. 큰며느리는 동서와 비교 당하는 자신이 초라해 미칠 지경이다. 현재 시어머니가 병원에 입원해 시아버지를 모시고 있는 상황인데, 동서는 전화 한통 없다.

사례 6 시어머니의 차별

시어머니는 저를 결혼 전부터 별로 맘에 들어 하지 않았습니다. 둘째 아들을 유난히 이뻐하는 면도 없지 않아 있지만 제가 별로인 대학에 집도 시골이라 내세울 만한 게 없었죠. 그래도 전 신랑을 사랑했기에 결혼해서 별 탈 없이 지내면 괜찮아질 거라고 생각을 했습니다. 근데 그건 저의 생각이더군요. 미워 보이면 모든 게 다 미운 걸까요? 결혼하고 얼마 후 신랑 보며, 결혼하더니 조금 이상해졌다고 뭐라고 하시더군요. 그건 저 들으라고 하신 말인 것 같기도 하고... 또 뭐든 잘못된 일이 있으며 저를 탓하기도 하구요. 얼마 전 시부모님들이 저희 집을 방문했을 때 아이들이 조금 시큰둥하니 저보고 가정교육을 잘못 시켰다고 하더군요.--;; 아이들 나이 지금 3살 4살. 친정 엄마를 보면 좋아라 하는 아이들이 시어머니보고 시큰둥한 건 시어머니 잘못도 있는 거 아닌가요? 참고로 저희 시어머니 아이들을 별로 좋아라 하지 않는 타입이거든요. 첨에 보고 웃어만 주고 텔레비전만 보시는... 그리고 더 못 참겠는 건 형님이랑 저랑 시어머니랑 같이 있게 되면 전 투명인간이 되어야 한다는 거죠. 형님은 여우라서 어머님 비위를 잘 맞추고 전 조금 무뚝뚝한 편이거든요. 그래도 옆에 있으면 조금의 관심이라도 가져주어야 하는 게 아닐까요? 형님이랑만 눈 마주치고 하하 호호 한번은 제가 어머님 그게 뭐예요 하고 물으니 넌 알거 없다고 하시더군요. 오늘도 시댁식구들 모여서 저녁 먹는데 전 투명인간이 되어야 했습니다. 진짜 심각하게 신랑이랑 이혼을 생각해 보았어요. 이런 대접을 받으면서 살아야 하는 건지... 제가 변하면 변할 수 있는 건가요? 사람이 저마다 가진 성격이 틀리니 이해하며 보듬어 주어야 하는 게 아닌지... 이럴 때 어떻게 하는 게 좋은 건지 알려주세요.

사례 7 차별하는 시어머니

신랑이 차남이에요. 집안 대소사며 생신 다 차남이 챙기고 둘째 며느리인 제가 했습니다. 그런데도 시어머님은 장남만 편애하시네요. 편애하시는 거야 부모도 더 이쁜 자식이 있을 텐데 뭐 어떻게 할 수 있겠느냐 만은... 장남, 큰며느리가 못하는 부분까지 저하고 신랑한테 바라세요. 장남은 안쓰러워하고 큰며느리한텐 서운한 게 있어도 내색조차 안하시면서 차남한테는 매일 참고 이해하라 말씀하시고 무슨 일이 생기면 당연히 차남 부르십니다. 저는 그런 신랑이 안쓰럽고 복잡한 감정이 드네요. 아무것도 안하면서 윗사람 대접 받으려하는 형님 내외도 정이 떨어집니다. 신랑도 저도 상처를 많이 받아서... 앞으로 착한며느리 안하려 하는데요. 제가 며느리로서 아랫동서로서 이런 상황에 현명하게 대처할 수 있는 방법을 알려주세요.

사례 8 시어머니 며느리 차별

결혼 6년차예요. 시댁에서 산지는 1년 반쯤 되구요. 며느리가 두 명이 있어요. 저는 시어머님하고 살고 큰며느리는 30분 거리에 살고 있어요. 둘 다 아이가 둘이구요. 결혼 전부턴 어머님은 제가 편하다고 일 있을 때마다 절 불러서 일을 시키셨는데... 큰며느리가 들어오니 막상 정말 다르더군요. 걔는 애 때문에 힘들다 소리 없이 김장하자 고추장 담그는 것도 소리 없이... 오면 정신없다... 그러며 막내며느리만 죽어 라 일을 시키셨죠. 근데... 요번에 정말 이해하기 힘드네요. 적어도 같이 사는 며느리한테 신경을 쓰셔야 하는 거 아닌가요? 올해 저도 생일이 었었는데... 아무도 모르더군요. 그냥 그렇게 지났어요. 나중에 어머님한 테 서운하다고 얘기했죠. 근데 어제 시어머님이 말씀하시더군요. 열흘 후에 큰며느님 생일이라고... 전 어떻게 이해를 할까요. 그런 말을 하는 시어머님이 너무 밉습니다. 같이 살고 싶지도 않습니다. 제가 너무 못 된 건가요.

사례 9   시어머니의 차별, 극복하고 싶어요.

전업주부 3년차예요. 제가 형님보다 먼저 결혼을 했는데 그 형님과 차별받는다는 기분에 속이 상합니다. 결혼 전에 열심히 모은 돈으로 예단 준비했고 형님보다 더 해드렸어요. 명품백에 명품양복까지요. 근 데 패물은 형님이 더 받더라구요. 보석 한 세트요. 그거 안 받아도 그만 이지만 사람기분이 내가 이것 밖에 안 되나 하는 자괴감이 들더군요. 그리고 형님패물을 왜 나보고 구경하라고 하시는 지도 이해가 안 되구 요. 네... 형님은 아주버니보다 8살 어려요. 그래서 그런가 보다 하고 쓰 린 속 달랬어요. 둘은 사내 커플이였는데 명절에 둘 다 빠지면 안 된다 고 이번 추석에도 오지 않더군요. 시부모는 일하니깐 어쩔 수 없다하 시며 이해하시더라구요. 네... 저도 이해합니다. 근데 시어머니의 사고 가 점점 이상하게 변하더란 말입니다. 큰며느리는 일하니깐 시댁 일에 참여 못해도 이해하고 전 집에 있으니깐 소소한 일에 자꾸 불러들여요. 시댁은 고덕동이고 저희 집은 화곡이라 가려면 만만치 않거든요. 조카보라고 부르고, 깻잎 담근다고 부르고, 음식전시회 보러 오라고 하고 오늘은 고추장 담그러 오라고 하십니다. 부르시면 갈 수 있습니다. 근데 당일 날 이러십니다. 저도 제 생활이 있고 제 할 일이 있는데 전날 말씀해 주시면 준비해서 갈 텐데, 당일 날 오라면 존중받지 못한다는 생각이 듭니다. 살림만 하니깐 언제든지 부르면 오는구나 하구요. 자격지심마저 든답니다. 전 여우처럼 좋게 돌려서 말을 이쁘게 하는 스타일이 아니라 아예 말을 하지 않아서 이런 결과를 초래했나 봅니다. 사랑하는 남편의 어머니라 존경하고 사랑하고 싶지만 쉽지가 않아요. 치사하게 패물로 사람 차별하고 집에 있다고 제 생활 안중에도 없이 부르시니 어떡하면 좋을까요? 신랑은 말로만 가지 말라고 하니 오늘도 불러서 가긴 합니다만 매번 이럴 순 없습니다. 그죠? 제가 오바한 거라 생각지 않으시면 미즈넷 분들의 지혜를 듣고 싶습니다. 정말로요...

사례6)~사례9)는 작은며느리가 쓴 글로, 글쓴이는 자신보다 형님을 예뻐하는 시어머니로 인해 스트레스를 받고 있다.

사례6)에서 시어머니는 글쓴이를 결혼 전부터 마음에 들어 하지 않았지만, 신랑을 사랑했기에 결혼해 별 탈 없이 지내면 괜찮아질 거라고 생각했다. 그러나 시어머니는 뭐든 잘못된 일이 있으면 며느리를 탓했다. 글쓴이가 참을 수 없는 건, 형님과 함께 시어머니와 있게 되면 시어머니는 형님하고만 눈을 맞추며 호호 웃고, 자신은 투명인간 취급을 한다는 것이다. 시댁 식구들이 모일 때마다 글쓴이는 없는 사람처럼 취급되고, 글쓴이는 이런 대접을 받으면서 살아야 되는 건지 심각하게 이혼을 생각하고 있다.

사례7)에서도 시어머니는 장남만을 편애하며, 장남과 큰며느리가 못하는 부분을 둘째 아들과 둘째 며느리에게 요구한다. 시어머니는 큰며느리에게는 서운한 게 있어도 내색조차 못하고, 무슨 일이 생기면 차남을 부르며 참고 이해하라고 한다. 글쓴이는 하는 일 없이 윗사람 대접을 받으려는 형님 내외에게도 정이 떨어지고, 상처도 많이 받아 더 이상 착한 며느리 노릇을 안 하려고 한다.

사례8)에서도 시어머니는 두 명의 며느리 중 글쓴이에게만 일을 시킨다. 큰며느리는 애 때문에 힘들다고 하며 작은며느리에게만 김장을 하자고 하고, 고추장 담그는 것도 작은 며느리한테만 죽어라 일을 시켰다. 글쓴이는 함께 사는 자신의 생일은 모르면서, 큰며느리 생일만 챙기는 시어머니가 섭섭하고 너무 미워 함께 살고 싶지 않다.

사례9) 또한 형님과 비교해 차별 받는다는 느낌에, 속이 상한 며느리의 이야기이다. 먼저 결혼한 자신은 형님보다 시댁에 예단을 더 해 드렸지만, 패물은 형님이 더 많이 받았고 둘째 며느리는 그것이 기분 나쁘다. 명절 때도 사내 커플인 형님 부부는 둘 다 직장을 빠질 수 없다며 오지 않고, 시부모는 일하니까 어쩔 수 없다고 이해를 한다. 시어머니는 직장에 다니는 큰며느리는 시댁 일에 참여하지 않아도 이해하면서, 작은며느리는 소소한 일에도 자꾸 부른다. 시댁과의 거리도 멀고, 시어머니는 전날이 아닌 당일에 오라는 전화를 해, 며느리는 자신이 존중받지 못한다는 생각이 든다.

그렇다면 [정직한 작은 동서 어진 큰동서]는 이러한 사례들에 어떻게 활용될 수 있을까?

먼저 동서나 형님과 비교하여 차별을 받는다고 생각하는 며느리는 차별을 한다고 시어머니를 탓하기 전에, 자신이 처한 상황을 생각해 볼 필요가 있다. 자신이 속상한 이유가 시어머니의 차별 때문인지, 아니면 동서나 형님에 대한 질투 때문인지 자신의 마음을 객관적으로 정리해볼 필요가 있다. 사례1〉에서 며느리는 자신을 여우라고 표현한 시어머니에게 기분 나빠하지만, "곰보다 여우가 더 좋다"는 말을 꺼낸 건 며느리이다. 사례2〉 사례5〉에서 며느리가 속상한 이유는 자신보다 뛰어난 동서의 능력이나 집안에 대한 질투이다. 또 사례4〉 사례9〉에서 며느리가 시어머니에게 속이 상한 이유는 예단이나 패물을 자신보다 동서에게, 혹은 형님에게 더 해줬기 때문이다. 예단이나 패물이 문제가 되어 며느리는 계속 시어머니에게 차별을 받는다고 생각하고 있다.

만약 시어머니 입장을 헤아려보고 자신이 받는 대우가 부당하다고 생각된다면, 시어머니에게 자신의 마음을 전달할 필요가 있다. 참고 인내하는 것이 능사는 아니다. 이 경우는 시어머니의 기분이 상하지 않도록, 나 전달법(I-message)으로 자신의 감정을 전달할 필요가 있다. 말하지 않으면 아무도 모른다. 보통의 시어머니라면 자신 때문에 속상해있는 며느리의 입장을 돌아봐줄 것이며, 그 이유를 납득할 수 있도록 설명해줄 것이다.

다음으로 편애의 대상이 된 며느리의 경우이다. 사례들에서 보이는 것은 대부분 시어머니에 대한 속상함일 뿐 편애의 대상이 된 며느리에 대해서는 별 말이 없다. 사례2〉에서 능력 있는 동서는 돈으로 모든 것을 해결하는데 능력 없는 자신은 몸으로 때워야 한다는 것이 불만인 형님의 하소연이나, 사례6〉에서 자신은 투명인간 취급하면서 시어머니와 하하 호호 웃고 있는 형님에 대한 원망, 사례7〉에서 아무것도

안하면서 윗사람 노릇을 하려고 하는 형님 부부에 대한 속상함 정도
가 사례에서 보이는 전부이다. 보통 시어머니의 차별로 인해 고부갈
등이 유발되는 것은 시어머니가 며느리들 중 한 며느리를 편애하고,
편애의 대상인 며느리가 시어머니와 밀착되면서 다른 며느리의 소외
감과 질투심을 자극하기 때문이다. 그러나 사례에서는 편애의 대상이
되는 며느리가 시어머니와 밀착된 모습은 보이지 않는다. 이에 고부
갈등이 유발될 뿐 동서갈등으로 번지지는 않는다.

　그러므로 설화에서 이야기해줄 수 있는 것은 시어머니가 며느리들
을 차별해도 편애의 대상인 며느리가 시어머니와 밀착되지 않고 자신
이 할 도리를 다한다면, 시어머니와는 상관없이 동서간의 사이는 돈
독해질 수 있다는 것이다.

6

시어머니의 문제적 성격 · 습관

구비설화를 활용한
고부갈등 상담 프로그램 개발

6
시어머니의 문제적 성격 · 습관

1) 고부갈등 양상과 해결방안

시어머니의 문제적 성격과 관련지어 볼 수 있는 설화군으로는 [모래 섞어 밥한 며느리] [얌전한 척하고 시어머니 때린 며느리] [혼인날 여종 때린 며느리]를 들 수 있으며, 시어머니의 문제적 습관과 관련지어 볼 수 있는 설화군으로는 [도둑질하지 않는 도둑 며느리]를 들 수 있다. 다음에서는 각 편들을 살펴보도록 하겠다.

먼저 [모래 섞어 밥한 며느리]이다. 이 설화는 『한국구비문학대계』에 3편이 수록되어 있는데, 대강의 줄거리는 다음과 같다.

(1)악질 시어머니가 있었는데 며느리만 얻으면 칡으로 허리를 꼭 매서 많이 먹지 못하게 하여 죽게 만들었다. (2)그렇게 하여 며느리 둘이 죽자 잘 사는 집이었지만 더 이상 아무도 딸을 주려고 하지 않았다.

(3)못 사는 것이 철천지원이 된 어떤 색시가 자기가 그곳으로 시집가서 시어머니 버릇을 고쳐 친정도 잘 살게 하고 자기도 잘 살겠다고 결심하고 시집을 갔다. (4)옛날에는 여자가 시집을 가면 삼일 동안 다소곳이 앉아 눈을 아래로 깔고 새댁 노릇을 해야 했는데 이 색시는 시집 간 첫 날부터 두리번거리며 야단이었다. 시어머니는 그런 며느리를 보고 큰일이라고 하였는데 시아버지는 그 정도는 돼야 당신을 꺾어놓고 살 것 아니냐며 오히려 좋아하였다. (5)삼일이 지나 며느리를 밥 하라고 내보냈는데 시어머니가 쌀독을 내주지 않고 자기가 쌀을 내주려고 하자 며느리는 내 살림인데 쌀까지 주려고 하느냐며 실랑이를 하다가 쌀을 수북이 담은 바가지를 바닥에 쏟아버렸다. (6)며느리는 쏟아진 쌀을 빗자루로 쓸어 담아 일지도 않고 돌이랑 먼지가 섞인 그대로 밥을 하여 가져갔다. (7)그 뒤부터 시어머니가 마음을 고쳐먹었다.[1]

　예문으로 제시한 〈악질 시어머니〉에서는 성격이 악하고 모진 시어머니가 등장하는데, 이 시어머니는 며느리를 얻으면 칡으로 허리를 꼭 매서 많이 먹지 못하게 해 죽게 만든다. 즉 며느리를 학대해 죽음에 이르게 하는 비정상적인 성격의 소유자이다. 이미 며느리 둘을 이러한 방법으로 죽이자, 잘 사는 집이었지만 더 이상 아무도 딸을 주려고 하지 않는다. 이런 집안에 못 사는 것이 한이 된 어떤 색시가 시집을 가고자 한다. 색시는 이미 시어머니의 악하고 모진 성격을 알고 있지만, 시어머니의 버릇을 고쳐 친정도 잘 살게 하고 자기도 잘 살겠다고 결심을 한다. 색시는 시집 간 첫날부터 다소곳하고 얌전한 새댁

---

1) 『한국구비문학대계』 4-1, 297-299면, 송산면 설화10, 악질 시어머니, 김봉한(남, 67)

의 모습을 보여주는 것이 아니라, 두리번거리며 야단을 부렸다. 시어머니는 그런 며느리를 보고 큰일이라고 하였지만, 시아버지는 그 정도는 돼야 당신을 꺾어놓고 살 것 아니냐며 오히려 좋아하였다. 색시에 대한 시아버지와 시어머니의 반응이 다르게 나타나는 것은, 이미 시아버지 또한 자신의 아내가 며느리를 대하는 것을 익히 보아왔기에 이번에는 며느리가 아내의 모진 성격을 꺾어주지 않을까 내심 기대하고 있는 것이다. 시어머니와 며느리의 갈등은 시집온 지 삼일이 지나 일어나는데, 시어머니가 며느리에게 쌀독을 내주지 않고 자기가 쌀을 내주려 하자, 며느리는 쌀을 수북이 담은 바가지를 바닥에 쏟아버린다. 시어머니와 며느리 산의 쌀독을 두고 싸우는 것은 집안의 살림권을 차지하고자 하는 둘 사이의 경쟁이다. 며느리는 쏟아진 쌀을 빗자루로 쓸어 담아 일지도 않고 돌이랑 먼지가 섞인 그대로 밥을 하여 가져가고, 시어머니는 마음을 고쳐먹는데 이는 시어머니와 며느리와의 살림권 싸움에서 며느리가 승리하였음을 의미한다. 즉 며느리는 시어머니보다 더 막무가내로 행동하며 악질적인 성격을 보여줌으로써 시어머니의 버릇을 고치고 있는 것이다.

　같은 설화군에 포함되어 있는 〈거센 시어머니 길들인 며느리〉[2]에서도 시어머니는 엄청 거센 사람으로 등장하는데, 거센 시어머니에 맞서 며느리가 될 색시는 잎담배를 한 움큼 꺼내 엄지손가락에 침을 탁 뱉어 비비적대더니 담뱃대에 쑤셔 넣고 담배를 피운다. 또 아침밥으로 쌀과 콩을 퍼서 밥을 한 솥 해놓는데, 제대로 씻지 않아 먹을 수

---

2) 『한국구비문학대계』 7-15, 220-224면, 구미시 설화42, 거센 시어머니 길들인 며느리, 김덕선(여, 86)

없는 밥을 해놓는다. 여기서도 색시는 시집 온 첫날부터 시어머니와 신경전을 벌이고 있다. 이에 맞서 시어머니는 부엌에서 그릇을 깨버리며 야단을 치고, 며느리는 죽겠다며 문도 잠그고 방에서 나오지 않는다. 결국 시아버지는 자신의 아내를 설득해 바깥살림은 아들에게, 안살림은 며느리에게 맡기자고 하고, 이후 며느리는 시부모에게 음식을 잘 대접하고 효부라 불리며 잘 살게 된다. 〈시어머니 길들인 며느리〉[3] 에서도 며느리를 세 번이나 쫓아낸 못된 시어머니에 맞서, 새로 들어온 며느리는 밥에 모래를 넣어 밥을 먹지 못하게 하며 시어머니가 담배를 피자 같이 담배를 피운다. 이 설화에서도 며느리는 시어머니보다 한수 위인 강한 성격을 보여주며, 시어머니의 버릇을 고치고 있다.

다음으로 [혼인날 여종 때린 며느리]이다. 이 설화는 『한국구비문학대계』에 2편이 수록되어 있는데, 대강의 줄거리는 다음과 같다.

(1)옛날에 어떤 시어머니가 어찌나 사납고 무섭던지, 큰며느리 둘째 며느리를 모두 쫓아내어 큰아들과 둘째 아들이 홀아비로 살게 되었다. 그 소문이 온 동네에 퍼지게 되자 그 집안의 막내아들에게는 아무도 시집을 오려고 하지 않았다. (2)하루는 윗동네 사는 처녀가 자기 어머니에게 아랫동네 며느리 둘 쫓아낸 집 막내아들하고 자신을 엮어달라고 말했다. 처녀의 어머니는 욕을 하며 어디 시집을 못가서 그런 놈의 집으로 시집을 가냐고 했다. 그러나 하도 처녀가 그 집으로 시집을 가겠다고 떼쓰자, 어머니가 어쩔 수 없이 매파를 보내게 되었다. (3)마침 아무도 자기에게 시집을 오려고 하지 않아 걱정이던 막내아들은 좋

3) 『한국구비문학대계』 7-5, 184-185면, 초전면 설화22, 시어머니 길들인 며느리, 백이흠(여, 61)

아서 얼른 결혼을 하기로 했다. (4)시부모님을 처음 뵙는 날, 처녀가 미리 자기 유모를 불러 계획을 짰다. 처녀는 유모에게 자신이 시아버지께 술을 바칠 때 일부러 실수로 술을 엎으라고 시켰다. 그러면 자신이 유모를 혼내면서 회초리를 해오라고 해 때릴 테니 아프지만 좀 견디고 맞으라고 한다. 처녀는 그래야 자신이 그 집에서 편히 산다고 하였다. (5)드디어 시집을 가서 며느리가 시아버지에게 술을 바치는데 유모가 실수로 술을 엎었다. 그러자 며느리가 좋은 날 아버님께 드릴 술을 엎은 죽일 년이라며 당장 매 갖고 오라며 호통을 쳤다. 며느리의 사나운 모습을 본 시아버지는 며느리가 자기를 때릴까봐 무서워서 가슴이 두근두근 거렸다. (6)나중에 시어머니가 집에 돌아와 남편에게 새 며느리가 어떠냐고 물어보았다. 그러자 남편이 큰일 났다며 이번 며느리도 저번 며느리들처럼 쫓아내면 며느리한테 좋은 꼴 못 볼 것이라고 말했다. 자기 남편에게 며느리가 굉장히 사납다는 말을 들은 시어머니는 걱정이 되었다. (7)시어머니가 방안에서 들어보니 며느리가 밥 하는 소리도 사나운 것이었다. 시어머니가 예전에 방안에다 뚫어놓은 감시구멍으로 며느리가 밥하는 모습을 엿보았다. 옆에서 같이 그 모습을 보던 남편이 며느리 쌀 씻는 거 보라면서 굉장히 사나워 보인다고 했다. 그리고는 아내에게 한 주먹 맞으면 죽는다고 했다. (8)그런데 며느리가 밖에서 보니 방안에 뚫려 있는 구멍이 신경 쓰이는 것이었다. 그래서 황토 흙을 긁어와 구멍을 틀어막았는데 황토가 시어머니 얼굴에다 쏟아져 버렸다. (9)시어머니와 시아버지가 방안에서 벌벌 떨며 나가지도 못하고 있었는데 잠시 뒤 며느리가 상을 차려왔다. 그런데 반찬이 다 소담하고 아주 맛있는 것이었다. (10)식구들이 이제야 밥다운 밥을 먹는다며 좋아했는데 며느리가 시부모님을 공경하며 아주 효부 노릇을 하였다. (11)그 후 이 집 살림살이는 며느리가 다 휘어잡았는데

부모에게 효도하며 아주 잘 살았다.[4]

옛날에 사납고 무서운 시어머니가 있었는데 큰며느리 둘째 며느리를 모두 쫓아냈다. 그 소문이 동네에 퍼져 막내아들에게 아무도 시집을 오려고 하지 않았다. 하루는 윗동네 사는 처녀가 그 집 막내아들한테 시집을 가겠다고 하고, 처녀의 어머니는 반대하지만 결국 처녀의 뜻대로 혼인을 하게 된다. 처녀는 시부모를 뵙는 날 유모를 불러 미리 계획을 짜는데 자신이 시아버지께 술을 바칠 때 일부러 술을 엎으라고 하고, 그러면 자신이 유모를 혼내면서 회초리로 때릴 테니 좀 견뎌달라고 한다. 처녀의 계획대로 일이 벌어지고, 며느리가 좋은 날 아버님께 드릴 술을 엎은 죽일 년이라며 당장 매를 갖고 오라며 호통을 친다. 며느리의 사나운 모습에 시아버지는 며느리가 자기를 때릴까봐 무서워 가슴이 두근거리고, 아내에게 이번 며느리는 굉장히 사납다고 한다. 시어머니는 예전에 방안에다 뚫어놓은 감시구멍으로 며느리가 밥하는 모습을 엿보는데, 남편이 며느리 쌀 씻는 것이 굉장히 사나워 보인다고 하며 아내에게 한 주먹 맞으면 죽는다고 한다. 남편은 아내에게 며느리가 사납다는 것을 계속 강조하고, 남편의 말을 들은 시어머니는 불안하다. 더군다나 시어머니가 엿보는 방안 구멍이 신경 쓰인 며느리는 황토 흙을 긁어와 구멍을 틀어막고, 시어머니는 얼굴에 황토 흙을 뒤집어쓰게 된다. 〈시어머니 길들인 며느리〉[5]에서도 며느

---

4) 『한국구비문학대계』 5-6, 265-271면, 태인면 설화42, 사나운 시어머니를 이긴 효부, 서보익(남, 76)
5) 『한국구비문학대계』 7-4, 27-28면, 성주읍 설화7, 시어머니 길들인 며느리, 배상오(남, 78)

리는 시어머니에게 드센 모습을 보여주고, 시어머니는 며느리가 자신
보다 더 드세다고 생각해 더 이상 며느리를 괴롭히지 않는다. 이 설화
군에서 며느리는 시어머니보다 더 사나운 성격을 보여주고, 며느리가
자신에게 위해(危害)를 가할지도 모른다는 생각을 시어머니에게 심
어줌으로써, 시어머니가 자신을 학대하지 못하도록 하고 있다.

　마지막으로 [얌전한 척하고 시어머니 때린 며느리]이다. 이 설화는
『한국구비문학대계』에 6편이 수록되어 있는데, 대강의 줄거리는 다
음과 같다.

　(1)옛날에 어떤 시어머니가 어머니 고약한지 그 아들과 결혼한 며느
리가 견디다 못해 며칠 만에 집을 나갔다. (2)그래서 부모님과 홀아비
가 된 아들 셋이서 살고 있었는데 아들이 평생 홀아비로 지낼 수는 없
으니 새장가를 가려고 했다. (3)그 동네에 아주 가난한 집 딸이 있었는
데 그 딸이 못된 시어머니의 아들에게 시집을 가겠다고 했다. 딸의 부
모는 반대를 했지만 그 집이 워낙 부잣집이라 시집가는 것이 나을 것
이라면서 딸이 설득시키자 결국 그렇게 하라고 했다. (4)가난한 집 여
자가 못된 시어머니가 있는 집으로 시집을 가게 되었는데 무조건 벙
어리처럼 아무 말도 하지 않고 시키는 대로 일을 다 하였다. 그러자 모
두들 여자가 정말 얌전하다고 생각했다. (5)하루는 시아버지와 남편
이 모두 일하러 나갔는데 시어머니가 또 괴롭히기 시작하는 것이었
다. 그러자 며느리가 아무 말도 없이 그냥 시어머니 머리채를 끌고 절
구통에 감아 놓은 다음 막 조졌다. (6)점심 때가 되자 시아버지와 남편
이 집으로 돌아왔는데 시어머니가 머리를 산발한 채 난리를 치는 것이
었다. 그러나 며느리는 평소처럼 아무 말 없이 얌전하게 밥상을 차려
왔다. 시어머니가 당장 며느리를 내쫓으라고 악을 썼지만 시아버지와

남편은 미친병이 났다면서 그냥 밥을 먹고 다시 일하러 나갔다. (7)며
느리를 시아버지와 남편이 일하러 나가자 다시 아무 말 없이 시어머니
를 붙들어 놓고 조지는 것이었다. 나중에 시어머니가 아무리 그 사실
을 남편과 아들에게 말해도 모두 믿지 않았다. (8)도저히 견딜 수 없게
된 시어머니가 며느리에게 사정하며 다신 안 할 테니 좀 때리지 말라
며 이제 맞아 죽겠다고 하였다. (9)그 뒤로 며느리가 시어머니를 받들
어 모셨는데 자신이 지은 죄를 씻기 위해 그만큼 더욱 대접해 드렸다.
(10)그렇게 시어머니가 버릇을 고치고 집안이 화목하게 되어 잘 살게
되었다.[6]

이 설화에서도 고약한 시어머니가 등장을 하는데, 고약한 시어머니
를 견디지 못해 며느리가 며칠 만에 집을 나가고, 홀아비가 된 아들은
부모와 살고 있다. 아들이 새장가를 가려고 하자, 동네 가난한 집 딸
이 그 집으로 시집을 가겠다고 한다. 새로 들어온 며느리는 못된 시어
머니가 시키는 일을 군말 없이 다 하고, 모두들 여자가 정말 얌전하다
고 생각한다. 하루는 시아버지와 남편이 모두 일하러 나갔는데, 시어
머니가 또 며느리를 괴롭히기 시작했고 며느리는 아무 말도 없이 시
어머니 머리채를 끌고 절구통에 감아 놓은 다음 호되게 때렸다. 점심
때가 되어 시아버지와 남편이 집으로 돌아왔는데 시어머니는 머리를
산발한 채 난리를 쳤지만, 며느리는 평소처럼 아무 말 없이 얌전하게
밥상을 차려왔다. 시어머니가 당장 며느리를 내쫓으라고 악을 썼지
만, 시아버지와 남편은 미친병이 났다면서 밥을 먹고 일을 하러 나간

<hr>

6)『한국구비문학대계』 4-3, 231-234면, 선장면 설화4, 못된 시어머니 버릇 고치기,
오현섭(남, 62)

다. 여기서 시아버지와 남편은 며느리가 잘못이 없다고 생각하며 시어머니가 혼자 난리를 친다고 생각하고 있는 것이다. 둘이 일을 하러나가자 며느리는 또다시 시어머니를 때리고, 시어머니가 그 사실을 말해도 남편과 아들은 믿지 않는다. 도저히 견딜 수 없게 된 시어머니는 앞으로 며느리를 괴롭히지 않겠으니 그만하라고 사정을 하고 그후 며느리는 시어머니를 받들어 모신다.

이 설화군에 속하는 〈시어머니 길들인 며느리〉[7] 〈거센 시어머니 길들인 며느리〉[8] 〈시어머니 버릇 고친 며느리〉[9] 〈사나운 시어머니 모시기〉[10] 〈시어머니 버릇 고친 며느리〉[11]에서도 며느리는 자신을 때리고, 고약하게 굴고, 흭대하는 시어머니에 맞서 시어머니를 때려 그녀의 버릇을 고친다.

이처럼 [모래 섞어 밥한 며느리] [혼인날 여종 때린 며느리] [얌전한 척하고 시어머니 때린 며느리]에서는 고약하고, 모질고, 사나운 시어머니의 성격에 맞서 며느리 또한 더욱 강한 성격을 보여줌으로써 시어머니의 기를 죽이고, 시어머니의 성격을 고쳐 원만한 고부관계를 만들고 있다. 그런데 [얌전한 척하고 시어머니 때린 며느리]의 경우,

---

7) 『한국구비문학대계』 8-13, 509-511면, 상북면 설화33, 시어머니 길들인 며느리, 김묘남(여, 70)

8) 『한국구비문학대계』 7-8, 436-438면, 공검면 설화57, 거센 시어머니 길들인 며느리(1), 채정식(남, 64)

9) 『한국구비문학대계』 8-14, 757-758면, 옥종면 설화2, 시어머니 버릇 고친 며느리, 김필명(여, 64)

10) 『한국구비문학대계』 5-2, 392-393면, 운주면 설화31, 사나운 시어머니 모시기, 백옥련화(여, 68)

11) 『한국구비문학대계』 6-5, 509-513면, 산이면 설화7, 시어머니 버릇 고친 며느리, 진성진(남, 70)

시어머니를 때리는 며느리의 행동이 일면 효사상에 위배된다는 생각
이 들기도 한다. 그러나 다음 이야기를 보면, [얌전한 척하고 시어머
니 때린 며느리]에서 며느리의 행동이 자신이 살기 위해 어쩔 수 없
이 행한 하나의 방법임을 알 수 있다. 다음에 제시되는 두 편의 이야
기는 『임석재전집』에 수록되어 있는 작품이다.

〈며느리꽃〉

옛날에 어떤 집에서 시어머니가 마음씨가 아조 고약해서 며느리를
항시 볶아대고 못살게 굴었다. 하루는 이 며느리가 밥을 하다가 밥이
잘 되었나 안 되었나 하고 밥알을 두어 알 입에 넣고 또 찌개가 맛이 어
떤가 하고 좀 떠서 맛을 보고 있는데 시어머니가 이것을 보고 달라들
어 이년 무엇을 훔쳐 처먹느냐 하면서 주먹으로 볼타구니를 쥐어박았
다. 그랬드니 메누리는 하얀 밥알과 찌개를 삐주르미 문 채 죽어 버렸
다. 이 죽은 메누리의 무덤에서 풀 하나 나서 꽃을 피웠는데 그 꽃은 가
운데는 노랗고 가장자리에는 밥알 같은 것이 붙어 있는 꽃이었다. 사
람들은 이 꽃은 밥알 좀 맛보고 찌개를 맛보다 못쓸 시어머니에게 맞
어서 죽은 메누리가 한이 돼서 그런 꽃을 피운 것이라 하고 이 꽃을 메
누리꽃이라고 부르게 됐다고 한다.[12]

〈됫박 바꿔 주 하고 우는 새〉

옛날에 어느 집이 있었는데 이 집으 시어머니는 마음씨가 아조 고약
해서 메누리를 늘 볶아 댔다. 시누이가 밥할 때에는 큰 됫박으로 쌀을
내주고 메누리가 밥할 때에는 작은 됫박으로 쌀을 내주고 밥을 시누보

다 적게 했다고 볶아 댔다. 그래서 메누리는 시어머니의 볶아 대는 등살에 견디지 못해서 죽었는데 이 죽은 메누리의 넋은 새가 돼서 됫박 바꿔 주 되바 바꿔 주 하고 운다고 한다. 됫박 바꿔 주 하고 우는 새는 시어머니한테서 갖인 구박을 받은 메누리으 죽은 넋이 된 새라고 한다.[13]

〈며느리꽃〉에서 옛날에 어떤 집에 시어머니가 있었는데, 마음씨가 아주 고약해 항상 며느리를 볶아대고 못살게 굴었다. 하루는 며느리가 밥을 하다가 밥이 잘 되었나 보느라 밥알을 두어 알 입에 넣고, 찌개가 낫이 어띤지 좀 띠서 맛을 보고 있는데, 시어머니가 이것을 보고 달려들어 주먹으로 볼을 때렸고 며느리는 하얀 밥알과 찌개를 문 채 죽어 버렸다. 죽은 며느리의 무덤에 풀 하나가 나서 꽃을 피웠는데, 그 꽃은 가운데는 노랗고 가장자리에는 밥알 같은 것이 붙어 있었다. 사람들은 몹쓸 시어머니에게 맞아 죽은 며느리가 한이 돼서 그런 꽃을 피운 것이라 하고, 이 꽃을 며느리꽃이라고 부른다. 〈됫박 바꿔 주 하고 우는 새〉 또한 시어머니가 마음씨가 아주 고약해 며느리를 늘 볶아댔는데, 시누이가 밥을 할 때에는 큰 됫박으로 쌀을 내주고 며느리가 밥할 때에는 작은 됫박으로 쌀을 내주었다. 그리고는 밥을 시누보다 적게 했다고 볶아 댔다. 며느리는 시어머니의 등살에 견디지 못해 죽었는데, 이 죽은 며느리의 넋이 새가 돼서 '됫박 바꿔 주 됫박 바꿔 주'하고 운다고 한다.

이러한 설화들에서 고약한 성격의 시어머니를 견디지 못해 죽은 며

13)『임석재전집』5, 1943년 9월 京城府 觀水町 木川文章

느리의 모습과 비교해 본다면, 시어머니를 때려 고약한 성격을 고치고 원만한 고부관계를 만들어 나가는 [얌전한 척하고 시어머니 때린 며느리]에서의 며느리의 행동은 자신이 살기 위해 어쩔 수 없이 행한 방법임에 틀림없다. 또한 시어머니를 때리는 며느리의 행동은 시어머니의 성격을 고치겠다는 목적을 위해 일시적으로 이루어진 것이며, 시어머니의 성격을 고친 후 며느리는 정성을 다해 시어머니를 모신다.

이어서 살펴볼 작품은 [도둑질하지 않는 도둑 며느리] 설화군인데, 이 작품은 시어머니의 문제적인 습관과 관련지어 볼 수 있다. 이 작품은 『한국구비문학대계』에 9편이 수록되어 있는데, 대강의 줄거리는 다음과 같다.

(1)옛날에 한 어머니가 아들을 장가보내려고 도둑질 잘하는 며느리를 얻으려고 했다. 어머니는 아들도 도둑질을 시키고 며느리도 도둑질을 시키려고 했던 것이었다. 한 여자가 도둑질 잘하는 며느리를 얻는 그런 나쁜 행동을 할까 하며 생각하고는 그 집에 시집을 갔다. (3)예전에는 명주가 귀했는데, 부잣집에서 명주 베를 씻어 햇빛에 널어놓았다. 그것을 본 시어머니가 며느리에게 부잣집에서 널어놓은 명주 베를 빌려 달라고 하고는 명주 베를 집으로 가져왔다. (5)잠시 후 부잣집에서는 명주 베를 잃어버렸으니 찾아야겠다면서 사람들이 마을의 집집마다 돌아다녔다. (6)시어머니는 감출 궁리를 하며 부산하게 돌아다니다가 결국은 감추지 못했다. 며느리는 감출 궁리도 못하면서 도둑질하기만 원하면 어떻게 하느냐며 따졌다. 시어머니는 며느리에게 감출 방법이 있느냐고 물었고 며느리는 할 수 있다고 대답했다. (7)며느리는 명주 베를 물에 넣어 짜고는 그릇에 담아 아궁이 속에 넣어두고 부엌에

서 절구질을 했다. (8)부잣집 사람들이 도둑질을 잘하는 집안이라 살살이 뒤졌지만 아궁이 속에 있는 명주 베를 찾지 못하고 돌아갔다. (9) 사람들이 돌아가고 나서 며느리가 시어머니에게 감추지도 못하면서 훔치라고 하면 어떡하느냐고 따지며 다시는 도둑질을 하지 않겠다고 하고는 시어머니 버릇까지 고쳤다.[14]

옛날에 한 어머니가 도둑질 잘하는 며느리를 얻어, 아들 며느리를 모두 도둑질을 시키려고 한다. 한 여자가 그 집으로 시집을 갔는데, 어느 날 부잣집에서 명주 베를 썻어 햇빛에 널어놓은 것을 시어머니가 가져온다. 부잣집에서는 마을의 집집마다 돌아다니며 명주 베를 찾았는데, 시어머니는 감출 궁리만 할 뿐 감추지 못했다. 며느리는 감추지도 못하면서 도둑질하기만 원하면 어떻게 하느냐며 따지고, 명주 베를 물에 넣어 짜 그릇에 담아 아궁이 속에 넣어두었다. 부잣집 사람들이 도둑질을 잘하는 집안이라 살살이 뒤졌지만, 아궁이 속에 있는 명주 베를 찾지 못한다. 며느리는 시어머니에게 감추지도 못하면서 훔치라고 하면 어떡하느냐고 따지고, 도둑질을 하지 않겠다며 시어머니의 버릇까지 고친다. 즉 도둑질을 한 후의 뒤처리 문제와 도둑질이 들켰을 경우 발생할 문제들을 시어머니에게 자각하게 함으로써 시어머니의 도둑질 버릇을 고치고 있는 것이다. 9편 중 고부갈등이 드러나는 작품은 예문으로 제시한 〈시어머니 도둑 버릇 고친 며느리〉 한 편이며, 나머지 8편에서는 시어머니가 아닌 시아버지가 며느리에게 도둑질을 시킨다.

---

14) 『한국구비문학대계』 6-2, 675-678면, 신광면 설화2, 시어머니 도둑 버릇 고친 며느리, 정점암(남, 82)

이 외에도 『한국구비문학대계』나 『임석재전집』에 수록되어 있는 것은 아니지만, 며느리가 시어머니의 성격을 고쳐 원만한 고부관계를 이룬다는 점에서 다음의 설화는 시사해주는 바가 있다.

〈팔자요에 얽힌 설화〉
…… 蔡氏宅은 시어머니가 엄하고 까다로운 분으로 소문이 났으며 며느리를 쫓아 보내기로 유명하였기 때문에 李小姐의 부모는 許婚치 않았다. 그러나 딸은 그곳에 가기를 자청하여 결국 부모의 만류에도 불구하고 채씨 집의 며느리가 된 것이다. 新行을 가서 첫상인 큰상을 받은 새며느리는 흔히 부끄러워 고개도 들지 못하는데 이것과는 달리 이씨는 차곡차곡 맛있는 것을 먹더니 이어 요란스러운 방귀를 네댓 번 연거푸 뀌어 댔다. 이 소문이 자자하게 났으며 시어머니는 하도 기가 막혀 어쩔 줄을 몰랐다. 다음날 아침 며느리가 밥을 지어 올리니 시어머니는 밥이 질다고 퇴하였다. 며느리는 이번에는 일부러 밥을 태워 올렸다. 시어머니는 물론 밥상을 퇴하였고 화가 나서 문고리를 안으로 잠그고 삼 일이나 누워 있었다. 며느리는 꾀를 내어 시어머니의 방 옆에서 불고기를 구워 시어머니가 스스로 문을 열고 나오게 하였으니 시어머니는 시장한 김에 밥과 불고기를 잘 먹었다. 말하자면 시어머니가 며느리에게 진 셈이다. 며느리는 밥만 잘 지어 시어머니에게 대접한 것이 아니라 시간만 있으면 언제나 시어머니 곁에 앉아 이야기책도 읽어 드리고 우스운 이야기도 하여 시어머니의 마음을 즐겁게 해 드렸다. 무섭던 시어머니도 이 며느리의 마음 씀에 감탄하여 며느리 말을 잘 듣게 되었고 며느리의 청에 따라 쫓아 보냈던 맏며느리도 데려오고 살림 열쇠도 이 며느리에게 주었다. 다음해 이 며느리가 옥동자를 낳았고 남편이 죽은 후 아들을 정성껏 길러 정승을 만들었다.(朴榮濬

1972, 3卷 : 158).[15]

이 설화에서 시어머니는 엄하고 까다로운 사람으로 소문이 났고, 며느리를 쫓아 보내기로 유명했다. 앞서 살펴본 설화들에서 시어머니의 성격이 악하고, 모질고, 고약하고, 사납고, 무섭다는 것이나 이 설화에서 엄하고 까다롭다는 것은 순화된 표현일 뿐 며느리를 쫓아내는 시어머니의 행동은 동일하게 나타난다. 이씨는 부모의 만류에도 불구하고 그 집으로 시집을 가며, 시집 간 첫날부터 맛있는 음식을 차곡차곡 먹고 요란스러운 방귀를 연거푸 뀌어 대서 시어머니를 기막히게 한다. 다음날 아침 며느리가 밥을 지어 올리자 시어머니는 밥이 질다고 퇴(退)하고, 며느리가 일부러 밥을 태워 올리자 다시 밥상을 퇴(退)한 후, 화가 나 문고리를 안으로 잠그고 삼 일이나 누워 있다. 그러자 며느리는 꾀를 내어 시어머니의 방 옆에서 불고기를 구워 시어머니가 스스로 문을 열고 나오게 하였고, 시어머니는 시장한 김에 밥과 불고기를 잘 먹는다. 며느리는 꾀로 시어머니를 이기고, 그녀를 길들이고 있다.

그러나 며느리의 행동은 여기서 끝나지 않는다. 며느리는 밥을 잘 지어 시어머니를 대접하고, 시간만 있으면 시어머니 곁에 앉아 이야기책도 읽어 드리고 우스운 이야기도 해 시어머니의 마음을 즐겁게 해드린다. 그리고 시어머니도 며느리의 마음 씀씀이에 감탄하여 며느리의 말을 잘 듣고, 며느리의 청에 따라 쫓아 보냈던 맏며느리도 데려오고, 살림 열쇠도 이 며느리에게 준다.

---

15) 이광규, 『한국가족의 심리문제 – 고부문제를 중심으로』, 일지사, 1981, 230-231면 재인용.

그렇다면 이 설화군에서 이야기해줄 수 있는 것은 무엇일까?

첫째, [모래 섞어 밥한 며느리] [혼인날 여종 때린 며느리] [얌전한 척하고 시어머니 때린 며느리]에서는 시어머니의 강한 성격에 맞서, 며느리 또한 더욱 강한 성격을 보여줌으로써 시어머니의 기를 죽이고, 시어머니의 성격을 고치고 있다. 일면 며느리의 행동은 불효라고 보일 수도 있다. 그러나 시어머니의 성격을 고친 후, 며느리는 정성을 다해 시어머니를 공경하며 받들고 있다. 이에 원만한 고부관계를 만들기 위한 하나의 방안이라고 볼 수 있다.

둘째, 시댁 내 아군(我軍)의 존재이다. 시댁 내 사람들을 아군과 적군으로 구분하는 것은 우습지만, 설화에서 찾아지는 것은 며느리의 아군, 즉 협조자의 존재이다. [모래 섞어 밥한 며느리]에서 시아버지는 며느리가 시집간 첫 날부터 두리번거리며 야단스럽게 행동하자, 그 정도는 돼야 시어머니를 꺾는다며 오히려 좋아한다. [혼인날 여종 때린 며느리]에서는 시아버지가 아내에게 며느리가 굉장히 사나워 보인다며 시어머니의 불안감을 조성한다. 또 [얌전한 척하고 시어머니 때린 며느리]에서는 시아버지와 남편이 며느리를 내쫓으라며 악을 쓰는 시어머니를 미친병이 났다고 하며 상대해 주지 않는다. 그리고 며느리가 얌전하다고 생각하기에, 시어머니가 며느리가 자신을 때린다고 이야기해도 그 사실을 믿지 않는다. 이처럼 설화에서 시아버지나 남편은 며느리에게 우호적인 아군으로 행동하고 있다. 시댁 내 아군이자 협조자의 존재는 며느리의 어려움을 해결할 수 있는 커다란 힘으로 작용할 수 있다.

셋째, [도둑질하지 않는 도둑 며느리]에서 며느리는 시어머니의 도둑질 하는 습관을 고치고 있는데, 며느리는 난처한 상황에 처하게 된 시어머니를 도와주는 대신 똑 부러진 언사로 시어머니를 설득시킨다. 그리고 더 이상 시어머니가 자신에게 도둑질을 시킬 수 없도록 상황을 유도하고 있다. 즉 도둑질을 한 후의 뒤처리 문제와 도둑질이 들켰을 경우 발생할 문제들을 시어머니에게 자각하게 함으로써 시어머니의 도둑질 습관을 고치며, 도둑질 하는 것이 당연하다고 생각하는 시댁의 잘못된 문화를 긍정적인 방향으로 고쳐나가고 있다.

넷째, 〈팔자요에 얽힌 설화〉에서는 '서번트리더십(servant leadership)'을 생각해 볼 수 있다. 서번트리더십이란, 다른 사람을 섬기는 사람이 리더가 될 수 있다는 것으로 우리나라에서는 '섬기는 리더십'으로 알려져 있다. 이 개념은 미국 학자 로버트 그린리프가 1970년대 처음 주창한 이론으로 "다른 사람의 요구에 귀를 기울이는 하인이 결국은 모두를 이끄는 리더가 된다."는 것이 핵심이다.

이 설화에서 며느리는 시어머니를 섬겨야 되는 입장이지만, 시어머니의 요구에 귀를 기울이고 그녀의 마음을 흡족하게 하며 그녀를 삶을 바꾸어가는 리더십을 발휘하고 있다. 즉 며느리로 인해 시어머니의 성격이 바뀌어 가고, 삶 또한 변화되어 가는 것이다. 꼭 아랫사람이라고 윗사람의 지시만 받을 필요는 없다. 며느리도 시어머니를 섬기면서 서번트리더십을 발휘해 그녀를 변화시킬 수 있는 것이다. 이 또한 원만한 고부관계를 만들기 위한 하나의 방안이라고 생각해볼 수 있다.

2) 현대 고부갈등 사례에의 적용

다음에서는 시어머니의 문제적 성격이나 습관으로 인해 고부갈등이 일어나는 사례들을 살펴보고, 설화에서의 해결방안이 사례들에는 어떻게 적용될 수 있을지 논의해보고자 한다.

사례 1 돌겠음

시어머니 변덕 때문에 돌겠어요. 생각나는 대로 일단 막 써볼게요. 답답함을 풀 곳이 없어요!! 결혼 전부터 약속에 대한 의미와 개념을 모르시는 것 같았음. 예물 고르는 날, 한복 고르는 날, 상견례 날짜까지도 기억 못하시고 바꾸고 하심. 약속을 중요하게 생각하고, 시간약속을 안 지켜본 일이 없는 나로서는 정말 짜증. 나를 뭘로 보면 저러지? 싫음. 결혼 한 뒤에도 마찬가지. 어딜 간다고 하고 약속한 시간에 출발을 해본 일이 한 번도 없음. 하지만 크게 신경 안씀. 시댁식구 그 누구도... 결혼한 뒤로는 진짜 이상해지심. 같이 간다고 한 적 없는데 내가 어딜 같이 가기로 했는데 안 갔다고 심하게 화내시고, 시장가자 하셔서 만삭 때 화장도 대충 하고 간편한 옷 입고 나왔는데 차가 출발하니 예식장 가야한다고 들렀다 가자고 하심. 어머님 친구분께 이런 모습으로 인사드리기 민망하다고 안가겠다고 했지만 상관없다며 그냥 가심. 계획이라곤 없음. 시외할아버지 첫 기일에 신생아 아기는 못 데려가지만 같이 가서 위로해드린다고 하니 절대 오지 말라고. 애기랑 같이 있어야지 어딜 오냐고 하도 사양하셔서 친정 부모님께 부탁도 안 드려 놨는데 당일에 와서는 1박 2일로 가야한다고... 정말 진심 짜증남. 육아문제로 2층짜리 주택에 친정 부모님과 같이 살 수밖에 없는 상황. 흔쾌히 허락하셔서 감사했는데 막상 닥치니 또 반대. 병원에서 근무하느라 이브닝도 있고 시간이 일정치 않고 신랑도 야근이 잦아서 아이를 어린이집에 보내도 데려올 수가 없는 상황. 도대체 어떻게 하라는 건지 알 수 없음. 화법도 이상. "뭐가 먹고 싶니? 소고기? 그래 그럼 그걸 먹자. 근데 엄마는 회가 먹고 싶다." "어디니?" "이제 출발 했어요. 저희 집 잠깐 들러서 짐 좀 챙겨서 어머님 댁 가려구요~" "그래? 그렇게 해라~ 운전 조심하구~ 근데 엄만 너희랑 모델하우스에 가고 싶다."(우리 집과도 시댁이랑도 엄청 먼 곳) 엄청 많은데 하려고보니 생각이 잘 안남. 음식을 강요하시고, 아기에게도 너무 먹여서 시댁만 갔다 오면 탈이 남. 짜증 난다고 생각하니 별 게 다 짜증남. 아기 돌이 다 돼 가도록 옷 한 벌, 장난감 한 번(그것도 일부러 말 꺼내서 억지로), 용돈 한 번. 끝. 섭섭. 아기가 이 선물을 누가 줬는지 기억할 나이가 되면 섭섭지 않게 사주신다고 하심. 차라리 말을 말지. 근데 여기서 중요한 점. 남편의 중간 역할 점수는 빵점. 격하게 내 편을 들어주거나 화를 내거나 험한 표정으로 소파에 앉아있음. 그리고 본인은 엄청나게 현란한 말솜씨로 어머님을 설득하고 있다고 생각하는지 모르겠는데 내가 들을 땐 진짜 화가 남. 차라리 가만히 있어줬으면... 남편을 믿고, 의지하고 싶은데 정말 아기 같아서 정말 속상함. 어머님 때문에 짜증나는 건 가끔인데 진짜 신랑한테는 자주 실망하게 돼서 걱정. 이래저래 진짜 돌겠음. 긴 애기 읽어주셔서 감사합니다. 임금님 귀는 당나귀 귀~에 나오는 대나무 숲처럼 어딘가에 이렇게 털어놓으니 좀 시원한 것 같아요. 메리크리스마스~

사례1)에서는 시어머니의 변덕스러운 성격이 문제가 되고 있다. 결혼 전부터 시어머니는 예물 고르는 날, 한복 고르는 날, 상견례 날짜까지도 기억 못하고 바꾸셨는데, 약속을 중요하게 생각하는 글쓴이는 정말 짜증이 났다. 결혼 후에도 시어머니는 약속한 시간에 한 번도 출발해본 적이 없으며, 중간에 말을 바꾸셔서 며느리가 여러 번 난감한 상황에 처하기도 했다. 또 며느리가 불만인 것은 시어머니의 말하는 방식이다. 예를 들어 "뭐가 먹고 싶니? 소고기? 그래 그럼 그걸 먹자. 근데 엄마는 회가 먹고 싶다."고 해 번번이 본인이 원하는 것을 요구하신다. 며느리는 시어머니의 변덕스러운 성격과 화법에 정말 돌 지경이다.

사례 2 너무 지저분한 시어머니

> 신랑과 저는 지방에 살고 시부모는 동생네랑 사십니다. 한 달에 2번 정도 올라가면 늘 느끼는 거지만 집이 너무 더럽습니다. 집 벽에는 달력이며 액자며 온갖 것들이 다 달려있어 벽 틈을 볼 수가 없고 싱크대는 찌든 때로 찐득 찐득거리고... 음식물 쓰레기는 늘 가득 차 있어서 냄새나고 파리에... 베개는 정말 몇 십 년은 안 빨은 것처럼 시커멓고... 정말 미치겠더라구요. 저번에는 가서 정말 열심히 청소 했습니다. 근데 시어머니는 슬쩍 나가시더니 청소가 끝나깐 들어오시데요... 제가 더러운 것은 버리고 새 걸로 사다가 놨는데... 그건 효과가 없더라구요. 금세 더러워지고 빨지도 않고 새까맣고... 며칠 전에 갔을 때는 정말 음식 먹기가 싫을 정도였습니다. 거기다 시어머니는 손톱을 많이 길러서 야광 반짝이 메뉴큐어를 바르셨더라구요. 그 손으로 음식을 무치는데... 정말 미칠 뻔했습니다. 저번에는 손톱이 잘려서 잡채에서 나오기도 했구요. 올 때마다 신랑에게 얘기를 합니다. 좀 집이 심하다고... 신랑도 인정하더라구요. 어차피 동서랑 어머니랑 원래 성격이 치우는 걸 싫어해서 저런 거라구(동서랑 어머니는 전업주부입니다.) 우리가 같이 안사니깐 그냥 두라고... 그래서 제가 가끔 가서 뭐라고 하면 잔소리 되는 거 같아 그냥 암말 안했습니다. 근데 문제는 앞으로 1~2년 뒤에 시부모님이랑 같이 살게 됐습니다. 솔직히 시어머니 성격이 좀 그러십

니다. 입이 거칠고 술고래에 말을 곧게 안하고 살짝살짝 떠보면서... 담배에... 담배도 밥공기에 재 털고... 정말 성격이 저랑 너무 안 맞습니다. 성격은 그냥 그러려니 하려는데 이 더러운 걸 어떡합니까? 저는 맞벌이라 제가 따라다니면서 청소를 할 수도 없고... 내가 시집와서 시어머니가 청소기나 걸레 잡는 거는 한 번도 본적이 없어요. 나이든 시어머니 생활패턴을 고치라는 건 무리겠지만 저는 그렇게 더럽게 못 살겠어요. 해보는데 까진 해 보겠지만 정말 가슴이 답답합니다. 다른 분들은 어떻게 하시겠는지요?

사례2〉에서는 시어머니의 지저분한 습관이 갈등의 원인이 되고 있다. 한 달에 2번 정도 시댁을 방문하면 늘 느끼는 거지만 집이 너무 더럽다. 싱크대는 찌든 때로 찐득거리고, 음식물 쓰레기가 가득 차 있어 냄새가 나며 초파리가 날라 다니고, 베개는 정말 몇 십 년은 안 빤 것 같다. 며느리는 열심히 청소를 하고 오지만, 그때뿐 이러한 상황이 반복된다. 거기다 시어머니는 손톱을 많이 길러 야광 반짝이 메니큐어를 발랐는데, 그 손으로 음식을 무치는 게 며느리는 미칠 것 같다. 더군다나 지난번에는 손톱이 잘려 잡채에서 나오기도 했다. 문제는 앞으로 1~2년 뒤에 합가를 하게 되는데, 며느리는 이런 시어머니와 어떻게 살아야 될지 난감하다.

사례 3 며느리 물건은 다 내 것...

얼마 전에도 글을 올렸습니다. 시누이와 시엄니 흉만 보고 내 불만만 터뜨리다보니 제 맘이 그리 썩 좋지만은 않았어요. 하지만 그게 현실인 걸 어쩝니까. 사실인 걸 아니라고 할 수 있나요. 울 시엄니 저랑 4년 살면서 어른으로서의 도리보다는 당신 편한 대로만 당신 손닿는 대로 모두가 당신 물건이었어요. 한 7년 정도 되었네요. 그날은 애기 아빠가 회사에서 발렌타인데이라고 초콜릿을 받아왔는데 아침에 일어나 보니 흔적도 없더군요. 짐작은 갔지만 그냥 있었죠. 그러다가 시엄니 출타 중 전화가 와서 장롱에 있는 물건 좀 밖으로 가지고 오라고하기에 장롱을 열었지요. 그런데 그렇게 찾던 초콜릿이 거기 있던 겁니다. 기분은 안 좋았지만 그냥 넘겼는데 그 당시 서울에서 자취하던 시누이가 온 날 저 몰래 시누한테 초콜릿을 주나 봅디다. 시누이의 말소리가 밖으로 다 들리더군요. 저희 큰애가 그때 2살 때였는데 한창 간식을 사주고 싶어도 못 사주던 그때에 울 시엄니는 다 큰 제 자식만 챙기더군요. 참고로 울 시엄니 손주한테 사탕 한번 사준 적 없었습니다. 부모로서의 맘은 이해가갔지만 그러면 안 되지요. 손주의 간식에 몰래 손을 대다니요. 그래도 그때는 어린 맘에 넘겼지요. 어느 날 아래층 사는 언니가 레이스 장식을 주더군요. 공장에서 막 나온 거라 냄새가 너무 심해서 저희 방 작은 베란다에 널어놨는데 그게 또 없어진 겁니다. 그래서는 안 되었지만 전 집히는 게 있어 어머님 장롱을 열어봤지요. 제 예상은 빗나가지 않고 고이고이 모셔져 있습디다. 제가 너무 두서없이 적었으나 시엄니라고 며느리의 방을 뒤지거나 물건에 마구잡이로 손대는 건 정말 아니라고 보는데요. 그 간에 있었던 울 시엄니의 행적을 밝히자면 한도 끝도 없고 생각하기도 싫은 부분입니다. 왜 며느리의 인격은 생각 안하고 며느리의 모든 물건을 당신의 소유로 생각하고 마구잡이로 건드리고 하는지 이건 도무지 정말 이해가 안갑니다. 참고로 저희시누이도 저 몰래 제 방에 와서 이것저것 뒤지고 그랬는데 그냥 좋은 게 좋은 거라고 나 하나만 참으면 되지 하고 모르는 척했습니다.

울 신랑은 아직도 암 것도 모르고요. 집안 쌈 일으키기 싫어서 저 혼자 속상해하다가 시간 지나면 잊으려고 노력하고 했는데 지금은 그냥 덤 덤합니다. 같이 살지 않으니까, 그냥 잊고 살려구요. 아직은 맘속에 응어리가 풀리진 않았지만 세월도 흘렀고 그냥 제 맘 다스리면서 살려고 이렇게 주저리주저리 떠들어봤어요.

사례3)에서는 며느리 물건도 자신의 것처럼 마음대로 가져가는 시어머니의 습관이 문제가 되고 있다. 7년 전 남편이 발렌타인데이라고 회사에서 초콜릿을 받아왔는데, 아침에 일어나 보니 흔적도 없다. 마침 시이미니기 전화가 와서 장롱에 있는 물건을 가져오라고 해 장롱 문을 열었는데, 그렇게 찾던 초콜릿이 거기 있었다. 시어머니는 시누이가 온 날 며느리 몰래 그 초콜릿을 줬다. 어느 날 아래층에 사는 언니가 레이스 장식을 주었는데, 공장에서 막 나온 거라 냄새가 심해 부부방 베란다에 널어놨더니 그게 또 없어졌다. 며느리가 몰래 어머니 장롱을 열어보니, 레이스 장식 역시 거기에 있다. 글쓴이는 싸움 일으키기 싫어 참고는 있지만, 며느리 물건을 자신의 소유라고 생각해 마음대로 가져가는 시어머니의 행동이 이해가 가지 않는다.

사례 4 너무너무 싫은 시어머니의 낭비벽

전 결혼 5년차에 두 아이의 엄마입니다 결혼 전부터 시어머니의 씀씀이가 남들과 다르다는 건 조금 알았지만 정말이지 이 정도일 줄은… 사건의 발단은 결혼하려고 할 때쯤에 시어머니를 따로 만난 적이 있었는데 그때부터 나중에 자신이 60살 되면 너희들한테 용돈을 받고 싶다 딸 둘에 아들 하나이니깐 공평하게 꼭 같이 받겠다고 하시더라구요. 전 그때는 그러려니 했는데 울 신랑 집에 빚이 있으니 시댁에 손을 못 벌린다고 본인이 모아둔 2천만원으로 1천만원은 식장이며 예물 신혼여행비... 등등 예식에 돈을 썼고 나머지는 통장에 1천만원 넣어서 저를 주었습니다. 물론 집은 저희 쪽에서 준비 마침 빈 집이 있어서 신혼을 그곳에서 하기로 하고 출 퇴근 차도 제가 타고 다니던 걸로 가져가기로 하고 시댁은 신랑 어릴 때 장사하다가 망해서 빚 갚는다고 하길래 전 그런 줄로만 알았습니다. 그런데 시댁에 갈 때마다 시어머니의 씀씀이가 눈에 보이기 시작하더니 시아버지는 시엄니 씀씀이 때문에 자신들이 이렇게 산다는 씩으로 말하더라구요. 두 분 사이는 물과 기름 고양이와 개입니다. 내심 걱정이 되었지만 설마 자식들에게까지 피해주시겠냐 싶었는데... 제가 결혼할 당시만 해도 시어머니 52세 왕성하게 경제 활동할 나이임에도 불구하고 일하는 거 못 봤습니다. 맨날 놀러 다니고(안부 전화하면 설악산 동해 서해 여기저기 가 계시고) 화장품은 방판용에다가 구색까지 쫙 다 있고 티비에서 좋다고 한번 떠들며 시댁 가면 꼭 있습니다. 그것도 몇 개씩 쌓아놓고... 그래도 전 그러려니 했습니다. 본인 돈으로 놀러 다니고 하시니 별 불만도 없었는데, 무슨 말끝마다 나중에 집안에 일 터(?)지면 너희가 다 해결해라. 자기 노후 연금 넣어 달라 등 하나둘씩 요구를 하시더라구요. 하다못해 집 수리 해야 된다고 신랑이 준 1천만원 중에 500만원 무이자로 빌려 달라고 하시길래 전 못들은 척 했어요. 농담하시는 줄 알았거든요. 제 상식으로 부모님이 자식한테 돈 달라고 요구한다는 자체가 좀 이해가 안 갔고 또 그렇게 쓰고 사는 분이라면 빚은커녕 돈이 어느 정도 있는 줄 알았기에 더구나 결혼할 때 신랑 힘으로 다해서 어떻게 손을 벌리나 싶기도 했구요. 첫째 낳고 100일 만에 시어머니 찾아 왔더라구요.

손자 본다고 그것도 그때는 서운한 줄 몰랐는데 살다보니 이것저것 남들과 다른 시어머니를 보면서 이혼이란 단어가 절로 떠오르네요. 결혼과 동시에 시부모님들 보험을 넣어드렸거든요. 이번에 시아버지께서 다리를 다쳐서 수술을 해야 한다길래 보험으로 하면 되겠다 싶었는데 보험적용이 안돼서 형제 3명이서 나누어 내야한다는 거예요. 부모님이시니 해드리는 건 당연한 건에 그 앞전에 시어머니한테 돈 백 만원 해드렸어요. 당연하게 받으시더라구요. 한번은 제가 물어봤어요. 자식들이 넣어주는 보험 말고 노후대책이나 적금 또는 보험 넣으시는 거 있냐고 그랬더니 돈 10원 없고 보험도 없고 시아버지가 안 벌어줘서 하나도 없다고... 현재 시누가 미용실을 해서 시부 애들 봐주고 50만원 받고 있거든요. 작은시누 작년 겨울에 결혼해서 축의금 받은 거 있을 텐데... 다 쓰고 없다네요. 작은시누도 본인 준비 다해서 시어머니가 해준 거 없는 걸로 알고 있는데... 저희 시어머니 지금 56세입니다 시아버지 58세이구요. 젊지 않습니까? 저희 친정 부모님 저희 잘 살라고 무지 도와주었습니다. 결혼해서 애들 보험이며 차 보험 온갖 세금 차 수리비 반찬은 당연한 거고 애들 아빠 옷도 부지기수로 사주고 첫애 태어났을 때도 캠코더하고 작은애 낳기 전 이사 갈 때도 각종 살림에 에어컨 싱크대도 해주고 돈도 무이자로 빌려주고... 그렇다고 친정 부모님이 돈이 많으신 건 아닙니다. 지금까지(시어머니랑 동갑) 막일하며 한 푼 두 푼 모아서 저희 도와줍니다. 저 그거 보기 싫어서 하지 말라고 해도 요즘세상 부모가 안 도와주면 일어서기 힘들다고 본인 힘들어도 우리 잘 사는 거 보고 싶다고 아끼고 살라며 아픈 몸 오늘도 일터로 가서 벌고 우리 도와줍니다. 친정아버지 암에 걸려서 5천만원정도(보험 없어서) 쓸 때도 우리한테 10원짜리 한 장 안 받으시고 본인 힘으로 해결하셨는데 시어머니 돈 300백 만원이 없다고 자식들 바라봅니다. 시아버지는 부지런한 사람인데... 시어머니 벌어주면 족족 쓰고 놀러 다니는 거에 지쳐서 일 안하시는 걸로 판단됩니다. 그래도 시아버지는 생각 자체가 우리 부모님이랑 같아서 고마운 생각이 드는데... 이대로 앞으로 우리 살기도 바쁜데 울시어머니 도와주고 보험부터 다시 넣어야 되며 용돈은 물론 생활비까지 주면 우리는 어떻게 되는지 앞으로 내 새끼들한테도 돈이 무지 들어갈 텐데... 앞이 막막합니다. 제가 부업으로 돈은 좀 벌었습니다. 물론 그 돈도 친정에서 빌려줘서 굴린 건데 울시어머니 돈 벌었으니 자기 도와달랍니다. 울엄마 고생해서 번 돈 결국 시어머니 도와준다고 생각하니 신랑도 밉고 싫고 이혼만 생각나네요. 신랑이 시어머니한테 노후 대책 하시라고 우리는 앞으로 도와줄 수 없다고 자신도 아내랑 자식이 있으니 아직 젊으니 시어머니 노력으로 보험이고 노후대책 하라고 시킨다지만 시아버지도 포기한 사람 육십 평생을 그렇게 쓰며 살아온 사람 고쳐질까요? 얼마 전 작은시누도 시어머니의 씀씀이 때문에 대판 싸웠다는 소리를 들었는데... 울 신랑 착실한 사람이고 맘 넘 고운 사람이라 시어머니한테 큰 소리 한번 쳐본 적 없는 사람인데... 제가 심각하게 이혼을 생각하고 있는 걸 알고는 저를 붙잡네요. 저 또한 착한 며느리 되고 싶지도 않고... 내 생각이 틀린 건지... 다들 참고 시어른들에게 용돈 주고 보험 넣어 주는데 저만 유난 떠는 거 아니지요? 맘이 무겁습니다.

사례4)에서는 시어머니의 낭비벽이 문제가 되고 있다. 결혼 전 신랑은, 자신이 어릴 때 장사를 하다 망해 집에 빚이 있다고 했고 글쓴이는 그런 줄로만 알았다. 그런데 시아버지가 시어머니의 씀씀이 때문에 집안에 빚이 있다고 하고, 며느리 또한 시댁에 방문할 때마다 시어머니의 씀씀이가 눈에 보인다. 시어머니는 경제활동은 전혀 하지 않고 놀러 다니며, 화장품은 방판용으로 구색까지 맞춰놓고, 텔레비전에서 좋다고 떠들면 그 물건은 꼭 시댁에 있다. 그런데 문제는 나중에 집안에 일이 터지면 자식들이 해결을 하라며, 돈을 요구하신다. 며느리는 본인이 힘들어도 일터로 나가, 자식들에게 한 푼이라도 보태주려는 친정부모와 시어머니가 비교가 돼 시어머니를 이해할 수 없다. 육십 평생을 그렇게 살아왔고, 시아버지도 포기한 시어머니의 낭비벽을 고칠 수 없다는 생각에 며느리는 심각하게 이혼을 고려하고 있다.

사례 5 고부갈등 해결책 솜... 저는 남편입니나

저희 어머니는 좀 유별난 분입니다. 세상 보통 부모님들은 자식들에게 뭐라도 하나 더 주려고 하신다지만 저희 어머니는 뭐라도 하나 더 내놓으라고 하시는 분이시죠. 이거 때문에 어머니와 많이 다투었고, 심지어 한 3년 정도 인연을 끊고 산 적도 있습니다. 인연을 끊고 사는 동안 결혼을 할 사람을 만나게 되었습니다. 그런데 어머니에게 소개시켜드리고 싶지는 않았어요. 어머니의 나쁜 모습들에 실망해서 이 사람이 저를 떠날까 걱정됐었거든요. 그래도 결혼을 준비하다보니 얘기를 안 드릴 수는 없겠더라구요. 그래서 연락을 드렸고, 상견례를 거쳐 와이프와 어머니도 서로 알게 되었죠. 그리고 1년 정도 교류가 이어지면서 와이프가 많이 힘들어하더군요. 저희 부부가 집을 사려고 매달 적금을 붓고 있어, 맞벌이를 하는데도 용돈을 많이 못 드리고 있는데, 하루는 이모를 통해 용돈을 좀 더 많이 달라고 압박해 오시더라구요. 그뿐만이 아니라 매달 용돈을 드릴 때마다 "적다" "더 달라" "너희가 좀 아껴라" 이렇게 얘기를 하시니 처가보다도 용돈을 많이 드리고 있는데도 점점 요구가 많아지는 시어머니에게 와이프가 점점 지쳐가는 게 눈에 보였습니다. 마음이 떠나니 티를 안내려고 노력을 한다고 하는데도 와이프가 시어머니께 하는 안부전화가 줄어들었나 봅니다. 그러자 어머니는 저에게 잔소리를 하기 시작했습니다. 며느리가 요즘 통 전화가 없다면서... 그래서 제가 요즘 일주일에 전화 몇 번 정도 드리느냐고 와이프에게 물어봤는데, 여기서 와이프가 그만 폭발하고 말았네요. 그동안 누르고 눌러왔던 불만이 있었는데, 제가 전화 몇 번 드리느냐는 말이 지금까지의 노력에 더해서 좀 더 노력해달라는 말로 들렸나 봐요. 제 의도는 그런 게 아니었고 그저 진짜 횟수가 달라졌는지 여부만 좀 알고 싶었던 건데... 역지사지로 만약 와이프가 저한테 같은 질문을 했다면 저는 아무런 부담 없이 이틀에 한번 정도 전화 드리고 있다고 말했을 거였거든요. 와이프가 너무 서러워하니까 저는 당황했고 얼른 달래주려고 했는데 이번에는 쉽게 가라앉지가 않더라구요. 그래서 이젠 저한테까지 찬바람이 쌩쌩 불고 있네요. 저는 와이프가 계속 이렇게 힘들어한다면, 어머니와 인연을 다시 끊을 수도 있다고 생각해요. 하지만 극단적인 상황에 가기에 앞서 이 문제를 해결할 다른 현명한 방법은 없는지 알고 싶네요. 참고로 어머니와 대화로 어머니를 바꿔보려는 시도는 정말 오래전부터 해왔지만 안 바뀌시더라구요. 모쪼록 지혜를 좀 나누어주시길 바랍니다. 감사합니다.

사례5)는 자식에게 돈을 요구하는 시어머니가 문제가 된 경우이다. 남편인 글쓴이는 뭐라도 하나 더 내놓으라는 어머니에게 질려 3년 정도 인연을 끊었고, 결혼을 준비하면서 다시 관계를 맺게 된다. 집을 사기 위해 적금을 붓느라 상황이 힘든데도 어머니는 용돈을 더 달라고 하고, 점점 요구가 많아지는 시어머니에게 아내는 지쳐갔다. 며느리의 안부전화가 줄자 어머니는 글쓴이에게 잔소리를 하고, 남편은 단지 안부전화의 횟수가 줄었는지 알고 싶은 마음에 아내에게 물어봤는데, 아내의 그동안 쌓였던 불만이 폭발하고 만다. 아내가 너무 서러워하니 글쓴이는 당황했고 달래주려고 했지만, 아내는 찬바람만 쌩쌩 분다. 남편은 아내가 힘들어 한다면 어머니와 인연을 다시 끊을 수도 있다고 생각하면서, 문제를 해결할 방법을 찾고 있다.

사례1>~사례5>는 시어머니의 성격이나 생활습관이 문제가 되고 있는데, 사례1>에서는 시어머니의 변덕스러운 성격과 화법이, 사례2>에서는 시어머니의 지저분한 생활습관이, 사례3>에서는 며느리의 물건을 다 자신의 것이라고 생각하는 시어머니의 태도가 문제가 되고 있다. 또 사례4>에서는 시어머니의 낭비벽이, 사례5>에서는 아들 형편을 생각하지 않고 돈을 요구하는 시어머니의 태도가 문제가 되고 있다.

설화 [도둑질하지 않는 도둑 며느리]에서 며느리는 시어머니의 도둑질 하는 습관을 고치고 있는데, 사례들에서 시어머니의 지저분한 생활습관이나 시어머니의 낭비벽은 딱히 며느리가 아니더라도 주변 사람들을 위해 고쳐야 될 생활습관이다. 또 시어머니의 변덕스러운 성격이나 화법, 며느리 물건을 본인 것으로 생각하는 태도, 아들 형편을 생각하지 않고 돈을 요구하는 시어머니의 태도 역시 주변 사람들을 피곤하게 하는 잘못된 행동이다. 시어머니의 낭비벽으로 인해 돈이 필요하다든가, 형편에 맞지 않게 시어머니가 돈을 요구할 경우, 며느리는 단호하고 냉정하게 시어머니의 요구를 거절할 필요도 있다. 또 시어머니의 지저분한 생활습관이나 시어머니의 변덕스러운 성격이나 화법, 며느리의 물건을 본인 것으로 생각하는 태도 역시 그것으로 인해 며느리 혹은 주변 사람들이 불편한 부분을 이야기함으로써 고쳐나갈 필요가 있다. 특히 지저분한 시어머니의 생활습관은 가족들의 건강과도 직결되는 문제이다. 그러므로 가족들에게 해(害)가 되는 부분을 집어줌으로써 시어머니의 개선을 유도할 필요가 있다.

다음으로 살펴볼 사례들은 시어머니의 막말이 문제가 되어 며느리와 갈등이 유발된 경우이다.

사례 6 시어머니의 말

일단 저의 시어머니는 결혼 전에는 외아들이고 외며느리이니 더욱 귀하다 하며 다정하게 해 주는 사람이었습니다. 그런데, 결혼을 하고 얼마 안 있어 멀리 살아 얼굴보기가 힘들었던 외갓집 사람들과 볼 일이 있었습니다. 며칠, 몇 시에 어디로 간다 대화를 하던 도중에 시어머니가 제 손을 잡으면서 "외갓집 식구들은 나를 포함해서 인물들이 좋아도 너무 좋아서 다들 인물값 하느라 고생들이 많았지만, 진짜 인물 하나는 너무 좋단다. 근데, 너를 보고는 얼마나 놀라겠니? 태어나서 눈 뜨고서부터 인물 좋은 사람들끼리만 살아 버릇해서 못 생긴 사람을 보면 놀래지, 안 그러니? 사람들이 착해서 확 티를 내지는 못해도 심장이 떨 거야, 아마. 그치만, 아가. 엄마가 사랑하는 거 알지? 그렇게 아무리 메주같이 생겼어도 다 제멋에 사는 거여. 그리고 엄마가 사랑해 주니까. 절대로 절망하면 안 된다. 용기를 잃지 마라. 타고난 인물을 어쩌겠니? 누구는 이쁘구 싶어서 이쁜가? 우리처럼 이쁘게 생겨가지고 인물값을 하느라구 얼마나 고생들을 하냐? 그런 것보다, 너처럼 메주같이 생겨야 부모복도 많은 거잖아. 그러니 잔칫날 사람들이 보고 쑥덕거리더라도 울거나 하면 안 돼. 알았지?" 이러면서 줄줄 떠드는데, 기가 차서 할 말을 잃었습니다. 저는 특별히 빼어난 미모는 아니어도, 회사에서 모델로 뽑힐 정도는 되구요. 몸무게는 45킬로를 넘은 적이 없어요. 게다가 시어머니네 사진을 보니 배가 볼록 나오고 숏다리인 체형들이네요. 전 일단 외모에 대한 칭찬마저 별로 좋아하지 않습니다. 외모에 대한 언급 자체를 안 좋아하는 성격이고, 외모에 대한 언급을 안 하는 것이 예의라고 친정에서 배웠습니다. 눈만 뜨면 살살 아들 꼬이고, 저를 살살 건드려서 돈 뜯어가는 취미를 가진 안 그래도 미즈넷에 그 돈 때문에 글 한번 올리려고 했는데 이런 내용으로 올리게 되네요. 더 많은 이야기가 있지만 일단 오늘은 이만큼만 올리려구요. 읽어 주셔서 감사합니다.

사례 7 시어머니의 막말...

전 결혼 5년차 직장맘입니다. 저희 시어머니의 막말 때매 상처를 받고 살고 있습니다. 사사건건 뭐든지 트집만 잡으시고... 저보고 얼굴이 노안이라고 하고, 신랑이 10대 때부터 예쁘고 날씬한 여자를 달고 다녔다고 하고... 통장 잔고 보여주라고 하고. 진짜 어찌 대처 할까요?? 그래도 어른이라고 막말 한 번 안하고, 어른 대접해 드렸더만... 더 하시는 듯한데요..ㅜㅜㅜ 대처방법 좀 알려주세요... 진짜 싫어요.

사례 8 어머님... 저 다리도 길어요...

임신 21주차 입니다. 첫아기이고 원래 제가 키가 172에 상체에 살이 없어서 그런가... 티 나게 배가 나오지는 않았습니다. 시어머님께서는

> 보실 때마다 배를 만져보시고 "넌 허리가 길어서 배가 많이 안나오나보
> 다~" 라고 하시네요. 보실 때마다 허리가 길어서. 허리가 길어서. ㅜㅜㅜ
> 결혼 전 한복 맞추러 갔을 때도 어머님과 어머님 친구 분이 저를 위아
> 래로 스캔하시더니 "허리가 길어서 키가 큰 거구나" 하셔서 빈정 상했
> 었는데... 흑... 어제도 사람들 다 있는데 그러시고... 방금 전에도 제 배를
> 만지시며 허리가 길어서 배가 안 나와 보인다 하셔서 저 혼자 작은방에
> 찌그러져 미즈넷 하고 있습니당. 어머님... 저 다리도 길어요.ㅜㅜㅜ

사례6)~사례8)은 며느리의 외모를 비하하는 시어머니의 막말이
문제가 되고 있는데, 사례6)에서 시어머니의 외갓집 사람들과 보기로
한 날, 시어머니가 며느리의 손을 잡으며 "외갓집 식구들은 나를 포함
해 인물들이 너무 좋다며, 너를 보고는 얼마나 놀라겠냐?"고 한다. 그
러면서 "아무리 메주같이 생겼어도 다 제멋에 사는 거라며, 용기를 잃
지 말라."고 하고 며느리는 시어머니의 말에 할 말을 잃는다. 사례7)
에서도 시어머니는 며느리에게 노안이라고 하며, 사례8)에서는 시어
머니가 며느리에게 허리가 길어서 키가 크다, 허리가 길어서 임신을
했어도 배가 안 나온다고 하고, 며느리는 허리가 길다는 시어머니의
말에 빈정이 상한다.

사례 9 ▐ 며느리에게 멍청하다고 말하는 시어머니

> 주말에 시댁에 갔는데... 거기서 대화 도중에 제가 남편의 말을 잘못
> 듣고 엉뚱한 소리를 하니 시어머니가 저보고 멍청하다고 하시네요. 그
> 때 남편은 옆에서 가만히 있었구요. 집에 와서 이것 때문에 싸우면서

제가 시어머니보고 그 분이라는 호칭을 쓰면서... 어떻게 그 분은 며느리에게 그런 말을 사용 하냐고 남편에게 뭐라고 하니, 남편은 그 말에 시어머니에게 그 분이라니... 하면서 뭐라고 하네요. 너무 짜증나고 화가 나네요. 당신 어머니께서 그 분이라는 말도 못하게 하면서 제가 멍청하다는 소리 듣는 건 아무렇지도 않은가 보네요. 이 짜증나고 속상한 마음을 어떻게 풀면 좋을까요~?

사례 10 며느리에게 막말하시는 시어머니...

어제 저녁에 시댁에 저녁을 먹으러 갔었습니다. 회사 끝난 후 시댁에 도착해서 아버님이 아직 회사에서 퇴근을 안 하셨길래 전화를 했죠. 어디시냐고... 그랬더니 밖에서 친구분하고 만나고 계시다고 하시더라고요 금방 갈 거니까 기다릴 거냐고... 그래서 그러겠다고 했죠. 아버님이 저희가 오는 걸 너무 좋아하셔서... 남편과 저는 저녁을 먹었구요... 기다려도 아버님이 안 오셔서 낼 출근도 해야 하고 해서 시어머님이 얼른 가라고 하시더라구요. 그래서 아버님께 간다고 전화는 드려야 할 것 같아 전화를 드렸어요. 지금 어디시냐고... 했더니... 오고 계시는데 도착하시려면 1시간은 더 있어야 하신다면서... 시어머님은 전화 끊고 얼른 가라고 통화 하는데 옆에서 "멍청하게 그냥 가지 전화 했다"면서 저보고 생각이 없다시네요. 근데 평소에 그런 말씀을 잘 하시는데 오늘따라 기분이 너무 좋지 않았습니다. 평소에도 그런 말씀 하시면 기분은 좋지 않았지만 그냥 넘어가곤 했거든요. 그런데 이제는 그냥 있음 안 될 거 같은데... 어머님께 어떻게 말씀을 드려야 할지 기분 나쁘시지 않게 어떻게 말씀 드리면 좋죠???

사례 11 **나보고 잡피래 헐~**

> 항상 막말 작렬하시는 울 시어머니 울 큰애 앞니가 과잉치로 유치 빼고 네 개가 자라고 있다 길래 과잉치라는 거 들어본 적도 없고 걱정되기도 해서 시어머니한테 어머니 큰애가 과잉치라네요 했더니 어머니 하시는 말... 별 잡피가 섞이더니... 참... 이러시는--;; 헐 잡피라니... 이런 상스럽고 무식한 발언을 며느리에게 하다니 순간 멘붕이 오더라고요. 그 사이 어머니는 쌩 가버리시고... 우리 명문은 아니지만 다들 삼남매 골고루 잘 컸다고 부러워들 하던데 내가 알기론 어머니 쪽 정말 아닌데 ㅋ 그런데 이번 김장 때 울 신랑 자기도 모르게 나온 말... 엄마나 앞니 위에 나왔던 이 과잉치였던 거지? 시엄니 왈 그렇지 그게 과잉치였나봐 헐~ 할 말 없다. 잡피... 순진하게 잘해야지 했었던 마음 이제 하나씩 접혀 거의 남아있지도 않고 자기 대접 자기가 받는 거라는...

사례9)~사례11)에서도 시어머니의 막말은 문제가 되고 있는데, 사례9) 사례10)에서 시어머니는 며느리에게 멍청하다고 하고, 시어머니의 말에 며느리는 속이 상하고 짜증이 난다. 사례11)에서는 아이의 치과진료 후 며느리가 시어머니에게 아이가 과잉치라는 이야기를 하자, 시어머니는 "별 잡피가 섞이더니"라고 말을 한다. 며느리는 자신의 집안을 '잡피'로 표현한 시어머니의 상스럽고 무식한 발언에 기분이 상하고, 시어머니에게 잘하고 싶은 마음이 접혀 간다.

사례6)~사례11)은 모두 시어머니의 막말로 인해 기분이 상한 며느리의 글이다. 이 경우 며느리는 시어머니의 막말을 참고 있을 것이 아니라, 자신의 감정이 상했다는 것을 시어머니에게 표현할 필요가

있다. 이 경우 '나-전달법'은 며느리의 감정을 시어머니에게 효과적
으로 전달할 수 있는 방법이 될 수 있다.

　시어머니의 성격이나 생활습관이 문제가 되어 고부갈등이 일어
난 모든 사례들에서 또 하나 생각해볼 수 있는 것은 '서번트리더십
(servant leadership)'이다. 〈팔자요에 얽힌 설화〉에서 며느리는 시어
머니를 섬겨야 되는 입장이지만, 시어머니의 요구에 귀를 기울이고
그녀의 마음을 흡족하게 하며 그녀를 삶을 바꾸어가는 리더십을 발
휘하고 있다. 시어머니의 성격이나 생활습관에 문제가 있을 경우, 며
느리는 아랫사람으로서 묵묵히 입을 다물고 시어머니의 지시만을 따
를 것이 아니라 시어머니를 섬기면서 서번트리더십을 발휘해 그녀를
삶을 변화시킬 방도를 모색할 필요도 있다. 이 경우 무엇보다 시어머
니의 요구에 귀를 기울여 주는 것이 중요하며, 자신이 들어줄 수 있는
범위 내의 요구라면 기쁘게 수용해주는 것도 필요하다. 시어머니가
필요한 것을 들어줄 때, 시어머니에 대한 며느리의 지배력이나 장악
력 또한 증가할 것이기 때문이다. 이것이 진정한 서번트리더십이다.

7

시어머니와 며느리 간의 설전

구비설화를 활용한
고부갈등 상담 프로그램 개발

7
시어머니와 며느리 간의 설전

1) 고부갈등 양상과 해결방안

본 장에서 살펴볼 고부갈등 설화들은 시어머니와 며느리 간의 설전이 오가는 작품들이다. 여기서 설전이란 舌戰으로 고부간의 말다툼을 의미한다. 여기에 해당되는 설화군으로는 [말대꾸 잘하는 며느리] [며느리의 흉보다 더 큰 시어머니의 흉] [병 나았다고 하여 남편 좇지킨 아내]를 들 수 있다. 다음에서는 각 편들을 살펴보도록 하겠다.

먼저 [말대꾸 잘하는 며느리] 설화군이다. 이 설화는 『한국구비문학대계』에 12편이 수록되어 있는데, 대강의 줄거리는 다음과 같다.

(1)옛날에는 결혼을 시킨다 하면 부모들이 서로 청혼을 했다. (2)어떤 사람이 좋은 규수를 하나 구해달라고 친구한테 편지를 했다. 그래서 부탁을 받은 친구가 딸을 가진 친구한테 이야기를 하니 허락을 했

다. 그래서 사성(四星)을 보내라고 했다. (3)익년에 딸이 신행을 가는데 가마 문을 열어줘야 될 신랑이 도망을 가버려서 다른 사람이 열어주니 난쟁이만한 며느리가 나왔다. 시어머니가 어쩌면 저리 작을까라고 하니, 새댁이 절이 작으면 암자가 아니냐고 했다. (4)하루는 저녁에 달이 아주 밝았는데 마루 위에서 시끄러운 소리가 나는 것이었다. 며느리가 마루 위에 올라간 것이었는데, 며느리는 이 동네도 달이 있다며 신기해했다. 시어머니는 그런 며느리가 미워서 달 없는 동네가 어디 있냐고 하니 며느리는 키 큰 사람들이 다 따 먹고 없는지 알았다고 했다. (5)다음날 시어머니는 남편한테 가서 며느리를 도로 보내자고 했다. 도로 보내라는 승낙을 듣고 시어머니가 나오니 며느리가 어디 작답(作畓)했냐고 물었다. 시어머니는 며느리에게 무슨 작답을 하느냐고 호통을 쳤다. 며느리는 시어머니에게 밭을 논으로 바꾸는 작답을 했기에 보를 내어 물을 대려고 하는 것이냐며 "보 낸담서요? 날로 보낸담서요?"라고 따져 말했다. 시어머니가 며느리의 이마를 한번 쥐어박으니 면상을 친다고 하며, 분통같은 내 보지를 말코같이 째놓고 왜 이제 와서 보내느냐고 했다. (6)그래서 어처구니가 없어서 결국 보내지도 못했다.[1]

이 설화는 고부간의 말다툼을 보여주는 대표적인 작품이다. 어떤 사람이 친구에게 좋은 규수를 하나 구해달라고 부탁을 해 결혼이 성사되는데, 신행을 가는 날 가마문을 열어줘야 되는 신랑이 도망을 간다. 다른 사람이 가마문을 여니, 난쟁이만한 며느리가 나왔다. 시어머니가 어쩌면 저리 작을까라고 하니, 며느리가 절이 작으면 암자가 아

---

1) 『한국구비문학대계』 8-10, 167-171면, 의령읍 설화48, 바보 며느리의 기지, 남길우(남, 67)

니냐고 했다. 하루는 저녁에 달이 아주 밝았는데, 며느리가 마루 위에 올라가 이 동네도 달이 있다며 신기해했다. 시어머니는 며느리가 미워서, 달 없는 동네가 어디 있냐고 하자 며느리는 키 큰 사람들이 다 따 먹고 없는지 알았다고 했다. 다음날 시어머니가 남편에게 며느리를 도로 보내자고 했는데, 시어머니가 나오자 며느리는 어디 작답(作畓)을 했냐고 물었다. 시어머니는 며느리에게 무슨 작답을 하느냐고 호통을 치자, 며느리는 시어머니에게 밭을 논으로 바꾸는 작답을 했기에 보를 내어 물을 대려고 하는 것이냐며 "보 낸담서요? 날로 보낸담서요?"라고 따져 말했다. 이처럼 이 설화에서는 시어머니와 며느리의 말나툼이 잘 드러나고 있다. 실화에 따라서는 며느리가 말대꾸를 하는 대상이 시아버지인 경우도 있다.

다음으로 살펴볼 설화군은 [며느리의 흉보다 더 큰 시어머니의 흉]이다. 이 설화는『한국구비문학대계』에 3편이 수록되어 있는데, 대강의 줄거리는 다음과 같다.

(1)옛날에 한 시어머니가 며느리에게 머리 이를 잡아달라고 했다. (2)며느리가 시어머니 이를 잡고 있자 시어머니는 며느리에게 얘기나 하나 하라고 했다. 며느리가 얘기 할 것은 없고 자기가 시집 올 때 이웃 총각이 나는 어떻게 사냐고 하며 가마채를 붙잡아 가마꾼들이 몰아쳐서 왔다는 것 밖에는 모른다고 했다. 그러자 시어머니는 며느리가 총각을 좋아했으니까 그렇지 총각이 그냥 그럴 리 있냐며 새댁을 쫓아냈다. (3)새댁이 쫓겨나 서 있는데 이웃 아주머니가 보고 무슨 일이냐고 했다. 새댁이 자초지종을 말하자 이웃 아주머니는 댁의 시어머니는 옛날에 젊어서 북치고 조리 돌렸다며 아무 말 말고 들어가서 참고 살라고

했다. (4)며느리가 도로 들어오자 시어머니가 화를 냈는데 며느리는 어머니는 젊어서 북치고 조리도 돌렸다면서 가서 살라고 했다고 했다. 시어머니는 네 흉은 내가 덮고, 내 흉은 네가 덮고 그냥 살자고 했다.[2]

옛날에 한 시어머니가 며느리에게 머리 이를 잡아달라고 하며, 얘기나 하나 해보라고 한다. 며느리는 자기가 시집 올 때 이웃 총각이 나는 어떻게 사냐고 하며 가마채를 붙잡아 가마꾼들이 몰아쳐서 왔다는 이야기를 한다. 그러자 시어머니는 며느리가 총각을 좋아했으니까 그렇다며 며느리를 쫓아냈다. 이웃 아주머니가 며느리를 보고 무슨 일이냐고 묻고, 며느리가 자초지종을 말하자, 댁의 시어머니는 옛날에 젊어서 북치고 조리를 돌렸다고 말한다. 며느리가 도로 들어오자 시어머니가 화를 냈는데, 며느리가 시어머니의 과거 이야기를 하자 시어머니는 네 흉은 내가 덮고, 내 흉은 네가 덮고 살자고 한다. 여기서는 며느리를 트집 잡아 쫓아내려던 시어머니가 며느리에게 자신의 흉을 들키고, 서로의 허물을 덮기로 하는 것으로 이야기가 마무리된다.

〈얘기 좋아하다 망신당한 시어머니〉[3]에서도 시어머니에게 내쫓긴 며느리가 수심에 잠겨 있자 이웃 새댁이 당신의 시어머니는 서방질[4]을 해 큰 북을 졌다는 이야기를 해주고, 며느리의 말에 시어머니는 자신은 큰 북이 아니라 조그만 소고를 졌다고 이야기한다. 즉 시어머니

2) 『한국구비문학대계』 5-2, 393-394면, 윤주면 설화32, 며느리의 흉과 시어머니 흉, 백옥련화(여, 68)
3) 『한국구비문학대계』 5-2, 655-658면, 동상면 설화10, 얘기 좋아하다 망신당한 시어머니, 송만성(여, 76)
4) 자기 남편이 아닌 남자와 정을 통하는 짓.

는 며느리에게 자신의 허물을 들키고 망신을 당하고 있는 것이다. 〈며
느리 흉보려다 망신당한 시아버지〉[5]의 경우는 이야기 내용은 동일하
나, 시아버지가 아들에게 "며느리가 옆집 남자에게 팔목을 잡혔다"고
이야기하자, 아들은 "우리 어머니는 이전에 장자 집에서 소도 치고 장
도 치고 방구치고 놀았다"고 대응을 하며 이야기가 마무리 된다.

이처럼 이 [며느리의 흉보다 더 큰 시어머니의 흉] 설화군에서는
며느리를 망신 주려던 시어머니가 오히려 자신의 허물을 며느리에게
들키고, 망신을 당하는 것으로 이야기가 마무리 된다.

[병 나았다고 하여 남편 좆 지킨 아내] 또한 며느리들을 골탕 먹이
려던 시어머니가 오히려 며느리에게 당하는 것으로 이야기가 마무리
된다. 이 설화군은 『한국구비문학대계』에 8편이 수록되어 있는데, 대
강의 줄거리는 다음과 같다.

(1)세 아들을 둔 어머니가 살았는데, 처음에는 며느리들이 말을 잘
듣다가 점점 시일이 지나니 말을 잘 안 듣는 것이었다. 시어머니는 모
든 것들을 자기네 마음대로 하는 며느리들을 골탕을 먹이려고 갑자기
배가 아프다며 방바닥을 굴려 다녔다. (2)시어머니가 아프다고 하니
큰며느리가 어떤 약을 구해 와야 하느냐고 물었다. 시어머니는 망설이
다가 남의 것이 아닌 큰며느리 남편의 불알을 먹어야 한다고 했다. 큰
며느리는 남편이 병신이 되면 자기 신세가 우습게 될 것 같아서 승낙
할 수 없다고 하였다. 하지만 큰며느리가 아주 안 된다고는 못하겠어
서 자기 남편은 장자이니 둘째 아들의 불알을 드시는 게 어떠냐고 물

---

5) 『한국구비문학대계』 4-5, 200-201면, 부여읍 설화54, 며느리 흉보려다 망신당한
   시아버지, 박용애(여, 66)

었다. 시어머니는 알았다고 하며 둘째 며느리를 불러 오라고 했다. (3) 둘째 며느리가 오니 시어머니는 둘째 며느리 남편의 불알을 먹어야 한다고 했다. 둘째 며느리는 시어머니에게 어떤 것이든 해 줄 수 있지만 남편에 관한 일은 시어머니가 돌아가신다고 해도 해 줄 수가 없다고 생각했다. 하지만 그냥 거절하기도 안 되겠어서 둘째 며느리는 막내아들이 혈기가 왕성하니 막내의 것이 효과가 좋을 거라고 했다. 시어머니는 알았다고 하고 막내며느리를 부르라고 했다. (4)시어머니는 이전과 같이 행동하면서 막내며느리 남편의 불알을 먹어야 병이 낫는다고 했다. 막내며느리에게 얘기하니 자기는 결혼한 지 얼마 되지 않아 쓸데가 많이 있어 곤란하지만 다른 좋은 수가 있다고 했다. 시어머니가 무슨 방도인지 물으니 막내며느리가 시아버지의 불알은 이제 다 써서 무용지물이니 그것을 드시라고 했다. 이야기를 듣던 시어머니는 자기 영감 불알이 없어진다니 정말 큰일일 것 같아서 이제 병이 다 나았으니 아들 불알도 다 필요 없다고 하였다. (6)시어머니가 며느리들을 골탕 먹이려다가 오히려 자기가 당했다는 이야기이다.[6]

설화에서 세 아들을 둔 시어머니가 며느리들이 시간이 지날수록 말을 듣지 않자, 며느리들을 골탕 먹이려고 갑자기 배가 아프다며 방바닥을 굴러 다녔다. 큰며느리가 어떤 약을 구해와냐 되냐고 묻자, 시어머니는 큰며느리 남편의 불알을 먹어야 한다고 했다. 큰며느리는 남편이 병신이 되면 자기 신세가 우습게 될 것 같아서, 자기 남편은 장자이니 둘째 아들의 불알을 드시는 게 어떠냐고 물었다. 둘째 며느리

---

6) 『한국구비문학대계』 6-6, 433-436면, 자은면 설화7, 시아버지 붕알, 김기상(남, 62)

에게 둘째 며느리 남편의 불알을 먹어야 한다고 하자, 거절하기가 곤란한 둘째 며느리는 막내아들이 혈기가 왕성하니 막내의 것이 효과가 좋을 거라고 했다. 막내며느리 남편의 불알을 먹어야 한다고 하자, 막내며느리는 자기는 결혼한 지 얼마 되지 않아 쓸 데가 많이 있어 곤란하다고 하며, 시아버지의 불알은 이제 다 써서 무용지물이니 그것을 드시라고 했다. 시어머니는 병이 다 나았다고 했다.

이 설화는 며느리들을 골탕 먹이려던 시어머니가 거꾸로 며느리들에게 당했다는 이야기이다. 경우에 따라서는 의원이 병든 어머니의 약을 지어주며 좆 모가지[수수모가지]를 하나 넣어서 드리라고 하자, 좆 모가지를 성기로 알아들은 효자 아들들이 자신들의 성기를 베려고 하고 며느리들이 말리는 과정에서 시아버지의 성기를 베자는 말이 나오기도 한다. 시아버지의 성기를 베어 넣자는 말에 시어머니는 안 된다며 벌떡 일어난다.

이처럼 [말대꾸 잘하는 며느리] [며느리의 흉보다 더 큰 시어머니의 흉] [병 나았다고 하여 남편 좆 지킨 아내]에서는 시어머니와 며느리 간의 말다툼이 잘 드러나고 있다.

그렇다면 이러한 설화들에서는 어떻게 고부간의 문제가 해결되는 것일까?

[며느리의 흉보다 더 큰 시어머니의 흉]에서는 시어머니와 며느리가 오히려 공감대를 형성함으로써 원만한 고부관계가 형성이 되는데, 시어머니의 흉을 며느리가 알게 됨으로써 오히려 이 둘의 사이는 친밀해지고 있다. [병 나았다고 하여 남편 좆 지킨 아내]에서도 시작은 시어머니가 며느리들을 골탕 먹이기 위해 약으로 쓸 아들의 성기가

필요하다고 하지만, 결국 남편의 성기를 약으로 쓸 지경에 처하게 되자 시어머니는 벌떡 일어난다. 이처럼 시어머니가 벌떡 일어나는 것은 시어머니와 며느리들 사이에 남녀 간의 성(性)적 즐거움을 추구하고자 하는 공감대가 형성되어 있기 때문이다. 결국 고부간의 말다툼은 시어머니와 며느리 사이에 공감대가 형성됨으로써 원만한 고부관계로의 전환이 이루어지고 있다.

시어머니와 며느리는 여성이라는 공통점이 있으며, 며느리에게 아들이 있을 경우 자신 또한 시간이 흐르면 시어머니가 된다. 며느리가 시어머니를 같은 여성의 입장에서 이해하고 공감대를 형성한다면, 둘의 관계는 훨씬 친밀해지고 편안해질 것이다. [며느리의 흉보다 더 큰 시어머니의 흉] [병 나았다고 하여 남편 좆 지킨 아내] 설화에서는 이러한 부분을 지적해줄 수 있다.

2) 현대 고부갈등 사례에의 적용

본 장에서는 고부간의 말다툼으로 인해 갈등이 유발된 사례들을 살펴보고, 설화의 해결방안이 어떻게 적용될 수 있을지 논의해 보고자 한다.

사례 1 분가 섭섭함?

결혼 8개월 정도 시부모님이랑 같이 살다 분가 하겠다 했습니다. 이런저런 사정이 있지만 각설하고 분가 자체가 그렇게 화나는 일인가요?

시어머님께서 너무 화를 내시네요. 욕도 해가며 울기까지 하셨다고 뭐라시는데 분가하겠단 게 이 정도로 화나는 일인가요? 같이 산지 얼마 안 돼 그런 건가 싶다가도 이해도 안 되고 답답하네요. 음 아무래도 같이 사니 불편한 게 한두 가지가 아니더라구요. 그래서 분가 애길 했고 어머닌 며느리노릇 한번 제대로 안 해놓고 분가 한댔다고 화내신 거구요. 분가는 하기로 했습니다. 홧김인지 다신 안 본다며 분가 하라시더군요. 근데 년 들어가는 욕에, 시ㅇ년, 개 같은 ㅇ, 거지같은 ㅇ 등등 임신 3개월인 애까지 지우라 하셔서 정말 상처받았거든요. 그래서 앞으로 절대 시부모님 뵙기 싫다고 남편한테 애길 했는데 말도 안 되는 소리라며 시간 지남 괜찮아질 거라고 분가하고 잘 지내자고 하는데 될까요? 지금 남편이랑 연락을 안 하는 상태예요. 욕 들은 날 친정으로 왔거든요. 몇 년이 지나면 모를까 정말 뵙기 싫은데 답답하네요.

사례1〉은 분가로 인해 시어머니와 갈등이 생긴 상황이다. 8개월을 같이 살다가 분가를 하겠다고 하자, 시어머니는 온갖 욕을 며느리에게 하고 임신 3개월인 아이까지 지우라는 말을 한다. 며느리는 시어머니의 말에 상처를 받고 친정으로 왔고, 시어머니를 다시는 뵙고 싶지 않다는 아내의 말에 남편은 분가를 하고 잘 살면 괜찮아질 것이라고 아내를 달래고 있다.

사례 2 　시어머니와의 화해

작년 겨울 시어머니와 다툼이 있었습니다. 사정상 시댁에 들어가서 살게 되었구요. 제가 맞벌이를 해야 하는지라 애 둘은 도우미 분과 어린이 집에 보냈지만 저녁때 제가 오기 전까지 두어 시간 어머님이 봐주셨어요. 가끔 밤을 새워서 일할 때도 있었구요. 많이 힘드셨겠죠. 압니다. 그래서 일 끝나고 집에 오면 바로 애들 받아 보고 될 수 있으면 집안일도 나눠하고 노력하려 했습니다. 하지만 혼자 너무 힘들어 남편에게 집안일을 나누려고 하면 어머님은 손도 못 대게 이리저리 돌리시곤 했어요. 이렇게 소소한 부딪힘에 저도 지쳐갔어요. 옛날 분들이지만 나름 의식이 깨이신 분들이라 여겨졌는데... 저의 착각이었습니다. 저는 며느리였으니까요. 결국 시어머니는 저에게 가정교육 운운, 니가 벌어서 잘 먹고 잘 산다며 돈보고 시댁에 들어왔다는 등 해서는 안 될 말들을 뱉으셨고, 저 역시 꼭지가 돌아 참았어야 했는데 꼬박꼬박 제 의견을 다 말씀드렸어요. 어머니 더 열 받으셨겠죠. 서로 분가를 원했지만 저희 전세금을 고스란히 가져가신 후 일이 꼬였는지 다시 주시기가 곤란한 상황이 되셨고... 저희는 어쩔 수 없이 주저앉았습니다. 그 후, 9개월간... 저와 시어머니는 대화를 하지 않고 있어요. 중요한 얘기는 남편을 통해서 하고 있습니다. 어머니는 화가 나서 마음에도 없는 소리 좀 했기로서니 아랫사람이 돼서 꼬박꼬박 말대꾸 다하고 용서도 빌지 않는다며 아직도 화가 나신 것 같습니다. 저 역시 어머니를 뵐 때마다 잘해야지, 그래도 내가 며느리인데 싶다가도 어느 순간 그때의 모습이 다시 보일 때면 욱~ 하고 치밀어 말도 섞고 싶지 않습니다. 집이 너무 불편하고 마음도 아픕니다. 나름 괜찮은 고부관계였는데, 합가가 문제를 일으켰네요. 어떻게든 화해를 하고 싶다가도 다시 그때로 돌아가게 될까봐 겁이 덜컥 나고 또 사과도 제대로 받고 싶은데 이미 시간은 너무 지나버렸고... 저는 어머님이 미안하다 하신다면 그동안의 일들은 다 잊으려고 노력하고 싶습니다. 어떻게 무난히 둘 사이를 회복까지는 아니더라도 마음의 불편함을 덜 수 있을까요?

사례2)에서 며느리는 시어머니와 다툰 후 9개월 동안 한 집에 살면
서 대화를 하지 않으며, 중요한 이야기는 남편을 통해 하고 있다. 시어
머니는 화가 나 마음에도 없는 소리를 좀 했기로서니 아랫사람이 돼
서 꼬박꼬박 말대꾸 다하고 용서도 빌지 않는다며, 아직도 화가 나신
상태이다. 며느리 또한 내가 며느리인데 어머니를 뵐 때마다 잘해야
지 하다가도 어느 순간 그때의 모습이 다시 보일 때면 화가 치밀어 말
도 섞고 싶지 않다. 며느리는 마음의 불편함을 덜 방법을 찾고 있다.

사례 3 **시어머니와 화해 어떻게? 경험담 좀...**

결혼 14년차이고, 결혼하고 바로 시댁 들어가서 시어머니 시아버지
모시고 살았어요. 제가 꾹 참고 사는 성격이라 이번에 터진 것 같아요.
전 할 말 다 한다고 처음 제 주장을 했는데 모두 제가 대들었다고 하고,
원래 자존심 무지 세신 시어머니랑 저랑 같은 집에서 4개월째 말 안하
고 지내요. 저도 십 년 넘는 시집살이에 지친 거고... 시어머니도 자존
심 때문에 말 못하시겠죠. 저도 아직까지 수년간의 상처가 남아있어서
말하기 힘들지만 어쨌든 제가 아랫사람이니 숙여드리는 게 맞다고 봐
요. 근데 제가 여우같지를 못해요. 맘에 없는 말 못하고... 혹시 시어머
니랑 대판하시고 어떻게들 푸셨는지... 화해 하셨는지... 우리 시어머니
는 시간이 지나면 풀릴 분이 아니거든요. 너무 강해서 상대방이 꼭 숙
이지 않음 부러지시는 성격입니다... 괜히 말했다가 또 건성이네... 진심
아니네... 그러면 또 제자리 되니까... 뭐라고 말해야 풀릴지 경험담 좀
들려주세요... 결혼 14년차 시집살이 동안 우리 애들하고 우리식구들끼
리 밥 한 끼 편하게 못 먹고 순종한다 하고 시부모님, 시댁식구 위주로
말대꾸도 안하고 살았는데... 이제 더 이상 너무 힘들어서 다 들어줄 수

가 없어요. 그래도 남편 생각해서 풀어드려야 하는데 뭐라고 할까요? ㅠㅠ 제가 너무 어릴 때 시집 와서 아무 것도 모르고 그러고 살았네요.

사례3〉 또한 시어머니와 화해할 방법을 찾고 있다. 결혼 14년차로 결혼하고 바로 시댁 들어가서 시부모를 모시고 살던 며느리는 처음 자기주장을 했는데, 모두 며느리가 대들었다고 하고 시어머니는 며느리와 4개월 째 말을 하지 않는다. 시어머니는 자존심이 강한 분이고, 상대방이 숙이지 않으면 부러지는 성격이다. 며느리는 자신이 아랫사람이니 숙여드리는 게 맞다고 생각하면서도 어떻게 시어머니와 화해를 해야할 지 그 방법을 찾고 있다.

사례 4 임신초기 한약 부작용 걱정 한가득

제가 임신이 잘 안 되는 자궁 건강을 가진 터라 시어머님이 추천한 한의원에 30만원어치의 임신 잘 되는 한약을 두 달 치 지었습니다. 그리고 나서 한 달 째 마시고 있었는데 임신에 성공하였습니다. 절박유산기로 임신 6주 만에 하혈을 해 3박 4일 병원에 입원해서 절대안정을 취했고요... 여러모로 식겁을 한지라 태아가 잘못 될까봐 노심초사하고 있던 와중에 신랑이 한약 나머지 한 달 분 아까우니까 빨리 마시라고 한 것이 화근이었습니다. 산부인과 담당의사 선생님께 한약을 마셔도 되냐고 문의하니까 한약 성분을 알아오고 난 후 상의해서 마실지 말지를 결정하자는 것이었습니다. 그래서 청주에 계시는 시어머님께 한약 성분을 엊그제 여쭈었지요. 그랬더니 "너는 그렇게 의심할거면 아예 안 마시는 게 좋겠다. 그런 마음 상태라면 아무리 좋은 한약이라도 효과가 없을 테니 다 싱크대에 부어서 버려버려라." 대뜸 이렇게 짜증을 확 내시면서 말씀하시는 거였습니다. 제가 신혼 초고 임신 초기이고 조심해야 돼서 웬만하면 시어머님께서 말씀하시는 것에 반박하거나 섭섭해 한 적이 거의 없었습니다. 그런데 사람 마음이 또 다르더군요... 우선 네, 알겠습니다. 싱크대에 버리겠습니다 라고 대답하고는 한참을 생각해봐도 부아가 치미는데 이 마음을 이 새벽에 신랑이 잠에 취해 듣는지 마는지도 모르는 데 한참 시어머님께 섭섭한 이야기를 넋두리하듯 얘기하다가 가슴에 화병이 차오르는 것 같아서 지금 이 시간, 미즈넷에다 하소연을 하고 있네요. 아니, 아무리 옛날 분이고 시골 분이라도 그렇지, 요새 3살짜리 애기가 한약 잘못 마시고 탈모되었다는 뉴스를 보고 노파심에 여쭤본 것인데 한약 성분을 아는 것은 환자의 권리이고 물어보는 것 자체가 그 한의사의 명예를 실추시킬만한 전혀 근거 없는 상황에 시어머님께서는 저에게 다짜고짜 짜증을 내시는 겁니다. 아직 신혼 초라 늘 바보처럼 네네만 한 것이 잘못이었을까요? 연애 시절, 잘해주시던 천사 같던 남자친구 어머니께서는 사랑과 전쟁 드라마에 나오는 시어머니 저리 가라는 듯 아주 요새 툭하면 갱년기 짜증을 안정을 취해야하는 임신 초기인 저에게 하시는군요. 임신 때 섭섭한 건 평생 간다는데 저도 호르몬 탓이라도 하고 싶을 정도로 섭섭한 마음을 추스릴 여력이 없습니다. 어젯밤부터 신랑에게 대놓고 얘기했습니다. 당분간 어머님과 통화하고 싶지도 않고 상의도 하고 싶지 않다고요.

사례4)에서는 시어머니가 추천한 한의원에서 임신이 잘 되는 한약을 먹던 중 글쓴이는 임신을 한다. 절박유산기로 임신 6주 만에 하혈을 해 병원에 입원을 하고, 태아가 잘못 될까봐 노심초사하고 있던 와중에 신랑이 남은 한약이 아까우니 마시라고 한다. 산부인과 담당의

사 선생님에게 한약을 마셔도 되냐고 문의하니, 한약 성분을 알아오고 난 후 결정하자고 했고 며느리는 시어머님께 한약 성분을 물어본다. 그러자 시어머니는 그렇게 의심을 할 거면 안 마시는 게 좋겠다며 한약을 싱크대에 부어서 버리라고 했고, 글쓴이는 시어머니의 짜증 섞인 말에 화가 나 싱크대에 버리겠다고 이야기를 한다. 아무리 생각해 봐도 며느리는 시어머니의 말에 부아가 치민다.

사례 5　너무 화가 나네요

　　막내아들이 해외출장으로 아버지 제사에 참석하기 어렵다고 연락이 왔더군요. 그래서 알았다고 했지요. 남편 참석 못하는 시아버지 제사에 며느리를 오라고 해야 할지는 제가 결정할 일이 아니고 본인들이 알아서 할일이라고 생각했습니다. 큰아들, 큰며느리 모두 직장 다니기 때문에 제가 준비해두면 퇴근 후에 들려 얼른 제사 지내고 저녁 먹고 바로 보냅니다. 애들 와서 동생 찾길래 오늘 못 온다고 한다 하고 그렇게 보냈습니다. 근데 늦은 저녁, 막내아들이 집으로 왔더군요. 왜 왔냐고 하니, 당황하며 그냥 들렀다고 하더니 밥만 먹고 갔습니다. 알고 보니 둘째 며늘아이가 제사에 참석할거라고 했었나보네요. 그래서 데리러 왔는데 오지 않은 거죠. 다음날 둘째 며늘이 저에게 전화를 하여 친구가 갑자기 너무 아파 제사에 못 왔다며 아들에게 자기가 못 온다고 미리 연락을 했었다고 말을 해달라고 합니다. 못한다고 했지요. 시어머니한테 거짓말을 해 달라니요. 그랬더니 아들 흉을 봅니다. 자긴 제사 참석 못하면서 자기한테만 가라고 해놓고 급한 사정으로 못 갔는데 얘기는 들어보지도 않고 무작정 화를 낸다구요. 그 상황에 제가 며늘 편을 들어주기는 어렵더군요. 직장 다니며 바쁜 큰며늘은 항상 자기 할일이라고 생각하며 말려도 스스로 일을 찾아하는데 반해 둘째 아이는 어떻게 하면 빠져나갈까 고민하기 바쁘다는 걸 잘 아니까요. 너네 사정은 너 희끼리 알아서 해결하라고 했더니 어머님 아들이니 어머님이 해결해 주셔야죠 이러네요. 뭘 해결해 달라는 건지. 제가 정말 만만한 건지. 딸 아이면 말 좀 예의 차리고 하라고 혼이라고 내겠구만. 마음대로 말도 못하고. 속만 썩습니다.

사례5)는 며느리의 행동에 화가 난 시어머니의 글이다. 막내아들이 해외출장으로 아버지 제사에 참석하기 어렵다고 연락이 와 어머니는 알았다고 했고, 큰아들 부부와 제사를 지낸다. 근데 늦은 저녁에 막내 아들이 집으로 와서, 왜 왔냐고 하니 당황하며 그냥 들렀다고 하더니 밥만 먹고 갔다. 알고 보니 둘째 며느리가 제사에 참석할거라고 해 데리러 왔는데, 오지 않았던 것이다. 다음 날 둘째 며느리가 전화를 해 친구가 갑자기 너무 아파 제사에 못 왔다며, 남편에게 자기가 못 온다고 미리 연락을 했다는 말을 해달라고 하고, 시어머니는 며느리의 부탁을 거절한다. 큰며느리가 항상 자기 일을 스스로 찾아 하는데 반해, 둘째 며느리는 어떻게 하면 빠져나갈까 고민하기 바쁘다는 걸 알기에, 시어머니는 너희끼리 알아서 해결을 하라고 한다. 그러자 둘째 며느리는 어머님 아들이니 어머님이 해결을 해 달라고 하고, 이런 며느리가 시어머니는 무례하고 괘씸하다.

사례 6 며느리가 술 먹고 저한테 한 이야기 충격이네요

저는 교직을 정년퇴임하고 남편과 함께 시골에 귀농하여 밭을 일구고 있는 한 촌노입니다. 자식 아들 둘이 있고, 며느리 둘이 있지요. 큰

아들은 이미 10년 전 쯤에 결혼했고요, 막내아들은 올해 초 결혼하였습니다. 추석 때 왠지 뚱해있는 큰며느리를 보면서, 집에 새사람 들어오고 첫 명절인데, 왜 그렇게 표정이 어두운지, 궁금하더라고요 "며늘아, 어디 아픈 거냐? 왜 그리 표정이 어두우냐?" "안 아파요, 아무것도 아니예요" 며느리의 대답에서, 뭔가 제게 할 말이 있다는 것을 알았네요. 추석이 지나고, 큰며느리한테선 여지껏 한 번도 연락이 없었습니다. 어제까지, 분명 추석 때 무슨 일이 있구나, 아니면 우리 아들이 무슨 큰 잘못을 했는지 궁금하여, 큰 아들 녀석에게 전화해서 무슨 일이 있냐고 한번 다그쳐 보기도 했습니다. 큰 아들 녀석은 아무 일 없다며, 괜한 걱정 말라며 자기가 집사람에게 어머니한테 전화 한 번 드리라 하겠다고 하는 거예요. "혹시 너 바람 피거나, 처갓집에 잘못 한 거라도 있니?" "아니예요. 어머니, 그런 거 없어요. 바람 필 시간도 없어요" 저희 시골집이, 충북이고 큰아들네가 서울이니, 왕래도 자주 없어, 전화로 물어볼 수밖에 없었죠, 한편으로 걱정이 되기도 하고 그러다 어제 그 이유를 알았네요. 제가 큰며느리 눈치 본다고 큰며느리한테는 전화를 잘 안하는데, 추석 지나고 전화연락 한번 없는 게 이상하다 싶어, 전화를 걸었더니 큰며느리가 전화를 받더라고요. "어머니, 웬일이세요?" "잘지내냐? 니네 요즘 연락이 통 없어서, 궁금해서 전화를 걸었다" 목소리가 조금 꼬이는 게 조금 술에 취한 목소리 같아 보였어요. "어머니, 동서한테는 전화가 잘 와요?" 대뜸 그렇게 이야기를 하는 것입니다. "응...? 응?? 으음... 새아기한테는 전화가 자주오지..." 저도 조금 당황하여 그렇게 말을 했습니다. "네... 못난 며느리가 전화도 잘 안 드리고 죄송해요..." "아가, 회사 회식한다고, 조금 마셨나보구나, 어서 집에 들어가서 쉬어라" 이렇게 말하고 끊었습니다. 분명 새아기랑 큰며느리 간에 무슨 문제가 있다고 직감한 저는 비교적 가까운 거리에 사는 새아기랑 다음날 점심 약속을 잡았고 다음날 식사를 하면서, 꼬치꼬치 캐 물었죠. 처음에 말하기를 주저하던 작은며느리는 제가 계속 캐 묻자 결국 입을 열더군요. 작은며느리의 말은 이랬습니다. 작은아들 결혼할 때, 저희가 집 사는데 2억원을 주었습니다. 작은며느리가 착실해, 직장생활하면서 돈을 모았는데, 작은며느리 돈 1억5천을 낸다고 해서, 작은아들이 작은며느리보다 더 적은 돈을 낼 수 없다는 생각에 제 퇴직금에서 일부를 작은아들 집사는데 보태어 주었죠. 그 이야기가, 큰며느리 귀에 들어간 것 같았습니다. 결혼 전부터 큰며느리가 작은며느리 될 애한테 집은 어떡하기로 했어? 누가 얼마나 내기로 했어? 이렇게 계속 물었답니다. 그래서 한번은 제가 돈이 주기로 결정되고 나서, 그 이야기를 큰며느리한테 했다고 하더군요, 큰며느리가 그 이야기를 듣고 얼굴이 붉어질 정도로 억울해 했다고 하더군요... 사실, 우리 둘째 애가 공부를 오래하는 바람에, 돈을 벌 지도 못했고 또 집구하는데, 여자 쪽에서 1억 5천을 낸다고 하니, 남자 쪽 입장에서도 아들 둔 부모 마음에, 그렇게 할 수 밖에 없었습니다. 물론 큰애가 억울해 할 수도 있는 부분이고 이해는 갑니다. 그러나 큰 애가 결혼할 때 2003년도니까, 11년 전, 큰애는 그동안 모았던 돈이랑, 저희가 집구하라고 준 돈 8000만원으로 전세 집을 구해서 신혼살림을 했죠. 또, 큰애 결혼 때는 집 전세값을 우리 쪽에서만 부담을 했고요 물론 8000만원하고 2억원의 금액 차이는 있습니다. 하지만 10년 전 이야기이고, 그때는 제가 줄 수 있는 돈도 없었고, 지금이야 퇴직금이 생겨, 그 돈으로 둘째 애 집값을 보탤 수 있었던 거지요. 저는 조금 황당합니다. 이 일이 과연 며느리 입장에서 심하게 억울할 일인지 그래서 시댁에 전화도 안하고 명절 때, 시어머니를 봐도, 어두운 표정으로 퉁명스럽게 대하고 표면적인 대화만 할 이유인지...

사례6〉 또한 시어머니가 작성한 글이다. 아들이 둘 있는데, 큰아들은 10년 전에 결혼을 했고 막내아들은 올해 초 결혼을 했다. 추석 때 뚱해 있는 큰며느리가 뭔가 할 말이 있어 보였고, 추석 이후 큰며느리에게서는 전화가 없다. 걱정이 된 시어머니는 아들에게 전화를 하고, 아들은 아무 일도 없다고 한다. 큰며느리와의 통화에서 작은며느리와 큰며느리 간에 무슨 문제가 있다고 직감한 글쓴이는 작은며느리를 만났고, 큰며느리가 뚱해 있었던 이유가 돈 때문이었음을 알게 된다. 큰아들 때는 아들이 모았던 돈과 시댁에서 보태준 8천만원으로 집을 얻은 반면, 둘째 아들의 경우는 며느리 쪽에서 1억 5천을 낸다고 해 시댁에서 2억을 보태주었고, 그 사실을 큰며느리가 알고는 얼굴이 붉어질 만큼 억울해 했다는 것이다. 시어머니는 이게 큰며느리가 심하게 억울해 해야 되는 일인지 좀 황당하다.

사례1〉~사례6〉은 현재 고부간의 문제로 인해 마음이 좋지 못한 며느리, 시어머니의 글이다. 사례1〉에서는 아들 내외가 분가를 한다는 말에 흥분한 시어머니가 며느리에게 막말을 하고 며느리는 친정으로 온 상태이다. 사례2〉는 사정상 시댁에서 살던 며느리가 시어머니와 부딪혔고, 9개월 동안 한 집에서 말하지 않고 지내는 중이다. 사례3〉도 십년 넘는 시집살이를 하던 며느리가 시어머니와 부딪혔고, 며느리는 자존심 강한 시어머니의 마음을 어떻게 풀어드려야 하나 고민이다. 사례4〉에서는 임신초기 며느리는 시어머니에게 한약성분을 묻고, 며느리의 의심이 못마땅한 시어머니는 싱크대에 부어 버리라고 하며, 고부간에는 갈등이 유발된다. 사례5〉와 사례6〉은 시어머니의 글로 사례5〉에서는 시아버지의 제사에 참석하겠다고 남편에게는 얘기하고, 실제로는 오지 않은 며느리가 문제가 되며, 사례6〉에서는 동서가

집을 얻는데 시댁에서 2억을 보태준 것을 알고 억울해하는 큰며느리
가 못마땅한 시어머니의 글이다.

이러한 사례들에서 글을 작성한 며느리나 시어머니는 모두 문제가
발생한 이유가 상대방 때문이라고 생각하고 있다. 그런데 이들이 작
성한 글을 객관적으로 읽다보면 상대방을 이해할 수 있는 여지도 보
인다. 사례1〉에서 며느리가 욕을 하고 울기까지 하면서 분가를 거부
하는 시어머니의 마음을 한번 헤아려봤으면 어떨까? 사례2〉에서 맞
벌이를 하는 며느리를 대신해 아이 둘을 키워준 시어머니의 마음을
헤아려봤으면 어떨까? 사례3〉에서 십여 년을 꾹 참고 살던 며느리가
갑자기 지기 할 말을 다하며 대들었을 때 시이미니의 기분은 어땠을
까? 사례4〉에서 화가 나 한약을 싱크대에 부어버리라고 한 말에 알겠
다고 대답한 며느리를 바라보는 시어머니의 마음을 어떠했을까? 사
례5〉에서 정말 막내며느리에게 급한 사정이 생겼던 것은 아닐까? 사
례6〉에서 자신에게는 집값으로 8천만원을 주고 동서에게는 2억을 줬
다는 이야기를 들은 큰며느리의 마음은 어땠을까? 헤아려봐 줄 필요
가 있다. 물론 헤아려 봐도 이해가 되지 않고 화나고 속상하고 괘씸한
부분도 분명 존재할 것이다. 그러나 서로가 상대의 마음을 헤아려본
다면 고부갈등이 풀어질 여지 또한 생겨날 것이다.

며느리와 시어머니는 여성이라는 공통점이 있으며, 아들을 가진 여
성일 경우 시간이 흐르면 자신 또한 시어머니가 된다. 현재는 며느리
와 시어머니라는 입장차가 있지만, 동일한 처지이기에 며느리와 시어
머니는 공감대가 형성될 수 있는 가능성 또한 높다. [며느리의 흉보다
더 큰 시어머니의 흉] [병 나았다고 하여 남편 좇 지킨 아내] 설화는
고부관계에서 이러한 부분을 지적해줄 수 있는데, 서로를 같은 여성

의 입장에서 이해하고 공감대를 형성한다면 고부관계는 훨씬 친밀해
지고 편안해질 것이다.

8

효부 만들기

구비설화를 활용한
고부갈등 상담 프로그램 개발

8
효부 만들기

1) 고부갈등 양상과 해결방안

본 장에서 살펴볼 설화군은 불효하는 아내를 기지(奇智)를 사용해 효부로 만드는 남편들의 이야기 [내다 팔려고 시부모 살찌운 며느리] 와 불효하는 며느리를 개심하게 만드는 시어머니의 모습이 드러난 [며느리 자랑하여 효부 만든 시어머니][1]이다.

먼저 [내다 팔려고 시부모 살찌운 며느리] 설화군부터 살펴보기로 하겠다. 이 설화는 『한국구비문학대계』에 47편이 수록되어 있는데, 대강의 줄거리는 다음과 같다.

---

1) [며느리 자랑하여 효부 만든 시어머니] 설화군의 경우, 필자가 참조한 『문학치료 서사사전』에는 설화군의 제목이 [며느리 자랑하여 효부 만든 시아버지]로 나오나 본 장에서는 시어머니가 나오는 설화만을 대상으로 했기에 편의상 설화군의 제목을 [며느리 자랑하여 효부 만든 시어머니]로 변경하였다.

(1)옛날에 과부가 아들 하나를 곱게 키워 장가를 들이게 되었다. (2)
그런데 과부는 아들을 장가보내고 나서도 아들과 같이 잠자고 같이 밥
을 먹으려고 해서 며느리가 시어머니를 미워하지 않을 수가 없었다.
(3)아들은 어머니와 부인의 사이를 좋게 하려고 고민을 하였다. 그러
다 하루는 아들이 고기를 잔뜩 사서 집에 왔다. (4)남편은 부인에게 장
에 가보니 과부를 파는 과부시장이 섰는데 통통하게 살이 찐 과부는
논 열 마지기 값을 쳐주더라고 하였다. (5)부인은 미운 시어머니도 없
애고 땅도 살 수 있는 일석이조의 좋은 기회라고 생각하여 그 날부터
시어머니를 잘 봉양하였다. (6)시어머니는 처음에는 며느리가 무슨 꿍
꿍이로 그러는가 싶어 미워했지만 하루 이틀이 지나도 계속 며느리가
잘해주니 사이가 좋아지게 되었다. (7)한번은 시어머니가 며느리에게
욕 봤다면서 같이 밥을 먹지 않으면 자기도 먹지 않겠다고 하여 며느
리는 시어머니의 마음을 상하지 않게 하려고 같이 먹다보니 자연스레
정이 들었다. (8)그렇게 한지 반년이 지나고 남편이 부인에게 어머니
를 과부시장에 팔자고 하자 부인이 아예 일 년을 채우자고 하였다. (9)
일 년이 지나자 부인은 남편에게 부모를 시장에 내다 판다는 것이 말
이 되느냐고 화를 내면서 가난하게 살지언정 남편의 말을 들을 수 없
겠다고 하였다. (10)그렇게 남편이 부인의 습관을 바꿔서 가정을 화목
하게 만들었다.[2]

옛날에 과부가 아들 하나를 곱게 키워 장가를 들였는데, 결혼 시킨
이후에도 아들과 같이 잠자고 같이 밥을 먹으려고 해 며느리가 시어
머니를 미워하지 않을 수가 없었다. 홀어머니에 외아들은 미혼 여성

---

2) 『한국구비문학대계』 6-11, 308-313면, 이양면 설화21, 효자 이야기, 최영선(남,
60)

들이 배우자감으로 기피하는 대상이다. 왜냐하면 시어머니와 남편이 밀착될 가능성이 커서, 며느리가 가정 내에서 자신의 자리를 잃어버릴 가능성이 높기 때문이다. 설화에서의 시어머니 또한 아들을 결혼시킨 이후에도 아들과 같이 자고, 같이 밥을 먹으려고 해 며느리는 시어머니를 미워하게 된다. 아들은 어머니와 아내의 사이를 좋게 만들 방법을 고민하는데, 어느 날 아들은 고기를 잔뜩 사서 집에 와 아내에게 "장에 가니 과부를 파는 과부시장이 섰는데 통통하게 살이 찐 과부는 논 열 마지기 값을 쳐 주더라"고 이야기를 한다. 아내는 시어머니도 없애고 돈도 벌 수 있는 좋은 기회라고 생각해 그 날부터 시어머니를 잘 봉양한다. 며느리는 시어머니를 팔이며을 속셈으로 시어머니께 잘 하지만, 며느리의 봉양이 계속되자 시어머니는 의심을 풀고 고부간의 사이가 좋아지게 되며, 밥도 같이 먹다보니 자연스럽게 정이 들었다. 반년이 지나 남편은 아내에게 어머니를 과부시장에 팔자고 하고, 아내는 아예 일 년을 채우자고 한다. 일 년이 지나자 아내는 남편에게 부모를 시장에 내다 판다는 것이 말이 되느냐고 화를 내고, 가난하게 살지언정 남편의 말을 들을 수 없다고 한다. 며느리는 처음에는 시어머니를 팔아먹겠다는 생각으로 봉양을 시작하였지만, 며느리가 잘 대접하자 시어머니 또한 며느리를 잘 대해주기 시작했고, 이 둘은 마음을 나누는 사이가 된 것이다.

이 설화군에 속하는 47편의 설화 중 고부갈등이 드러나는 설화는 22편이다. 이 설화들에서 아들이자 남편인 남성은 고부간 관계를 좋게 만들기 위해 기지를 발휘하고, 남편의 뜻대로 두 사람의 관계는 좋아져 화목한 가정을 이루게 된다. 며느리가 시어머니를 잘 대하고 봉양하자 시어머니는 며느리의 일을 도와주기 시작하는데, 〈불효부 버룻 고치기〉[3] 〈아내를 효부로 만든 남편〉[4] 〈고부간의 불화를 밤 서 말로 화해시키다〉[5] 〈불효 며느리가 효도하다〉[6] 〈악부(惡婦)와 영리한 효자〉[7] 〈효부로 된 불효부〉[8] 〈불효 며느리 길들인 사내〉[9]에서 시어머니는 아이도 봐주고, 부엌일과 빨래도 해주며, 며느리의 일을 도와준다. 또 〈처 길들인 아들〉[10]과 〈시어머니 박대한 며느리〉[11]에서는 소나기가 내려 우케[12]가 떠내려갈 상황에서 우케가 비를 맞지 않도록 한다.

〈불효 며느리 길들이기〉[13] 〈진짜 효도라는 것은 무엇인가〉[14] 〈지혜

3)『한국구비문학대계』 8-4, 330-333면, 미천면 설화34, 불효부 버릇 고치기, 김맹순(여, 53)

4)『한국구비문학대계』 5-7, 549-550면, 칠보면 설화43, 아내를 효부로 만든 남편, 한광주(남, 76)

5)『한국구비문학대계』 4-4, 127-129면, 대천읍 설화20, 고부간의 불화를 밤 서 말로 화해시키다, 임성호(남, 77)

6)『한국구비문학대계』 5-1, 301-303면, 송동면 설화28, 불효 며느리가 효도하다, 김영두(남, 75)

7)『한국구비문학대계』 6-9, 173-175면, 화순읍 설화55, 악부와 영리한 효자, 김소화(여, 82)

8)『한국구비문학대계』 1-4, 387-390면, 미금읍 설화13, 효부로 된 불효부, 김정근(남, 62)

9)『한국구비문학대계』 7-9, 950-952면, 임하면 설화2, 불효 며느리 길들인 사내, 배분령(여, 75)

10)『한국구비문학대계』 8-14, 512-514면, 악양면 설화25, 처 길들인 아들, 문영자(여, 38)

11)『한국구비문학대계』 8-14, 365-367면, 진교면 설화31, 시어머니 박대한 며느리, 홍순이(여, 65)

12) 찧기 위하여 말리는 벼

13)『한국구비문학대계』 2-6, 292-294면, 청일면 설화2, 불효 며느리 길들이기, 심운택(남, 60)

14)『한국구비문학대계』 4-1, 395-397면, 송악면 설화9, 진짜 효도라는 것은 무엇인가, 이우영(남, 53)

로운 아들〉[15] 〈불효부를 효부로 고치다〉[16] 〈효부 만든 이야기〉[17] 〈남
편의 지혜로 효부된 아내〉[18] 〈불효하는 아내를 효부로 만든 남편의
지혜〉[19] 〈불효 뉘우친 며느리〉[20]에서는 시어머니가 자신을 잘 봉양하
는 며느리를 동네방네 칭찬을 하고 다니고, 며느리는 주위 사람들에
게 효부로 칭송을 받게 된다. 그리고 〈효부된 며느리〉[21]에서는 시어
머니가 자신에게 잘 대해주는 며느리가 고마워 자신이 시집 올 때 해
온 옷을 며느리에게 선물로 준다.

이처럼 모든 설화에서 며느리는 시어머니를 팔아먹기 위해 잘 봉양
하고, 며느리의 속셈을 모르는 시어머니는 며느리가 대접해 주는 것
을 고마워하며, 이전과는 달리 며느리가 하는 일을 열심히 도와주고
며느리를 칭찬한다. 본의 아니게 며느리가 시어머니를 대접하자, 시
어머니 또한 며느리에게 마음을 열고 있는 것이다.

다음으로 살펴볼 설화군은 [며느리 자랑하여 효부 만든 시어머니]
이다. 이 설화는 『한국구비문학대계』에 7편이 수록되어 있는데, 대강

15) 『한국구비문학대계』 6-9, 70-71면, 화순읍 설화18, 지혜로운 아들, 유삼순(여, 80)
16) 『한국구비문학대계』 4-6, 650-652면, 이인면 설화7, 불효부를 효부로 고치다, 김재식(남, 58)
17) 『한국구비문학대계』 3-1, 99-100면, 충주시 설화27, 효부 만든 이야기, 김화영(여, 69)
18) 『한국구비문학대계』 5-5, 332-337면, 고부면 설화22, 남편의 지혜로 효부된 아내, 김병수(남, 64)
19) 『한국구비문학대계』 5-7, 126-129면, 이평면 설화37, 불효하는 아내를 효부로 만든 남편의 지혜, 조찬윤(남, 67)
20) 『한국구비문학대계』 7-4, 147-148면, 대가면 설화21, 불효 뉘우친 며느리(2), 이연이(여, 62)
21) 『한국구비문학대계』 6-4, 263-265면, 쌍암면 설화28, 효부된 며느리, 강채길(남, 74)

의 줄거리는 다음과 같다. 이 설화군의 경우 고부간의 갈등이 드러나는 것은 두 편이라, 두 편 모두 줄거리를 제시하도록 하겠다.

(1)어느 부부가 시어머니를 모시고 살았는데 며느리가 시어머니에게 매우 불효를 하였다. (2)아내의 태도가 아무리 해도 고쳐지지 않으니 남편이 면장에게 가서 의논을 하였다. 남편은 면장에게 자기 부인의 버릇을 고치려고 하니 자신이 시키는 대로 해달라고 했다. (4)면장은 불효부 남편의 말대로 음식을 차려놓고 사람들을 모은 뒤 불효부 며느리를 데리고 왔다. (5)면장은 모든 직원들에게 효부가 왔으니 다들 인사를 하라고 하였다. 면장은 직원들 앞에서 여자를 크게 칭찬한 뒤에 여자가 너무나 효성이 지극해서 어머니를 집에 놔두고 차려놓은 음식을 먹지 못할 테니 모두 음식을 싸가지고 여자를 집까지 모셔다 드리고 오라고 했다. (6)직원들이 싸준 음식을 가지고 집으로 돌아온 며느리는 불효막심한 자신을 효부라고 칭해주어 면장까지 이렇게 칭찬을 해주었으니 개심을 해야겠다고 생각했다. (7)그 후로 며느리가 개심하여 효부가 되었다.[22]

(1)옛날에 어느 며느리가 불효를 했다. 며느리는 자기 남편 밥은 잘 지어주면서 시어머니 밥은 허술하게 지어주었다. (2)하루는 시어머니가 문구멍으로 내다보니 며느리가 맛없는 쪽은 어머니 밥으로 푸고 속에 맛있는 밥은 남편을 주는 것이었다. (3)그것을 안 남편이 어머니와 밥을 바꿔 먹자 며느리가 애가 타서 야단이 났다. (4)그래도 시어머니가 너그러워서 동네 마실을 가면 밥을 잘 먹는다고 말하고 며느리 흉

---

22) 『한국구비문학대계』 6-6, 204-205면, 지도읍 설화6, 부모님께 불효한 며느리, 이영신(남, 75)

을 하나도 보지 않았다. (5)그래서 결국 며느리가 마음을 고쳐먹고 효부가 되었다.[23]

〈부모님께 불효한 며느리〉의 경우 남편은 어머니께 불효하는 아내의 태도가 아무리 해도 고쳐지지 않자 면장을 찾아가 의논을 하고, 음식을 차려놓고 사람들을 모은 후 자신의 아내를 데리고 온다. 면장은 남편이 시킨 대로 모든 직원에게 며느리를 효부라고 칭찬하고, 극진히 대접해 준다. 직원들이 싸준 음식을 가지고 집으로 돌아온 며느리는 불효막심한 자신을 효부라고 말해 주고, 칭찬해 준 것에 고마워하며 마음을 고쳐먹게 된다. 〈부모님께 불효한 며느리〉 설화에서 남들의 인정이 며느리를 효부로 만들었다면, 〈효부 만든 시어머니〉에서는 시어머니의 너그러운 마음이 원인이 되어 며느리가 마음을 고쳐먹게 된다. 이 설화에서 며느리는 자기 남편의 밥은 잘 지어주면서 시어머니 밥은 허술하게 지어준다. 하루는 시어머니가 문구멍으로 보니 며느리가 맛없는 쪽은 어머니 밥으로, 맛있는 쪽은 남편의 밥으로 푸는 것이었다. 이것을 안 남편은 어머니와 밥을 바꿔먹고 며느리는 애가 타 난리를 친다. 그러나 시어머니는 동네 마실[24]을 가면 며느리 흉을 하나도 보지 않고, 시어머니의 행동을 알게 된 며느리는 마음을 고쳐먹고 효부가 된다.

이 [내다 팔려고 시부모 살찌운 며느리] [며느리 자랑하여 효부 만

---

23) 『한국구비문학대계』 7-5, 43-44면, 월항면 설화13, 효부 만든 시어머니, 노매월 (여, 47)
24) 이웃에 놀러 다니는 일.

든 시어머니] 설화군에서 며느리가 효부로 바뀌는 계기는 무엇일까?

첫째, 주변 사람들의 인정과 시어머니의 칭찬이다. 며느리는 주변 사람들이 자신을 효부라고 칭찬해주고 인정해주자 마음을 바꿔 시어머니에게 효도하게 된다. 또 시어머니가 주변 사람들에게 자신의 잘못을 이야기하지 않는 것을 알게 되면서 마음을 고쳐먹게 된다. 한때 『칭찬은 고래도 춤추게 한다』[25]는 책이 '칭찬 열풍'을 불러일으키며 유행했던 적이 있었다. 이 책은 세계적인 경영 컨설턴트인 켄 블랜차드가 긍정적 관계의 중요성을 깨우쳐주고, 칭찬이 가져다주는 긍정적인 변화와 인간관계를 이야기하고 있다. 이렇듯 칭찬은 고부관계에서도 적용될 수 있다.

심리학에서 로젠탈 효과[Rosenthal Effect]나 피그말리온 효과 [Pygmalion effect]는 칭찬의 긍정적인 효과를 강조하는 이론이다. 로젠탈 효과는 하버드대 심리학과 교수였던 로버트 로젠탈 교수가 발표한 것으로, 그는 샌프란시스코의 한 초등학교에서 20%의 학생들을 무작위로 뽑아 그 명단을 교사에게 주면서 지능지수가 높은 학생들이라고 말했다. 8개월 후 명단에 오른 학생들이 다른 학생들보다 평균 점수가 높았는데, 교사의 격려가 큰 힘이 되었기 때문이다. 피그말리온 효과 또한 이와 유사한 개념으로 누군가에 대한 사람들의 믿음이나 기대, 예측이 그 대상에게 그대로 실현되는 경향을 이야기한다. 피그말리온 이라는 용어는 그리스 신화[26]에서 유래한 것으로, 긍

---

25) 켄 블랜차드 저 · 조천제 역, 『칭찬은 고래도 춤추게 한다』, 21세기북스, 2003.
26) 그리스 신화에 등장하는 키프로스의 왕 피그말리온은 여성들의 결점을 너무 많이 알기 때문에 여성을 혐오했으며, 결혼을 하지 않고 한 평생 독신으로 살 것을 결심한다. 하지만 외로움과 여성에 대한 그리움 때문에 아무런 결점이 없는 완벽하고 아름다운 여인을 조각하여 함께 지내기로 하였다. 그는 이 조각상에게 옷을 입

정적으로 기대하면 상대방은 기대에 부응하는 행동을 하면서 기대에 충족되는 결과가 나오게 되는 현상을 말한다. 반대로 스티그마 효과 [Stigma effect]는 부정적으로 낙인이 찍히면 실제로 그 대상이 점점 더 나쁜 행태를 보이고, 대상에 대한 부정적 인식이 지속되는 현상을 이야기 한다.

고부관계에서 어떤 관계를 선택할 지는 각자의 몫이다. 다만 고부 관계에서도 내가 상대를 긍정적으로 평가하고 다른 사람들에게 칭찬하며 원만한 관계를 맺기 위해 노력한다면, 상대 역시 나에 대해 긍정적이고 우호적인 입장을 취할 것은 자명한 사실이다.

둘째, 시어머니가 며느리에게 필요한 사람이 되고 있다. [내다 팔려고 시부모 살찌운 며느리]에서 처음 시어머니는 며느리에게 부담만 주는 사람이었지만, 며느리가 자신을 잘 대접하자 시어머니는 고마운 마음에 며느리가 할 집안일을 대신해 준다. 바쁜 며느리의 일손을 도와주는 것이다. 현대인들은 교환적인 대인 관계에 큰 비중을 두는데, 각 가정의 상황과 편의에 따라 시어머니가 며느리에게 필요한 일이 무엇인지 찾아 대신해주는 것은 현대 사회의 고부갈등 해결에도 큰 도움을 줄 수 있다.

그런데 이 경우 주의해야 될 것은, 가정 내에서 시어머니와 며느리의 역할이 겹치지 않도록 조절할 필요가 있다. 가정 안에서 같은 일을 놓고 시어머니와 며느리가 경쟁할 것이 아니라, 서로가 잘 할 수 있는

히고 목걸이를 걸어주며 어루만지고 보듬으면서 마치 자신의 아내인 것처럼 대하며 온갖 정성을 다하였다. 어느 날 대답 없는 조각상에 괴로워하던 피그말리온은 아프로디테 제전에서 일을 마친 신들에게 자신의 조각상과 같은 여인을 아내로 맞이하도록 해 달라고 기원했고, 여신이 피그말리온의 사랑에 감동하여 조각상을 사람으로 환생시켜 주었다.

일을 맡아함으로써, 고부간 경쟁이 아닌 협조체제를 유지해야 될 것이다.

셋째, 중재자로서의 아들이자 남편의 역할이다. 설화에서 남편은 시어머니를 힘들어하는 아내의 마음을 헤아려주며 효도를 강요하지 않는다. 오히려 본인 스스로가 어머니와 아내 사이가 원만해질 수 방법을 강구해 내고 있다.

2) 현대 고부갈등 사례에의 적용

앞 장에서는 불효하는 아내를 기지(奇智)를 사용해 효부로 만든 남편과 불효한 며느리를 효부로 만든 시어머니의 이야기를 살펴보았다. 이에 본 장의 제목을 '효부 만들기'라고 지어보았다. 이 설화들 속에서는 원만한 고부관계를 만들기 위한 방법들이 드러나고 있는데, 본 장에서는 시어머니와 며느리 간의 원만한 관계를 유지하고 있는 사례들을 살펴보고 설화와의 상관성을 이야기해 보고자 한다.

사례 1 남편과 시엄마 카톡 내용

> 어제 남편폰 보다가 아! 저희는 무조건 오픈입니다. 서로 바꿔 가지고 놀고 그래서 폰 못 보게 하는 남편들 제 개인적인 생각으로는 이해 안가고 분명 구린 데가 있다 생각해요. 암튼 남편폰 보다가 시엄마와 카톡 내용을 봤어요. 내용은 단풍구경 갔다 왔니 안 갔으면 데리고 다녀와. 가까운 데라도 다녀와. 니들 하고 싶은 대로 다하고 살아. 니들만

행복하고 잘 살면 돼. 정희(저)같은 애 요즘 별로 없어. 항상 배려하고 아껴줘. 원래 어머님이 너무 좋은 분이다 생각했지만 감동 받았어요. 남편한테 잘해야지. 우리 시누 집에 놀러오면 더 챙겨 줘야지. 이런 맘이 절로 생기게 하시는 분입니다. 요즘 스트레스 받는 일도 있었는데 한결 좋아졌네요. 항상 감사하며 살려구요.

사례1〉은 자신을 생각해주는 시어머니의 카톡 글에 감동을 받은 며느리의 글이다. 시어머니는 니들만 행복하게 살라고 하며, 며느리를 항상 배려하고 아껴주라고 아들한테 당부를 한다. 며느리는 시어머니의 글에 감동을 받고, 남편과 시누에게 더 잘해야겠다는 마음이 든다.

사례 2 친정엄마보다 더 좋은 시어머니

직장맘으로 맞벌이... 신혼 2년 빼고 10년째 시부모님과 같이 살고 있답니다. 서울외곽에 그냥 6식구 살기 좋은 아파트에서요...^^ 울 어머님 집에 우리가 얹혀 사는거죠~ 울 신랑은 3남 1녀 중 막내인데... 계속 우리가 같이 삽니다. 효자이기도 하고 시부모님도 막내에게 애틋하기도 하고... 또 5학년 아들과 4살 딸램을 자식처럼 너무 예쁘게 알뜰살뜰 잘 길러주신답니다. 우리 시아버님은 40이 넘어도 직장생활 꿋꿋하게 잘하는 며느리 자랑스럽게 생각하세요... 울 아버님은 이야기 하는 거 좋아하시는 분으로 저도 가끔 직장이야기 하면서 스카웃 제의 들어온 이야기 한적 있는데 경비실, 경노당, 아들 과외샘들한테도 직장 다니는 며느리 자랑질을 하셨더라구요...^^;; 언젠가 작은 형님네가 경제적으로 어려워서 우리 분가시키고 같이 살려고 했는데 어머님이 우시면서 막내 외는 같이 살기 싫다고 하시더라구요. 우리 아이들 키우시고 정

드셔서 못 헤어나시는 거 같아요.ㅠㅠ 우리 어머님 아버님은 자식들에게 신세 안진다고 새벽 5시면 일어나셔서 조깅하시고 아버님은 노인회관에 가셔서 에어로빅, 차차차 등 춤도 추시고 운동도 하신답니다. 울 어머님 72세인데 피부도 고우시고, 저보다 유연하시고 건강하시답니다. 지난번 요가 선생님이 저희 어머님한테 "이런 며느리 어디다 써요? 갖다 버려요."ㅠㅠ 이랬답니다.ㅠㅠ 우리 어머님 무릎이 안 좋아서 저랑 같이 요가, 수영도 같이 다니고 주말에 좀 일찍 일어나는 날엔 어머님과 조깅이나 등산도 같이 다니기도 해요. 봄엔 쑥 캐러 같이 다니고 가을엔 밤 주으러 같이 다니기도 하구요. 아이들 체험학습 삼아 좋잖아요.^^ 고구마, 감자 캐는 날에는 아이들 장화 신기고 모래장난 삽들고 같이 텃밭에 가서 캡니다. 전 이런 경험들을 해 주는 우리 시부모님이 참 좋아요. 30평정도 되는 텃밭에 토마토, 상추, 열무, 가지, 오이... 고구마, 감자... 호박... 고추... 정말 장난 아니게 심으세요. 농사도 어찌나 잘 지으시는지... 이번 김장배추도 무우, 갓도 다 심으셔서... 반찬값이 절약된답니다. 우리 어머님이 해주신 음식은 엄청 맛나요. 고구마로 묵도 쑤어주시고 호박잎 따다 쌈도 해주시고, 가지도 무쳐주시고 아이들 간식은 고구마, 감자, 묵, 고구마전, 애호박전. 정말 웰빙 음식으로 우리 아이들을 키워주시죠. 아파트 베란다에 장독대가 있어요. 간장, 된장 고추장도 다 어머님이 집에서 담그세요. 남편은 냄새난다고 난리를 치는데... 전 좋더라구요... 그리고 요즘 베란다에는 시래기 삶아 말려서 널어놓으셨어요. 집이 정돈될 리 없고, 좋은 냄새 날 리 없고 지저분할 수 있지만 전 제가 살림하는 것이 아니고 어머님이 살림하는 거라 맛난 시래기 된장국에 웰빙 음식 먹어서 좋더라구요. 된장 고추장 담구시면 울 친정엄마, 언니네도 갖다 주라고 챙겨주시구요. 김장하면 혼자 사는 친정엄마 드시라고 김장김치, 밭에서 나는 야채들 다 챙겨주세요. 언젠가 처음으로 어머님과 노래방을 갔는데 어머님이 아는 노래가 없더라구요. 그래서 동네 주민센터에서 하는 노래교실 끊어 보내드렸더니 요즘 흥얼흥얼 노래도 곧잘 하신답니다. 노래방 가면 5곡 이상은 부를 줄 아세용.^^ 제가 시집와서 제일 잘한 일 같아요. 노래교실 보내 드린거요... 그리고 우리 아파트는 아직 5일장이 서는데... 이마트도 제가 처음으로 모시고 갔다 왔어요. 울 어머님 이마트 처음 가셔서 신기해하는 모습... 아직도 잊을 수가 없어요^^;; 직장 다니는 며느리 힘들다고 살림 다 해주시고 반찬 다 해주시고 주말에는 며느리 쉬라고 두 분이 마실가거나 여행가시거나 등산을 가십니다. 빨래, 청소, 반찬, 밥, 국 다 해놓고 제가 일어나는 시간 9시가 되면 두 분이 없습니다. 전화해보면 텃밭에 가셨거나 지하철 타고 온양 가시거나 춘천 가신답니다... 오늘 우리 어머님 생신이랍니다. 지난주 형님네들과 외식하고 선물, 용돈도 드렸지만 그래도 오늘 생신이라 미역국 끓여드렸어요. 그게 출근길에 넘어져서 다리에 금이 가 기브스 해서 쇼핑을 못 했어요ㅜㅜ 작년엔 갈비찜이랑 나물이랑 이것저것 인터넷 레시피 보면서 푸짐하게 차려드렸는데...ㅜㅜ 어제 밤 남편보고 케잌 사오라 하고 핸드폰 켜놓고 레시피 보면서 미역국 끓이고 구절판해서 간단하게 차려드렸는데 너무 고마워하세요. 용돈을 드리면 그 돈 저금하시고 우리 아이들 용돈 주시고 맛난 반찬 해 주세요^^ 우리 어머님한테는 더 잘해 드리고 싶은데... 밖에 나와 맛난 음식을 먹으면 울 어머님과 아버님 모시고 나와서 먹고 싶구요... 우리 가족들끼리 캠핑을 가도 어머님 모시고 가고 싶구 그래요. 두분이 항상 건강하게 오래 오래 저희와 행복하게 사셨으면 좋겠어요. 우리 어머님 아버님 둔 저 부럽죠??ㅎㅎ

사례2〉에서의 며느리는 시어머니가 친정엄마보다도 좋다고 이야기한다. 신혼 2년을 제외하고 며느리는 10년째 시부모와 살고 있다. 시어머니는 손자들을 예쁘게 길러주셨고, 시아버지는 40이 넘어도 직장생활을 하는 며느리를 자랑스러워하며, 경비실 경노당 아들 과외샘들한테도 며느리 자랑을 하고 다닌다. 며느리는 좀 일찍 일어나는 주말에는 시어머니와 조깅과 등산을 함께 하고, 봄에는 쑥을 캐러 가을에는 밤을 주으러 같이 다니기도 한다. 시부모님은 취미로 30평 정도 되는 텃밭에 농사를 짓고, 된장 고추장을 담그면 친정엄마, 언니네도 갖다 주라며 챙겨준다. 시부모님은 직장 다니는 며느리 힘들다고 살림, 반찬 다 해주시고, 주말에는 며느리 쉬라고 두 분이 여행을 가거나 등산을 가며 며느리를 배려한다. 용돈을 드리면 그 돈으로 아이들 용돈 주시고, 맛있는 반찬을 해주시는 시부모님이 며느리는 너무 좋고 두 분이 항상 건강하게 오래 오래 사셨으면 좋겠다.

사례 3 깐깐한 울 시엄니 자랑 좀 합니다 ㅋㅋ

새댁 울 시엄니 자랑 좀 하고 가려고 합니다. 얄미워도 예쁘게 봐 주세용 ㅎㅎㅎ 우리 시어머니 결혼 전에는 신랑과 저의 연애도 반대하시고 결혼은 당연히 반대하셨습니다. 집에서 큰소리가 날 정도로 신랑과 어머님의 갈등도 깊었었는데... 결국은 결혼승낙을 하셨고, 결혼준비 초반까지만 해도 아직 못마땅하신 모양이라는 느낌이 남아있었죠... 그런 어머님이 무섭고 두려워서 부딪힐 일을 피하기만 하다가 시간이 흐를수록 만날 일도 잦아지고, 함께 다닐 일도 많아지다 보니 울 어머님 드디어 당신 며느리가 마음에 쏙 드시는 것들을 발견하기 시작하신 모양이십니다. 갈수록 다정다감해지시고, 함께 가지 못하면 못내 아쉬

위하시고 그러시네요.ㅎㅎ 저도 처음에는 예쁨 받아보려고 무던히 노력했는데... 시간이 흐르고 어머님 마음이 열리기 시작하니 굳이 노력하지 않아도 그저 우리 엄마한테 하듯 날씨가 추우니 전화 한 통 드리고, 좋아하시는 음식 하나 해드리는 것만으로도 무척이나 좋아하십니다. 결혼준비가 중반 이후로 지나가면서 예물준비를 하게 되었는데 정작 저는 형편이 어려워서 예물은 생략하고 신랑과 나눠 끼던 커플링을 그대로 쓰기로 했었죠. 그런데 울 어머님 가서 다이아랑 예물반지 맞춰 오라고 엄명을...ㅋㅋ 맞추고 와서 이런 걸로 했어요. 하고 사진 보여드렸는데 예쁘네 하시고는 된장 만들러 주방으로 가시더니... 근데 폐물이 너무 적지 않냐? 하시면서 담 주에 다시 금방에 다녀 오라시는 엄명을...ㅋㅋㅋㅋ 결국은 다이아세트, 예물반지, 금목걸이 10돈, 금팔찌 5돈.. .명품백(정말 손 떨리더군요...ㄷㄷㄷㄷ), 원피스에 2벌에 자켓 한 벌까지... 함 가득히 채워서 보내주셨습니다. 거기에 당신께서 시집올 때 시어머니(저에겐 시할머니죠...)에게 받으신 폐물인 금 3돈 쌍가락지를 당신 이부자리 밑에서 휴지에 돌돌 말린 채 꺼내주십니다... 가서 네가 마음에 드는 디자인으로 다시 만들어 끼라며... 그 쌍가락지는 신랑도 시누이도 생전 한 번 보지 못한 거라고 하더라구요... 간식거리를 무척이나 좋아하시는 울 시엄니는... 신랑이 연수 간 사이에 엄니 얼굴 뵌 지가 오래라 찹쌀 가득 넣어서 끓인 단호박죽 한 그릇을 챙겨 가니, 이렇게 추운 날 뭐 하러 오냐며 회사 다니기도 힘들고(출퇴근이 좀 오래 걸립니다...), 날씨도 추운데 왜 이런 걸 해가지고 왔느냐십니다. 정작 당신은 며느리가 간다니 귤에 단감 사서 챙겨두시고, 배고플까 싶어서 고구마 쪄두시고, 떡도 쪄 두셔서 가자마자 내어주시네요. 조만간 신랑 연수에서 돌아오면 차 가져왔을 때 가져가라며 항아리에 가득 쑤어 두신 맛깔 나는 엄니표 고추장도 보여주시구요. 얼마 전에는 전화가 오시더니 "날씨는 추운데 따뜻하게 입고는 다니냐~? 오리털 같은 건 있고? 내가 같이 가서 내 눈으로 보고 따뜻한 옷 한 벌 사줘야 할 텐데 조만간 집수리 때문에 목돈 들어갈 일이 있어서 내 형편이 어렵구나..." 하시네요. 당신은 한 푼 아끼시겠다고 남대문 가셔서 쇼핑하시면서 며느리 옷은 백화점 가셔서 금액 같은 건 보시지도 않으시고 마네킹에 걸린 것 중에 당신이 보시고 예쁘고, 마음에 드시는 거 골라서 입어보라 하시고는 바로 결제... 누가 고춧가루 시골에서 싸게 판다길래 어머님도 사실려냐고 전화 드렸더니 "그런 걸 네가 왜 사! 다 엄마가 알아서 주는데!" 하시면서 오히려 한소리 들었네요.ㅎㅎ 그 다음날로 바로 신랑 편에 고춧가루 한 봉지 가득 싸서 보내시는 울 엄니ㅋㅋ 제가 떡을 별로 좋아하지는 않는데 그 중에 그나마 잘 먹는 게 쑥개떡인지라... 어머님께서 집에서 해주신 쑥개떡 맛있어요~ 한 마디 했다가 일주일에 한 번씩 쏟아지는 쑥개떡에 치어죽을 뻔한 일...ㅋㅋㅋㅋ 어머님께서 쑤어 주시는 도토리묵이 아주 부드럽고 고소한데 결혼 전에 한 조각 주시기에 친정에 가져가서 먹었는데 인기 폭발! 어머님~ 저희 동생이 너무 맛있대요. 한 마디 했더니 그 담부터 갈 때마다 글라스락 하나씩, 탱탱한 도토리묵이 대기 상태! 울 엄니 덕분에 여름 내내 시원한 묵밥 엄청 먹었습니다.ㅎㅎ 저녁에 전화 한 통 드리면, 하루 종일 아침부터 있었던 시시콜콜한 이야기들 가득 풀어 놓으시고, 출퇴근 힘들 테니 피로회복제 같은 거 사먹고 다니라고 하시고... 오늘 아침엔 전화하자마자 감기 걸려서 꽉 막힌 제 목소리 들으시더니 "근데 너 목소리가 왜그러냐~?" 하시면서 목도리 하고 다녔냐 안하고 다녔냐 울 친정엄마 같은 폭풍 잔소리 한 바가지 하시네요ㅎㅎㅎㅎ 이제는 신랑보다 내 말을 더 믿으시고, 깐깐하신 분이시지만 그만큼 정과 사랑도 많으신 분이신 울 시엄니... 오늘 저녁에도 뵈러 갑니다. 오늘도 아마 가방 한 가득 이것저것 싸주시겠죠. 어머님 댁에 가면 빈손으로 돌아와 본 적이 없어요.ㅎㅎ 어머님~ 이따 봬요.^^

사례3〉 또한 시어머니께 감사하는 며느리의 글이다. 결혼 전에 시어머니는 글쓴이와의 연애도 결혼도 반대했지만, 결국은 결혼승낙을 하셨다. 결혼준비 초반까지만 해도 못마땅하신 느낌이 남아있었지만, 갈수록 시어머니는 다정다감해지고 며느리와 함께 가지 못하면 아쉬워한다. 형편이 어려웠던 글쓴이는 예물은 생략하고 신랑과 나눠끼던 커플링을 그대로 쓰기로 했지만, 시어머니는 함 가득히 예물을 채워주신다. 시어머니는 당신은 한 푼 아끼고 시장에 가서 옷을 사 입으면서도, 며느리가 입을 옷은 백화점에 가 금액 상관없이 사주신다. 모든 것을 챙겨주시고 마음 써 주시는 시어머니가 며느리는 고맙고 감사하다. 이제는 아들 말보다 며느리 말을 더 믿어주시고 깐깐하지만 정과 사랑도 많으신 시어머니를 뵈러 가는 게 며느리는 즐겁기만 하다.

사례 4 이런 시어머니 또 없습니다

안녕하세요. 저도 매일 눈팅하고 응원 댓글 달다가 이렇게 글을 쓰게 되었네요. 저희 아빠가 8월15일 갑자기 뇌경색으로 쓰러지신지 20여일 만에 돌아가셨어요. 너무 갑자기 당한일이라 친정식구들도 다들 겨를 없이 상을 치뤘습니다. 저희 시어머니 72세 스마트폰 해드린 지 이제 겨우 넉 달 되셨어요. 카톡이랑 보이스톡 알려드렸더니 띄어쓰기 없이 이래 톡이 왔더라구요~ 에미야수고했고고생많이했다슬픔이기고힘내사랑한다(웃음이모티콘) 어찌나 감사하고 귀여우시던지... 눈

> 시울이 붉어지더군요. 그러더니 엊그제 전화하셔서 에미야~ 이번추석 친정먼저 다녀와라 아버지 첫 차례인데 차례 지내고 납골당 다녀와서 우리 집에 오렴~ 시댁은 제사도 없고... 식구들 먹을 거만 하십니다.(이 것도 시어머니 혼자 저 오기 전에 다해 놓으십니다) 염치없지만, 그래 도 괜찮으시겠어요? 어머니? 그랬더니 어머니 뭐 우린 제사도 없는데 괜찮아. 친정 갔다 천천히 오너라. 하시는 거예요. 정말 우리 시어머니 같으신 분 어디 또 계신가요? 미즈넷, 보시는 며느리 여러분~ 저 시어 머니 복 있는 여자죠? ㅎㅎ

사례4)는 스마트폰으로 보내온 시어머니의 카톡에 감동을 받은 며느리의 글이다. 갑자기 친정아버지가 뇌경색으로 쓰러져 20여일 만에 돌아가셨고, 친정식구들도 다들 정신없이 상을 치르게 된다. 72세 되신 시어머니께 스마트폰을 해드린 지 이제 겨우 넉 달이 지났는데, 시어머니는 "에미야수고했고고생많이했다슬픔이기고힘내사랑한다 (웃음이모티콘)"라는 톡을 보내온다. 시어머니의 톡에 며느리는 눈시 울이 붉어진다. 시어머니는 전화를 해 추석 때 아버지 첫 차례인데 친정 먼저 다녀오라고 하며, 시댁은 차례도 없으니 천천히 오라고 한다. 며느리는 이런 시어머니가 너무 감사하다.

사례 5 시어머니와 커피 그리고 수다

> 오늘도 둘이서 마트 가는 길 "애, 라떼 한 잔 할까?" "네. 어머니 오늘 은 저기가 어떨까요? 새로 오픈했나 봐요" 날씨도 좋고 오붓하게 커피 한 잔씩 거기에 맞있는 케잌. 애들 이야기, 이런 저런 시어머니와 수다 가 시작이 됩니다. 무슨말이냐구요? 전 15년 전업주부이고 시댁에서

시댁 식구들이랑 삽니다. 뭐, 첨부터 시어머니와 이런 따뜻한 사이는 아니였지요. 저도 엄청 울고 살았고 초기엔 너무 젊으신 (50초반)어머님이 하시는 일은 뭐든 같이 해야 했지요. 미즈님들도 아시겠지만 친정과는 너무 다른 생활들이 이어졌고 조금씩 적응해야 하는 것도 힘에 벅찼어요. 어머니와 갈등이 깊어갔고 얼굴 마주하는 것도 겁이 났어요. 누구에게 하소연해도 해결될 거 같지도 않았고 그래서 무조건 시어머니 따라 하기를 시작했어요. 집안일 열심히 배웠죠. 제사, 무지 힘들지만 적극적으로 애쓰고 내 집안일이고 내 식구 일이다 라고 마음먹으니... 그때부터 어머님이 잔소리하셔도 화를 내셔도 제가 미워 그런 게 아니란 것을 알겠더라구요. 15년 금방이에요. 이번에도 제사를 모시고 담날 맛있는 커피 한잔 마시며 피로를 좀 풀었어요. 미즈방에 보면 시어머니와 며느리, 너무들 하시더라구요. 감히 말씀 드리면, 며느님들 시어머니와 수다는 길수록 정이 생겨요. 먼저 마음열고 다가서세요. 대화라기 보단 일상생활 일들 하다보면 나중엔 궁금하셔서 먼저 전화하시고 걱정하시고 그러실 거에요. 우리도 늙고 있잖아요... 시어머님이 늙으신 것처럼...

  사례5)에서 며느리는 15년 전업주부이고, 시댁에 산다. 결혼 초에는 엄청 울고, 시댁에 적응하는 것도 벅찼고, 시어머니와 갈등이 깊어져 얼굴 마주하는 것도 겁이 났다. 며느리는 누구에게 하소연해 해결될 일이 아니라고 생각해 그때부터 무조건 시어머니를 따라 하기 시작한다. 집안일도 열심히 배웠고, 힘들었지만 내 일이라고 마음먹은 후부터는 시어머니가 잔소리를 하거나 화를 내도 자신이 미워서 그런 것이 아니라는 걸 깨달았다. 제사를 모시고 다음 날 시어머니와 맛있는 커피를 한 잔 마시며 피로를 푼다. 마음을 열고 시어머니한테 다가 가면 시어머니 또한 마음을 여실 거라고 글쓴이는 이야기한다.

사례 6 **이번 주에 김치할거다~~~**

　　항상 언제 김치 하는지 가르쳐 주시지도 않고 언제 할 거냐고 여쭤보면 잘 모르겠다고 말씀하시고 김치 다 하고 "김장 했다. 가져가라"라고 전화하시던 어머니~~ 늦둥이 낳고 직장 다니면서 예민한 아이 키우다 보니 너무 힘들어 주말엔 쉬어야지 제가 버틸 수 있어서 시댁에 한 달에 한번 갈까 말까가 되었네요. 직장 다니랴 애 키우랴 힘들다는 거 아셔서 놀러 오라는 말씀은 못 하시고 아기는 보고 싶어 하신다는 걸 알고는 있었지만 제가 힘드니까 모른 척 하고 있었더랬죠. 신랑한테 전화를 했다네요. "이번 주 토요일에 김장할거다. 힘드니까 와라" 그래서 제가 전화를 했죠. "어머니 저에요" "응~~이번 주에 아범 오라고 했는데 너도 올래???" "그럼요. 김장 하신다면서요. 애기 땜에 많이 도와 드리진 못해도 가야죠." 울 어머니 아주 흡족하신 목소리로 "그래 토요일에 보자~~~" 전 알 수 있었죠. 울 어머니 김장 다하고 늦둥이 손녀가 보고 싶어서 오라고 하신다는 걸... 집에 도착하자마자 울 어머니 "내가 다했으니까 하룻밤만 자고 가라" 그래서 하룻밤 자고 왔는데 많이 죄송하네요.ㅜㅜㅜ 어머님 죄송해요~~ 이해해 주세요. 주말에 안 쉬면 제가 버티질 못하겠어요. 지금도 제 몸도 안 좋고 아기도 감기 걸려서 거의 조퇴에 지각이라 사장님께 너무 죄송한데 배려를 많이 해주셔서 직장생활 가능한 거예요. 어머님도 항상 저 배려 많이 해주시는 거 아는데 제가 너무 힘드네요. 어머님 항상 고맙습니다. 아기가 조금 더 자라서 수월해지면 예전처럼 자주 갈게요. 그리고 어머님 김장, 반찬 너무 너무 맛있어요.^^

  사례6〉 또한 시어머니께 감사하는 며느리의 글이다. 시어머니는 김 장할 때를 여쭈어보면 가르쳐주지 않고, 김치 다 했으니 가져가라고 만 전화를 하신다. 직장에 다니는 며느리는 늦둥이 아이를 낳고 주말 은 쉬어야 버틸 수 있어 시댁에 한 달에 한번 갈까 말까 한 상태가 되 었다. 시어머니는 아이가 보고 싶지만 며느리가 직장 다니랴 아이 키 우랴 힘들다는 걸 알기에 놀러 오라는 말을 못한다. 어느 날 시어머니 가 아들에게 토요일에 김장을 할 거니 힘드니까 오라는 전화를 하고, 며느리는 시어머니께 전화를 해 같이 가겠다고 한다. 시댁에 가자 시 어머니는 자신이 혼자 김장을 다 했다며, 하룻밤만 자고 가라고 하고, 그런 시어머니가 며느리는 너무 고맙고 자주 뵈러가지 못하는 게 죄 송하다.

사례 7 바깥사돈의 제삿날이...

  며칠 안 남았습니다. 내 며느리가 된 지 두 달 만에 바깥사돈이 돌아 가셨지요. 결혼 전에 지병이 있었지만 그렇게 빨리 가실 줄은 몰랐고... 아버지 돌아가시고 친정엄마는 이내 재혼을 하셨다는데. 내 며느리 아 기 낳고 몸 추스릴 때 안사돈이 안 오시길래... 친정엄마는 어디 가셨 나... 하니 재혼하셨다고. 며느리를 보는 순간 나는 나오는 울음을 참느 라 목이 다 아플 정도였지요. 그래도 내가 울면 내 며느리는 얼마나 더 힘들까 하면서 힘들게 참았지요. 내가 늙어서 거렁뱅이같이 살아도 나 는 며느리가 좋다면 다 뭐든지 주고 싶었어요. 마음 안 아프게 편하게 살게 하고 싶었고 내 아들놈이 내 며느리 애 먹이면 달려가서 아들놈 을 두들겨 패서 버릇을 고쳐놓고 싶을 정도로 며느리가 정말로 내 딸

같은 맘으로 보살펴 주고 싶은 맘입니다. 이런 맘이 내 죽을 때까지 갔으면 합니다. 며느리와 시어머니와의 관계는 하늘이 내려준 앙숙관계라지만 나는 부정하고 싶어요. 내 아들 놈과 만나서 내 아들과 똑같이 닮은 손주를 낳아준 내 며느리가 얼마가 귀한데 앙숙이라니요. 친정아버지 제사도 내 며느리가 지내게 하고 싶어요. 편하게 딸집에서 한 상 받으시는 거 나는 진심으로 찬성이에요. 사돈총각이 나이가 적으니까 결혼하면 제사를 지내겠지만 그때까지라도 누나가 제사상 준비해서 누나랑 편하게 아버지의 제사 음식을 준비한다면 먼저 가신 사돈께서도 기뻐하시면서 우리 모두에게 복을 주실 것 같거든요. 내 맘을 며느리에게 말로서 전달하지 못해도 눈빛으로라도 알아주었으면 합니다. 나는 진정으로 내 며느리를 사랑하니까요.

사례7〉은 며느리를 사랑하는 시어머니의 글이다. 며느리는 결혼한 지 두 달 만에 친정아버지가 돌아가시고, 친정어머니는 이내 재혼을 한다. 며느리가 아기를 낳고 몸을 추스릴 때 안사돈이 안 오시길래 친정엄마는 어디 가셨냐고 물으니, 재혼을 하셨다고 한다. 며느리를 보는 순간 시어머니는 나오는 울음을 참느라 목이 다 아플 정도였다. 시어머니는 며느리에게 뭐든지 주고 싶고, 정말 내 딸 같은 마음으로 보살펴 주고 싶다. 내 아들과 만나 내 아들과 똑같이 닮은 손주를 낳아준 며느리가 시어머니는 고맙고, 사돈총각이 결혼하기 전까지 친정아버지 제사 또한 며느리가 지내게 하고 싶다. 누나랑 편하게 아버지의 제사 음식을 준비한다면 먼저 가신 사돈께서도 기뻐하시면서 우리 모두에게 복을 줄 것 같다. 시어머니는 자신이 며느리를 진정으로 사랑한다는 걸, 말로 전하지는 못해도 며느리가 눈빛으로 알아줬으면 한다.

사례1〉~사례8〉은 현재 고부관계에 만족하고 있는 며느리와 시어머니의 글이다. 사례1〉에서 며느리는 남편에게 보낸, 자신을 배려하고 아껴주라고 한 시어머니의 카톡 내용에 감동받고 있으며, 사례2〉에서는 직장 다니는 며느리를 대신해 아이 둘을 키워주고, 집안일을 대신해 주며, 친정 부모도 챙겨주시고, 주말에는 며느리를 배려해 놀러나가시는 시어머니께 감사하고 있다. 사례3〉에서는 며느리가 필요한 것들을 채워주고 마음을 써주는 시어머니께 감사하며, 사례4〉에서는 갑작스러운 친정아버지의 사망으로 며느리가 힘든 상황에서 며느리를 배려해주는 시어머니의 마음에 감동하고 있다. 사례5〉는 처음에는 불편하고 어려운 고부관계였지만 15년이 지난 지금 시어머니의 커피를 한 잔 하며 수다를 시작한다는 며느리의 글이며, 사례6〉은 며느리가 직장 다니면서 힘들게 아이를 키우는 것을 알기에 오라는 얘기도 못하고, 김장을 다 해놓고 며느리를 부르는 시어머니께 자주 뵙지 못해 죄송해하는 며느리의 글이며, 사례7〉은 친정아버지가 돌아가시고 바로 재혼한 친정어머니로 인해 상처받은 며느리를 잘 보듬어주고 싶은 시어머니의 글이다. 이런 글들은 글 속에 글쓴이의 진심이 느껴져 읽는 사람들의 마음까지도 따뜻하게 만들어준다.

그렇다면 이런 원만한 고부관계를 만들기 위해 설화나 성공 사례들에서 이야기해줄 수 있는 것은 무엇일까?

첫째, 서로에 대한 칭찬과 상대에 대한 긍정적인 시선이다. 칭찬은 고부관계를 변화시키고 원만한 관계를 이루어 가는데 큰 도움을 줄 수 있다. 로젠탈 효과나 피그말리온 효과는 칭찬의 긍정적인 효과를 강조하는 것으로, 그 사람에 대한 바람이나 예측이 그대로 실현되는 경향을 이야기한다. 고부관계에서도 서로에 대해 긍정적으로 기대한다면 상대방 또한 기대에 부응하는 행동을 하게 되고, 고부관계는 서로가 승리[윈윈(win-win)]하는 긍정적인 관계로 변화될 수 있다. 내가 상대를 긍정적으로 평가하고 다른 사람들에게 칭찬하며 원만한 관계를 맺기 위해 노력한다면, 상대 역시 나에 대해 긍정적이고 우호적인 입장을 취할 것은 자명하다.

둘째, 시어머니가 며느리에게 필요한 사람이 되고 있다. [내다 팔려고 시부모 살찌운 며느리]에서 처음 시어머니는 며느리에게 부담만 주는 사람이었지만, 며느리가 자신을 잘 대접하자 시어머니는 고마운 마음에 며느리가 할 집안일을 대신해 준다. 사례들 중 특히 사례2〉 사례3〉 사례7〉에서의 시어머니는 며느리가 필요한 것을 채워주고 있다. 현대인들은 교환적인 대인 관계에 큰 비중을 두는데, 각 가정의 상황과 편의에 따라 시어머니가 며느리에게 필요한 일이 무엇인지 찾아 대신해주는 것은 현대 사회의 고부갈등 해결에도 큰 도움을 줄 수 있다.

참 / 고 / 문 / 헌 /

1. 자료

- 임석재, 『한국구전설화』 전 12권, 평민사, 1988~1990.
- 한국정신문화연구원, 『한국구비문학대계』 전 82권, 1980~1988.
- 정운채 외, 『문학치료서사사전』 I II III, 문학과치료, 2009.
- http://miznet.daum.net/(다음 미즈넷 게시판).

2. 논저

- 간호옥, 『한국 개화기 사회와 고부갈등』, 한국학술정보, 2006.
- 강현진, 『갈등해결의 지혜』, 일빛, 2009.
- 고정자, 「한국도시주부의 고부갈등에 관한 연구」, 한양대학교대 학원 박사학위논문, 1990.
- 고정자 김갑숙, 「고부관계 연구에 대한 고찰」, 한국가정관리학 회지, 11(1), 1993.
- 구차순, 「결혼이주여성의 적응에 관한 근거이론연구」, 부산대학 교대학원 박사학위논문, 2007.
- 공은숙, 「다문화가족의 고부갈등에 대한 사례연구: 한국인 시어

머니를 중심으로」, 한국노년학 연구 18, 2009.

- 김갑숙, 「부부갈등이 부부폭력과 자녀학대에 미치는 영향」, 영남 대학교대학원 박사학위논문, 1991.
- 김밀양, 「고부관계 연구에 대한 이론적 고찰」, 한국가족관계학회 지 2, 2004.
- 김선녀, 「고부갈등에 관한 연구: 며느리들의 경험을 중심으로」, 한남대학교대학원 석사학위논문, 2001.
- 김선희, 「한국문화와 고부갈등의 문제」, 철학과 현실 50, 2001.
- 김수연, 「TV 프로그램 〈다문화 고부열전〉에 나타난 고부갈등 요 인 분석」, 광주교육대학교대학원 석사학위논문, 2016.
- 김하라, 「고부갈등에 대한 착잡한 시선-심대윤의 〈제질녀문〉(祭 姪女文) 분석-」, 『한국고전여성문학연구』 15, 2007.
- 김혜정, 「갈등대화의 개념과 구조-고부간 갈등대화를 중심으 로」, 『우리말연구』 20, 우리말학회, 2007.
- 김희정, 「며느리 설화 연구」, 전북대학교교육대학원 석사학위논 문, 2000.
- 나경애, 『원만한 고부 관계를 위한 아름다운 소통법』, 한국미디 어학교, 2014.
- 남세진, 「체계이론에서 본 고부갈등」, 서울대사회복지연구소, 3(1), 1991.
- 박성덕, 『우리, 다시 좋아질 수 있을까』, 지식채널, 2011.
- 박성혜, 「며느리가 지각한 고부갈등과 며느리의 결혼만족도의 관계」, 이화여자대학교대학원 석사학위논문, 1994.
- 박소영, 「며느리들의 시어머니와의 관계 경험에 관한 연구」, 숭

실대학교대학원 석사학위논문, 2005.

_____,「고부관계에서 남성의 역할에 관한 연구」,『한국가족복지학』28, 2010.

• 박정희,『고부관계의 심리학』, 학지사, 2008.

• 박태영 김현경,『친밀한 가족관계의 회복:Murry Bowen의 가족체계이론』, 학지사, 2004.

• 박태영 정선영,「고부갈등으로 인하여 우울증을 겪고 있는 부인의 부부치료 사례연구」, 한국가족치료학회지 12(1), 2004.

• 배선희,「맏며느리의 고부관계 인식-도시지역의 계급별 사례를 중심으로」, 경희대학교대학원 박사학위논문, 1997.

• 박정헌,「한국가정에 있어서 고부갈등에 대한 통합적인 가족치료적 접근에 관한 연구」, 서울여자대학교대학원 석사학위논문, 2003.

• 서은아,「현대 고부갈등 해결을 위한 〈우렁색시〉의 문학치료적 가능성 탐색: 영화 〈올가미〉, mbc 〈현장기록: 사람잡은 시집살이〉와의 비교를 통하여」,『국어교육』121, 2006.

_____,「〈나무꾼과 선녀〉에 나타나는 고부갈등과 문학치료적 가능성 탐색」,『여성연구 논총』제21집, 서울여자대학교 여성연구소, 2006.

_____,『나무꾼과 선녀의 부부갈등과 문학치료』, 지식과교양, 2011.

_____,『구비설화를 활용한 가족상담모형 개발』, 지식과교양, 2015.

_____,『구비설화를 활용한 계모가정 내 가족상담 프로그램 개

발』, 지식과교양, 2015.

• 손문숙, 「한국 며느리 설화 연구」, 동아대학교대학원 박사학위논문, 2003.

• 송성자, 「한국가족문화와 가족치료 접근」, 한국가족치료학회지 9(1), 2001.

• 송현애 · 이정덕, 「시부모 부양스트레스에 관한 연구」, 한국가정관리학회지 13(3), 1995.

• 양광모, 『굿바이 갈등』, 청년정신, 2010.

• 유연지, 「부부의 원가족 특성과 고부 옹서 갈등이 결혼만족도에 미치는 영향」, 고려대학교대학원 석사학위논문, 2006.

• 유우희, 「한 중 가족 드라마에 나타난 고부 갈등 비교와 문화적 응의 의미」, 부산외국어대학교대학원 석사학위논문, 2016.

• 이광규, 『한국가족의 심리문제-고부문제를 중심으로』, 일지사, 1981.

• 이기숙, 「한국가정의 고부갈등 발생원에 대한 요인분석」, 부산대학교대학원 석사학위논문, 1985.

• 이은희, 「설화에 나타난 고부 관계 연구-문제 상황 주체로서의 며느리를 중심으로-」, 강원대학교대학원 석사학위논문, 2003.

• 이정연, 「며느리가 인지한 고부갈등과 대처행동에 관한 연구」, 한국가정관리학회지, 1990.

• 이현주, 「고부갈등이 결혼만족도에 미치는 영향-남편의 자아분화를 중심으로」, 인제대학교대학원 석사학위논문, 2016.

• 이혜자, 「시모의 고부갈등 유형화와 관련변인 연구」, 『노인복지연구』 통권19호, 2003.

• 최명옥, 「우리나라 가정의 고부갈등 사례와 해소방안에 관한 연구」, 상명대학교대학원 석사학위논문, 2005.
• 최운식, 「〈시부모 길들인 며느리 설화〉에 나타난 시부모 길들이기의 방법과 전승 집단의 의식」, 『도남학보』 22, 2008.
• 켄 블랜차드 저 · 조천제 역, 『칭찬은 고래도 춤추게 한다』, 21세기북스, 2003.

작 / 품 / 색 / 인 /

설화군

설화

저자 | 서 은 아

서은아(徐銀雅)는 서울여자대학교 교육심리학과를 졸업하고, 동 대학교 대학원 국어국문학과에서 석사·박사학위를 받았다. 현재 서울여자대학교 인문과학연구소 연구교수로 재직 중이며, 최근 저서로는 「구비설화를 활용한 가족상담모형 개발 : 부부관계영역」(지식과 교양, 2015.7.25.)과 「구비설화를 활용한 계모가정 내 가족상담 프로그램 개발」(지식과 교양, 2015.10.15.)이 있다.

구비설화를 활용한
고부갈등 상담 프로그램 개발

초판 인쇄 | 2016년 11월 25일
초판 발행 | 2016년 11월 25일

저　　자 서은아
책임편집 윤수경

발 행 처 도서출판 지식과교양
등록번호 제 2010-19호
주　　소 서울시 도봉구 쌍문1동 423-43 백상 102호
전　　화 (02) 900-4520 (대표) / 편집부 (02) 996-0041
팩　　스 (02) 996-0043
전자우편 kncbook@hanmail.net

ISBN 978-89-6764-067-5　93810　　　　　　　　　　**정가** 17,000원